당신이
잃어버린
것

당신이
잃어버린
것

창작집단 독 희곡집

제로소

Contents

어느 겨울, 우리는 모임 장소를 빌려 쓴 대가로 낭독 공연을 올렸다. 서울역에서 빚어지는 짧은 이야기를 하나씩 지어 한자리에 풀었다. 어쩌면 송년 행사와도 같던 그날 일에 사람들이 관심을 보였다. 일이 거듭되면서 우리는 '함께 쓰는 창작 방법', 그렇게 '함께 쓴 희곡'을 '독플레이'라 부르기로 했다. 여러 장면을 혼자 쓰는 것과 뭐가 다른지 가끔 추궁도 당하고, 아홉 사람이 쓰면 아홉 배는 나아야 할 것 아니냐 꼬집히기도 했다.

어느 게 잘 익었나 쿡쿡 찔러대는 손을 참아가며, 안 하면 그만인 일을 우리는 해왔고 이제 손에 눌려 무른 자국마저 그대로 생긴 열매를 이 계절에 거둔다. 그런데 여기 우리의 수확은 세 덩이냐 스물여섯 알이냐.

〈당신이 잃어버린 것〉을 우리가 할 때. 길을 걷다가 이런 생각이 들었다. 당신이 잃어버린 것. 이 말은 저 홀로 사건을 일으키고 극적인 것을 만들어낼 줄 안다고. 참 기특하다고. '무언가를 잃어버림', '잃어버린 것을 다시 찾음'. 살아가는 일이 꼭 그와 같고, 세상 이야기가 온통 그런 이야기 아니냐고. 나는 이야기의 원리를 찾기라도 한 듯 뿌듯했다.

그날부터 꿈꾼다. 아홉, 열일곱, 스물여섯……. 우리가 독플레이를 많이 써서 모아두면 언젠가 이 아이들이 자유롭게 짝지으며 새로운 이야기를 만들어내지 않을까! 레고 조각으로 별의별 세계를 다 만드는 것처럼 백 개의 장면이 천 개의 이야기를 빚어낼지도 몰라! 하고. 정말 그랬다. 우리의 이야기들은 자유를 좋아했다. 〈터미널〉에만 머물지 않았고, 〈사이렌〉이 울리지 않는 곳까지 퍼져갔다. 잃어버린 것은 잃어버리는 사건만이 아니었다. 그러므로 이 책에 담긴 것은 셋도 스물여섯도 아니다. 셀 수 없다.

이제 알았을 것이다. 이 책이 왜 이렇게 떨면서 웅성거리는지를. 가까이 귀를 대보면 속삭인다, 소리친다, 지껄인다, 웃는다, 한숨 쉰다, 긴 독백과 외마디, 침묵, 쉼표, 느낌표, 말줄임표. 그 모든 말과 말 없음이 귓가에 감돈다.

극작가는 연극을 하고 문학을 한다. 글이 없을 때 문학은 소리로 즐길 수밖에 없었을 텐데, 그러고 보면 우리는 아주 예스러운 일을 하고 있다. 우리의 옛날식 문학은 부유하다. 무당이 신을 받듯 작가의 말이 배우의 몸에 깃들어 움직이고 소리를 얻는다. 빛의 세례 속에 박수까지 받는다.

등장인물에게 이름을 주고 대사를 주고 그들과 함께 보낸 우리의 시간. 등장인물에게 모질게 한마디 내뱉곤 괜히 미안해서 코가 알싸해지고, 자신마저 울리는 대사를 건지면 자신에게 감동하고, 다음 날 그 대사를 아무도 알아주지 않을 땐 집에 가기도 싫어져 길을 서성이고, 하지만 연극에 반전이 있듯이, 다시 그럴싸한 대사를 찾던.

사소하지만, 자주 떨리던 그 순간들을 이 책에 담는다.

2015년 11월 조정일

작가의 말

1부

당신이
잃어버린
것

소녀가 잃어버린 것

조인숙

등장인물

지희   33세, 환자

수민   33세, 기간제 국어교사

정은   33세, 보험설계사

시간

어느 크리스마스 다음 날 오후

공간

종합병원 입원병동 휴게실

작가 노트

- 모두 서른세 살 동갑내기, 여고 동창이다.
- 지희는 고3 겨울방학 때 일어난 사고로 잃어버린 의식이 13년 만에 돌아온 상태이다.
- 13년 만에 다시 만난 여고 동창, 여자 세 명의 감격에 겨운 작은 소란이 극 시작 전에 있었음을 전제한다.

지희는 휠체어에 앉아 있다. 지희, 수민, 정은이 케이크를 가운데 두고 모여 앉아

수민   근데 뭘 축하하지?

정은   어제가 크리스마스였으니까…… 늦었지만, 메리 크리스마스.

수민   그럼 나는…… 다시 만나서, 메리 크리스마스.

지희   보고 싶었어, 메리 크리스마스.

정은   하나, 둘, 셋.

다 같이 초를 끈다.

지희   너희끼린 자주 만났어?

정은   우리도 사느라 바빠서 자주 못 봐. 너 전화 받은 후부터 계속 떨리고 궁금하고 기분 이상하더라.

수민   나도. 전화로 니 목소리 듣는데, 크리스마스 선물 받은 것 같았어. 되게 떨리더라.

정은   난 나오는 길에 청심환도 먹었어. 고등학교 졸업하고부터니까…….

수민   13년 만인가…….

정은   벌써 그렇게 지났어? 너 이제 진짜 다 나은 거지? 괜찮은 거지?

지희   아직.

정은   아직? 그럼 퇴원까지 한참 걸려?

지희   이번에 결과 나오는 거 보고.

정은   해 바뀌고 우리 집에서 모일 수 있으려나.

수민	결국 샀어?
정은	대출 끼고.
수민	요즘은 대출도 자산이야.
정은	에덴은 애들 키우기에 좋으니까, 무리 좀 했지. 대출 때문에라도 이제 일 못 그만두게 생겼어. 그래. 너희 학교도 언제 한번 불러주라. 요새 보험 한 개만 드는 사람이 어딨어.
수민	영업하려고? 안 돼. 나 기간제잖아.
정은	뭐 어때. 선생님이 다 같은 선생님이지.
수민	그게 그렇지가 않네요. 임용고시가 뭔지. 나 비정규직이랑 똑같아.
지희	너희 진짜 어른 같다.
정은	너도 곧 이 언니들처럼 먹고살 걱정하게 될 거야. (사이) 그렇게 사라져버릴 줄 누가 알았어.
지희	잠들어 있던 거하고 비슷하대. 너희 보니까 좋다. 이제 진짜 실감 나. 내가 살아 있긴 하구나, 하고. 근데 좀 늙은 거 같기도 하다.
정은	우리만? 나 내년에 학부형 된다. 일곱 살, 다섯 살.
수민	뭐가 그렇게 급했는지.
정은	나도 후회스럽다.
지희	너희가 내 미래네.
정은	자라나는 새싹한테 우리가 너무 어두운 미래만 보여준다. 아냐, 넌 다를 거야. 우리가 다 알려줄게. 우리가 했던 실수들 넌 안 하게. (수민에게) 넌 내년에 임용고시 다시 봐.
수민	안 그래도 다음 학기엔 계약 연장 안 하고 노량진으로

들어가려고. 애들도 나 무시해. 기간제라고.

정은   그런 애들은 맞아야 돼. 왜 우리 때 '미친개'처럼 애들 때리는 선생님들 있었잖아. 그럴 만하다니까. 너도 가르치다 보면 진짜 막 패버리고 싶은 애들 있지?

수민   있지. 진짜 말 안 듣는 애들.

정은   진짜 꼴통.

지희   우리?

정은   야, 우린 착했어.

수민   우리 좀 이상했어. 셋이 옷도 맞춰 입고, 그런 게 우정인 줄 알고.

지희   반지도.

지희, 환자복 주머니에서 반지를 꺼낸다.

정은   이게 정말 있네.

수민   그러게.

수민과 정은, 돌아가며 반지를 껴본다.

정은   어머, 나 어떡해. 손 두꺼워진 거 봐. 안 들어간다. 우리 이 반지 맞춘 날, 그때도 크리스마스 무렵이었는데. 수능 끝나고. 나이트도 가고.

지희   부킹도 하고.

정은   기억하네.

지희   내 기억은 그즈음 멈췄으니까.

수민   다시 보게 될 때까지 이렇게 오래 걸릴 줄은…….

지희   너무 오래 걸렸지…….

정은   그때…… 너네 다들 했어?

세 사람, 서로의 눈치만 보다가 수민이 지희와 정은을 보며 고개를 끄덕인다.

수민   (정은을 보며) 너는?

정은   나도.

수민과 정은, 지희를 본다.

지희   (고개를 끄덕이며) 나도.

정은   뭐야. 그럼 우리 셋 다 그날 순결을 잃은 거야?

수민   난 순결을 잃은 게 아냐. 준 거지. 내가 주고 싶어서. 내가 원해서.

정은   너 선생님 놀이 하냐? (지희에게) 말 안 했지? 얘 국어야. 뭘 그렇게 의미를 붙여. 그냥 하는 거지. 너도 나도 다 하는 거.

지희   나중에 결혼하면 임신도 똑같이 해서 애들도 똑같이 낳자고 했잖아.

정은   그랬었나? 어쩌냐, 난 벌써 애가 둘인데. 맞다. 그 남자애들 대학생이라더니 똑같이 고삐리더만.

수민   다 같이 있을 땐 멋있는 척하더니, 둘만 남으니까 엄청 수줍어했어.

정은   조명 아래서 볼 때는 화려해 보였는데 밖에서 보니까 둘 다 갑자기 작아지는 기분도 들고.

수민	처음 만난 사이였어도 감정이 막 들떴었는데. 그땐 그게 가능했는데.
정은	다들 나만 쳐다보는 거 같고.
수민	괜히 부끄럽고.
정은	신기하게 다 기억난다.
수민	엄청난 일을 저질렀구나 싶었지.
지희	처음이 왜 그렇게 중요한 걸까 싶고.
정은	맞아.
수민	무언가 변하니까, 그게 뭔진 몰라도.
지희	다 꿈같다. 우리 같이 학교 다니던 때도.
정은	나도 꿈같다.
수민	그게 언제 적이야.
지희	나한테는 아주 선명한 꿈처럼 느껴져. 방금 본 영화처럼 다 생각나는데, 다 꿈같아.
수민	살아 있는 것도 꿈꾸는 것 같아.
정은	살아보면 알 것이다.
지희	또 어른처럼 말하는 것 봐.
정은	이제 싫어도 어른 해야 된다. 우리가 그렇게 꼰대라고 싫어하던 어른들이, 이제 우리야.
수민	그렇게 말하니까 좀 슬프다.
지희	사는 게 그렇게 힘들면 나 다시 잠들어버릴까.
정은	에이, 무슨 그런 무서운 소릴.
수민	좋은 것도 많아.
지희	야, 니네 왜 이렇게 겁이 많아졌어.
정은	맞아. 예전 같았으면 외롭지 않게, 죽을 때도 셋이 손 꼭 잡고 죽자, 이랬을 텐데.

수민   다시 인생을 살아보는 기분이 어때? 궁금하다. 가끔 어
       느 시점으로 되돌려주면 다시 시작하고 싶은 인생의
       순간들이 있잖아.
정은   고3 수능 백일 전, 뭐 이런 거.
수민   으, 난 싫어. 난 더 어릴 때로 가고 싶다.
지희   그렇게 생각하면 오히려 좋은 건가. 인생을 다시 시작
       하게 됐으니까.

       사이

지희   그날, 그 남자애가 오토바이 키를 보여주면서 바람을
       이기며 달리는 게 얼마나 신나는 일인지 아냐고 묻는
       데, 당장 그렇게 달려보고 싶었어. 그러고서 사고가 있
       었대. 지금까지 계속 잠든 상태로 있다가…….

매미 소리 들린다.

지희   그러다 나 매미 소리에 깼어. 한동안 계속 매미 소리를
       듣다가 이제 일어나야지, 하고 깨어난 거야. 아주 깊은
       잠에서.
수민   잠자는 숲 속의 공주네.
정은   왕자님의 입맞춤만 없었지.
지희   그렇게 달콤하지가 않아. 깨어나서 제일 먼저 든 생각
       이 뭔 줄 알아? 이제 수능 성적 가지고 엄마가 뭐라고
       하진 않겠다. 이제 그런 거 아무 상관없는데. 처음에는
       괜찮은 줄 알았어. 살았으면 됐다, 살아 있다는 것보다

더 좋은 게 어딨겠어. 근데 아니야. 내 생각엔 그냥 둘 뿐이야. 살아 있는 것 아니면 죽은 것. 좋은 노래를 들어도 그 가수가 무대에 나와서 몇 십 년째 똑같은 노래를 부르는 걸 보면, 얼마나 지겨울까, 나는 그 생각부터 들더라. 그 가수가 아무리 웃고 있어도 죽어 있는 것처럼 보여. 그 가수의 찬란했던 이십대가 제일 인기 많은 때였다면, 그냥 그때를 추억하면서 살고 있는 것처럼 보이는 거야. 계속 옛날을 그리워만 하면서. 그런데 나라는 사람의 인생에서 찬란해야 할 스무 살은 없어. 그리워할 한 시절이 내겐 없는 거야. 태어나는 것 자체가 제비뽑기라면 나는 아주 안 좋은 걸 집어 든 거지. 운이 나쁜 사람. 그래, 살아 있다는 것 자체만으로도 기뻐해야 한다는 거 알아. 근데 너무 슬퍼. 스무 살이 되면 하고 싶었던 일들이 많았는데. 내 이십대는 사라져버렸대.

17

정은   애 아직 소녀다.

지희   그래서 너희가 보고 싶었어. 내 청춘을 잃어버렸다, 이젠 없다는 사실보다 한때 있었다는 사실을 확인하고 싶었어.

수민   지희야, 네가 뽑은 인생이란 제비뽑기가 그렇게 나쁜 것만은 아닐지도 몰라.

정은   인생이 제비뽑기라고 하면, 딱 한 번 뽑는 게 아니더라고. 순간순간 계속 뽑아. 뽑고 또 뽑아서 다 더해. 그 합이 인생이야.

수민   틀린 말 아닌 거 같네. 위로하려는 말이기도 하고, 아니기도 한데, 내 이십대를 떠올려보면 지금도 매달 빠져

나가는 학자금 대출이 다야. 그냥 그것뿐이야. 캠퍼스의 낭만? 그런 거 없더라. 그래, 이렇게 말해도 너는 궁금하겠지. 근데 꿈꿀 때가 가장 행복할 수도 있는 거더라.

지희   또 어른처럼 말하네…….

수민   그러니까 슬퍼하지 말라고.

정은   내 청춘은 또 어떻고. 갑자기 애기 생겨서 급하게 결혼하느라 고생 진짜 많이 했지. 야, 그리고 우리 아직 청춘이야. 이십대만 청춘이냐. 스무 살 때 떠올려보면 돈도 없고, 멋 낼 줄도 모르고, 볼에 젖살도 안 빠지고, 뭘 해도 어색했지. 그래서 난 지금 내 모습이 더 좋아. 다시 되돌릴 수 없다고 생각하면 아쉽겠지만, 나는 지금 내 나이가 좋아. 나이 드는 게 싫은 게 아니라 나이 들어 보이는 게 싫은 거지. 그래도 젊은 게 유리하긴 해. 우리 팀 막내가 이제 갓 졸업한 앤데, 무슨 실수만 하면 혓바닥을 쏙 내밀면서 웃어. 그럼 다들 그냥 봐준다. 어리니까 가능한 거야. 그래도 너흰 나보다 나아. 난 이제 사랑도 해선 안 되고, 다른 남자랑 잘 수도 없어. 아, 생각만 해도 재미없어. 그런데 또 웃긴 건 난 지금이 좋다. 안 믿어지지? 오늘처럼 외출 한번 하려면 남편 눈치 봐야지, 평일 아침은 진짜 말 그대로 출근 전쟁이야. 그런데도 난, 좋아. 야, 그렇게 보지 마. 웬 꼰대가 와서 앉아 있나 싶지?

지희   그래도…… 손에 꼭 쥐고 있던 뭔가를 잃어버린 것만 같아.

수민   잃어버린 건 아무것도 없어. 결국 다 겪게 될 거야. 조

금 늦된 아이처럼. 늦되는 어른인 거지. 내가 되고 싶은
나와 내가 될 수 있는 나의 차이를 깨닫고, 진짜 사랑
도 하고, 진짜 사랑은 없다고도 하고. 우리가 겪었던 거
모두, 결국엔, 결국엔 다 겪게 될 거야.

지희   그래도…… 살아 있으니까 됐다, 나를 다독이려고 해
도…… 억울해. 살아 있다는 거 자체에 감사해야 하는
거 아는데, 그래도 억울해.

사이

정은   인생에서 가장 빛나는 시절은, 역시, 우리가 아무리 아
니라고 해도 스무 살, 이십대일까?

수민   빛나는 시절?

사이

정은   인생을 다 겪어내고도 한 번도 빛나는 순간이 없으면
어쩌지?

다시 한 번, 매미 우는 소리가 들린다.
세 사람, 각자의 생각에 빠져 한동안 말이 없다.

암전

두통

고재귀

등장인물

이석호	남자, 39세, 국과수 현장감식반 팀장
차유진	여자, 32세, 국과수 현장감식반 신참
박형태	남자, 34세, 국과수 현장감식반 고참
노파	변사체

시간

어느 크리스마스 다음 날 늦은 오후

공간

낡고 오래된 주공아파트의 작은 방

무대

방 한쪽에 연탄불을 피웠던 화덕이 보이고, 활짝 열린 창문에는 녹색 테이프가 뜯긴 채 매달려 있다. 창문 밑에 놓여 있는 작은 크리스마스트리와 성경책. 한쪽 벽면에는 오래된 브라운관 텔레비전이 커져 있다. 텔레비전에서는 예능 프로그램이 소리 없이 영상으로만 흘러나오고 있다.

노인의 시체를 감식하고 있는 차유진과 박형태.

박형태   할 만해요?

차유진   일인데요, 뭘.

박형태   진짜 시체는 처음이죠?

차유진   진짜 시체도 있고, 가짜 시체도 있나요?

박형태   부검실에서 보는 거 말고. 현장에서.

사유진   …….

박형태   어때, 확실히 틀리죠?

차유진   뭐가요?

박형태   다르잖아, 느낌이. 그런 것 못 느껴요?

차유진   …….

박형태   부검실에서 닦여 나오는 시체는 표정이 없잖아요, 표
         정이. (시체를 가리키며) 근데 여긴 표정이 있잖아.

차유진   글쎄, 전 잘…….

박형태   하긴, 그게 벌써 보이면 이상하지. 2, 3년만 돌아봐요.
         뭔 말인지 알게 될 테니.

차유진   ……네.

침묵. 시체를 살펴보는 두 사람.

박형태   (슬쩍 떠보듯이) 3개월 휴직이었죠?

차유진   …….

박형태   좀 더 쉬어야 하는 거 아닌가?

차유진   쉴 만큼 쉬었어요.

박형태   하긴 몸이 바빠야 아무 생각이 안 나지.

차유진　…….

박형태　(눈치 보며) 미안. 내가 괜한 소리를 했네.

차유진　괜찮아요. 틀린 말도 아닌데.

박형태　남편 장례식장에 못 가봐서 미안해요. 그때 내가 군산
　　　으로 파견 나가 있어서.

차유진　아니에요.

박형태　부조는 병식이 통해서 했는데. 받았는지 모르겠네.

차유진　네, 고마워요. 신경 써줘서.

박형태　(차유진을 곁눈질로 쳐다본 후) 근데 왜 현장으로 나온 거
　　　예요? 쭉 검사실에만 있던 사람이. 과장님에게 현장으
　　　로 보내달라고 했다면서요.

차유진　……뭐, 그냥.

22

침묵. 시체 하반신에 덮여 있는 이불을 들춰보는 박형태. 시체의 사타
구니를 더듬거린다.

박형태　견딜 수 있겠어요?

차유진　…….

박형태　벌써 얼굴 창백해진 것 같은데?

차유진　박 경사님. 저도 6년차예요.

박형태　그래도 다를 텐데. 지금 이건 양반이에요.

차유진　…….

박형태　칼 맞고 내장 쏟아진 것 본 적 없죠?

차유진　…….

박형태　두개골 함몰된 것도?

차유진　…….

박형태　　제일 압권이 뭔 줄 알아요?

차유진　　…….

박형태　　불타 죽은 시체야.

차유진　　…….

박형태　　외관도 외관이지만, 냄새를 견딜 수가 없거든. 살 탄 냄
　　　　　새.

차유진, 미간을 찌푸린다. 방 안으로 들어오는 이석호.

이석호　　뭐 좀 알아냈어?

박형태　　알아내고 자시고 할 것도 없어요. (화덕을 가리키며) 저
　　　　　거 보면 모르세요. 연탄이 완전히 다 탔던데.

이석호　　열상이나 자상은?

박형태　　없고요. 목에 멍도 없고, (하반신에 덮여 있던 이불을 다시
　　　　　들추며) 밑으로 소변 나온 것도 없는 걸 보니 교살은 아
　　　　　닙니다. 약물은 들어가서 확인해봐야겠지만 눈이나 혀
　　　　　를 보니 그것도 아닌 것 같아요.

이석호　　그래서?

박형태　　방을 보면 아시겠지만, 누가 뒤진 흔적도 없잖아요. 싸
　　　　　운 흔적도 없고. 유서만 없지, 누가 봐도 자살이라니까
　　　　　요.

이석호　　근데 좀 이상하지 않아? 저 크리스마스트리는 뭐야. 자
　　　　　살하는 사람이 왜 트리에 불을 켜둬. 일흔이 넘은 할머
　　　　　니치고는 너무 낭만적이잖아. 안 그래?

박형태　　그거야 뭐…….

이석호　　(방을 둘러보며) 텔레비전은 좀 끄라니까.

박형태   그게 안 꺼진다고요. 얼마나 오래된 건지 채널도 안 돌
        아가고 종료 버튼도 안 눌려져요.

이석호   볼륨은?

박형태   처음부터 소리 없이 화면만 나오고 있었어요.

잠시, 텔레비전의 예능 프로그램을 쳐다보는 이석호.

이석호   (고개를 돌려 차유진을 바라보며) 유진 씨 생각은 어때?
        뭐 찾은 거 없어?

차유진   저도 박 경사님 생각과 같아요. ……무엇보다 화장실
        휴지통에 속옷 포장지가 있더라고요.

이석호   속옷 포장지?

차유진   네. (시체를 가리키며) 이 할머니가 입고 있는 것과 같은
        종류예요. 보통 노인분들, 특히 할머니들은 자살할 때
        깨끗한 속옷으로 갈아입으시는 경향이 있거든요.

이석호, 말없이 고개를 끄덕인다.

박형태   팀장님. 밖에 형사들은 뭐래요?

이석호   뭐래긴. 신원조회 넣어놓고 지들끼리 잡담이나 하고
        있지.

박형태   거봐요. 걔네도 살인 사건으로 안 보는 거라니까. 그러
        니까 노가리나 풀고 있죠.

이석호   그래도 모르니까 놓치는 것 없는지 잘 확인해봐. 화덕
        에 지문 묻어 있을 테니까 구석구석 다 떠보고.

차유진   네.

박형태	에이, 뭘 지문까지 떠요. 팀장님도 견적 나왔으면서. 이건 누가 봐도 독거노인 고독사라니까요. 그러니까 적당히 119 애들한테 넘기고 들어가죠.

이석호	적당히 넘겼다가 나중에 유가족들이 문제 제기하면 자네가 책임질 거야?

박형태	에이, 보나마나 이 할머니 가족도 없다니까요. 있더라도 연을 끊었거나.

차유진	남편하고 아이가 있는 모양인데요.

박형태	유진 씨가 그걸 어떻게 알아요?

차유진, 벽에 걸린 사진을 가리킨다. 오래된 액자 속에서 젊은 부부가 환하게 웃고 있다. 남편으로 보이는 사내는 어린 딸아이를 가슴에 안고 있다. 말없이 사진을 쳐다보는 세 사람. 그 순간, 창밖에서 매미 울음소리가 들려온다. 놀란 얼굴로 창밖을 쳐다보는 차유진.

박형태	(영문을 몰라 하며) 왜요?

차유진	저기, 방금 무슨 소리 못 들으셨어요?

박형태	무슨 소리요?

차유진	그러니까 그게……. 정말 아무 소리도 못 들었어요?

박형태	무슨 소리가 났는데 그래요?

차유진	아니에요. 잘못 들었나 봐요. ……그럴 리가 없지.

이석호, 차유진을 쳐다본다. 이석호와 눈이 마주치자 시선을 피하는 차유진.

차유진	차에서 지문 키트 좀 가지고 올게요.

차유진, 서둘러 밖으로 나간다. 차유진이 사라지는 뒷모습을 바라보는
박형태.

박형태   (혀를 차며) 어휴, 내가 저럴 줄 알았어.

이석호   뭐가?

박형태   저래가지고 같이 현장 돌아다니겠어요? 이 정도 시체
        를 보고도 저 모양인데.

이석호   …….

박형태   아무리 티오가 비어도 그렇지. 이건 좀 심한 거 아니에
        요? 팀장님이 과장님한테 말씀 좀 해보세요.

이석호   인원 보충해달라고 손 내민 건 우리잖아.

박형태   그래도 그렇지. 여자들 현장 못 버티는 거 아시잖아요.

이석호   그러니까 네가 잘 좀 도와줘.

박형태   (혼잣말처럼) 악착같이 복직해서 사람 참 피곤하게 만
        드네. 쪽팔리지도 않나.

이석호   남편 상 치르고 좀 쉰 거 가지고, 왜 그래.

박형태   그래서 쉰 게 아니니까 문제죠.

이석호   …….

박형태   어, 팀장님 모르시나 보네. (사이) 차유진 씨 소문 못 들
        으셨어요?

이석호   소문이라니. 무슨 소문?

박형태   유진 씨 남편이 코마였던 건 아시죠?

이석호   장례식장에서 얼핏 들었어. 건설회사 다니다가 추락했
        다면서.

박형태   그럼 그사이에 유진 씨가 다른 남자랑 만나고 있었다

는 것도 들으셨어요?

이석호 ……누가, 그래?

박형태 누가 그러긴요. 부검팀에 소문이 파다하던데.

이석호 …….

박형태 병식이 아시죠? 유진 씨랑 같이 일하던 유전자분석팀 서병식. 개가 야근 때문에 밤늦게 문상 갔다가 직접 봤답니다.

이석호 ……보다니, 뭘?

박형태 나 참. 말하기도 민망해서…….

이석호 …….

박형태 글쎄, 장례식장에서 유진 씨가 어떤 여자한테 머리채를 붙잡힌 채 쌍욕을 듣고 있더래요.

이석호 …….

박형태 근데 그 여자가 누구였는지 아세요? 딴 사람도 아니고, 유진 씨 시어머니였답니다.

이석호 …….

박형태 무슨 상황인지 대충 감 오시죠?

이석호 ……그걸 보고만 있었다는 거야?

박형태 자기가 나설 분위기가 도무지 아니었대요. 나중에야 친척들이 뜯어말렸나 본데, 시어머니하고 시누이처럼 보이는 여자가 소리치는 내용을 종합해보니…….

이석호 …….

박형태 아무래도 차유진 씨가 딴 놈하고 바람이 났었나 보더라고요. 식물인간으로 누워 있는 남편을 놔두고.

이석호 (마른침을 삼키며) 그걸 그 양반들이 어떻게 알아?

박형태 유진 씨가 오해라고 항변하니까 시누이가 미친 여자처럼 소리치더랍니다. 자기가 직접 봤는데 뻔뻔스럽게 거짓말하지 말라고. 극장에서 다른 남자랑 손잡고 다니는 걸 시누이가 직접 본 모양이에요. 가서 알은 체를 하려다가 가슴이 너무 떨리고 분해서 병원에 누워 있는 오빠 손을 잡고 밤새 울었다고 몰아붙이니까 유진 씨가 아무 말 못 하더래요.

이석호　…….

박형태　에휴, 사는 게 참 뭔지. (사이) 그래서 부조만 통에 넣고 문상도 못 하고 그냥 나왔답니다.

이석호　…….

박형태　차유진 씨가 왜 우리 팀으로 오겠다고 했는지 이제 아셨죠?

이석호　……이게 소문으로 다 돌았다고?

박형태　그렇다니까요. 전 팀장님도 아시는 줄 알았는데.

이석호　…….

박형태의 전화벨이 울린다. 주머니에서 휴대폰을 꺼내 드는 박형태. 발신자를 확인하고 난 후 이석호의 눈치를 슬쩍 살핀다.

박형태　전화 좀 받고 오겠습니다.

박형태, 밖으로 나간다. 방 안에 홀로 남은 이석호. 멍하니 창밖을 쳐다보다 고개를 돌려 죽은 노파의 얼굴을 한참 동안 내려다본다. 잠시 후 차유진이 작은 상자를 들고 방으로 들어온다.

차유진　뭘 그렇게 유심히 보세요?

이석호   (차유진이 들어오는 것을 모르고 있다가) 어, 아무것도 아
         니야.

차유진   할머니 얼굴에 뭐라도 묻었어요?

이석호   아니 그냥. 표정을 좀 보고 있었어.

차유진   박 경사도 그런 소리를 하던데. 자기는 현장에 오면 죽
         은 사람 표정부터 본다고.

이석호   유진 씨도 곧 그렇게 될 거야.

차유진   …….

이석호   촉이라고나 할까. 죽은 사람 표정 보면 대충 감이 잡히
         거든. 자살인지 사고인지 살인인지.

차유진   이 할머니 표정은 어떤데요?

이석호   글쎄, 그게 잘 모르겠네.

차유진   …….

이석호   죽은 사람치고는 표정이 너무 편안해 보이거든. 즐거
         운 사람처럼 보이기도 하고.

차유진, 이석호의 말에 슬며시 노파의 얼굴을 내려다본다.

차유진   그러게요. 마치 소풍이라도 가는 사람 같네.

침묵.

이석호   근데 좀 전에 무슨 소리를 들었던 거야?

차유진   ……아니에요. 아무것도.

이석호   뭔데 그래?

차유진   (사진을 가리키며) 저 사진 쳐다볼 때 창밖에서 이상한

소리가 났는데, ……못 들으셨죠?

이석호   그러니까 그게 무슨 소리였냐고.

차유진   ……매미 울음소리.

이석호   매미? 한겨울에 매미라니, 무슨 말이야?

차유진   그렇죠. 역시 제가 잘못 들었나 봐요. 두통이 사라지니
         까 이제 별게 다 생기네.

방 안에 무거운 침묵이 흐른다. 이석호, 침묵을 깨려는 듯 텔레비전 앞
으로 다가가 종료 버튼을 눌러보지만 꺼지지 않는다.

차유진   고장인가 봐요. 안 꺼지더라고요. 리모컨도 보이지 않
         고.

이석호   (차유진에게서 등을 돌린 채 텔레비전을 바라보며) 왜 말
         안 했어?

차유진   무슨 말이요?

이석호   장례식장에서 시댁하고 안 좋은 일이 있었다면서.

차유진   ……어디서 들었어요?

이석호   …….

차유진   역시 누가 본 모양이네. 하긴 그렇게 떠들어댔는데 누
         가 봐도 봤겠지.

이석호   왜 말 안 했냐고.

차유진   ……그게 뭐 좋은 일이라고. 신경 쓰지 않아도 돼요.

이석호   (몸을 돌려 차유진을 보며) 어떻게 신경을 안 써.

차유진, 대답 없이 이석호를 빤히 쳐다본다.

차유진　그럼 어떻게 신경 써줄 건데요? 시댁 사람들 앞에서 내 변호라도 해주시게요?

이석호　내 말은…… 왜 그걸 당신 혼자 삼키냔 말이야. 나한테 하소연이라도 할 수 있었잖아. 우리 사이가 그것밖에 안 돼?

차유진, 정색하는 얼굴로 이석호를 바라본다.

차유진　팀장님.

이석호　…….

차유진　우리 사이가 무슨 사이인데요?

이석호　…….

차유진　우리 불륜 맞잖아요.

이석호　…….

차유진　별거 중이라지만 팀장님도 유부남이고, 나도 남편이 있는 여자였잖아요.

이석호　…….

차유진　그리고 이제…… 그 불륜이라는 것도 그만둔 사이잖아요.

침묵.

이석호　내 말은 그게 아니라…….

차유진　신경 쓰지 않으셔도 돼요. 아무도 모르니까. (사이) 우리 시누이도 누군지는 모르더라고요.

이석호　…….

차유진   내가 방금 우리 시누이라고 그랬죠? (웃으며) 나 미쳤
       나 봐. 그렇게 당해놓고서도. 봐요, 이런 거예요. 이런
       게 무서운 거예요.

침묵.

이석호   휴직 기간 동안 어떻게 지냈어?
차유진   그냥 아무것도 안 했어요. 아무것도 안 하고 잠만 잤어
       요. 자도 자도 졸려서. 그 덕분에 몸무게가 5킬로그램
       이나 쪘어요. 사람들이 남편 죽고 나니 살쪘다고 욕할
       까 봐 일주일 전부터 쫄쫄 굶긴 했는데……, 뭐 살 빼
       나 안 빼나 소용없겠네. 이미 사람들이 알아버렸으면.

침묵.

이석호   괜찮겠어?
차유진   걱정하지 마세요. 사람들이 뭐라고 하든 상관없으니
       까. (사이) 어차피 내년 봄 부서 개편 때까지만 여기 있
       을 건데요, 뭐.
이석호   ……꼭 가야겠어?
차유진   그게 약속이었잖아. 우리 그만 만나기로 했을 때 한 약
       속.
이석호   …….
차유진   나 남부 분원으로 보내줄 정도는 힘 있는 거죠, 이 팀
       장님?
이석호   그건 어렵지 않지만…….

차유진   그럼 어렵지 않은 것만 하세요. 어려운 건 내가 할 테
         니. 그거면 돼요.

이석호, 대답 없이 차유진의 얼굴을 바라본다.

차유진   팀장님. 내가 조언 하나만 해도 돼요?
이석호   하지 말라면 안 할 거야?
차유진   ……내가 할 말은 아닌 것 같지만, (사이) 이제 그만 사
         모님에게 돌아가세요.
이석호   …….
차유진   남편 죽고 나서 지난 석 달 동안 딱 한 번 울었는데, 왜
         울었는지 아세요?
이석호   …….

차유진   그게 참 너무 웃긴 게, ……두통이 사라져서 울었어요.
이석호   …….
차유진   남편이 병원에 누워 있던 6년 동안 단 하루도 두통약
         이 없으면 살 수가 없었는데, 단 하루도 두통이 멈춘
         날이 없었는데. 남편이 죽고 나서 어느 날 알았어요. 나
         한테서 두통이 사라졌다는 것을. 그래서 울었어요. 어
         린애처럼 주저앉아서 하루 종일.
이석호   …….
차유진   그게 참 미안하더라고요. 그래도 한때 내가 사랑했던
         사람이었는데, 그 사람이 죽었다는 걸 두통이 사라졌
         다는 걸로 깨닫다니. (피식 웃고 난 후) 이런 게 인간일까
         싶고, 이런 게 사는 걸까 싶고. 그래서 울었어요. 하루
         종일.

이석호   …….

차유진   그러니까 이제 그만 돌아가세요. 나중에 나처럼 울지
        않으려면.

이석호, 말없이 차유진을 바라본다.

차유진   근데 그날 이후로 가끔씩 매미 소리가 들리네요. 어떡
        하죠? 나 미쳤나 봐. 두통이 사라지니까 매미 울음소리
        가 들려.

차유진, 헛웃음을 짓는다. 잠시 후, 방 안으로 들어오는 박형태. 손에는
서류 한 장이 들려 있다.

34

박형태   팀장님. 신원조회 나왔습니다.

이석호   그래?

박형태   (서류를 보며) 나이는 일흔두 살이고, 여기 주공아파트
        에서만 30년 넘게 살았답니다.

이석호   가족은?

박형태   등본 말소된 것 중에 남편하고 딸이 하나 나오는데, 딸
        은 아홉 살 때 교통사고로 죽은 모양입니다.

이석호   교통사고?

박형태   네. 근데 그게 아버지가 운전하는 차를 타고 가다가 그
        랬나 봐요. 중앙선을 침범한 택시하고 부딪친 모양인
        데 딸은 죽고 남편은 살았대요.

차유진   그 남편은 지금 어디 있나요?

박형태   (서류를 넘기며) 그게……, 실종 후 사망 처리된 것 같은

데.

이석호   실종?

박형태   네, 사고 며칠 후 입원해 있던 병원에서 사라졌는데, 일주일 후에 마포대교에서 지갑과 신발이 발견됐다고 합니다. (서류를 넘기며) 보니까 사체를 못 찾아 최종 사망 처리는 5년 후에 됐네요. (사이, 서류를 보다) 근데 웃긴 건 이 할머니가 지난 30년 동안 남편 좀 찾아달라고 매년 연말마다 경찰서에 실종신고서를 제출했나 봐요.

차유진   사망 처리됐다면서요.

박형태   그거야 법적으로지. 나이 먹은 양반들이 그걸 받아들이겠어. 시체도 없는데 죽었다고 생각을 못 하는 거지.

이석호   현재 연락 가능한 다른 가족은 없고?

박형태   (마지막 페이지를 뒤집어보며) 이게 전부 같은데요.

순간, 텔레비전이 꺼진다. 고개를 돌려 꺼진 텔레비전을 유심히 쳐다보는 이석호와 박형태. 차유진, 노파 앞으로 천천히 다가가 그녀의 얼굴을 다시 내려다본다.

차유진   이제 알겠네요. 이 표정이 무엇인지.

차유진의 옆으로 다가오는 이석호와 박형태. 노파를 내려다본다.

이석호   그래. 이제 좀 보이네.

박형태   근데 이 할머니 머리가 너무 검지 않아요? 일흔이 넘은 양반이 흰머리가 하나도 안 보이잖아.

차유진   화장실 세면대 위에 염색약 통이 있었어요.

이석호   염색약?

차유진   네, 염색할 때 쓰는 가는 빗도 바닥에 떨어져 있고.

이석호   그래? ……역시 자살인가?

박형태   아이, 맞다니까요. 몇 번을 말해.

차유진   도대체 얼마나 좋은 곳에, 누구를 보러 가시려고 새 속
         옷에, 머리 염색까지 하신 걸까요?

침묵.

이석호   ……글쎄. 우리도 언젠가 알게 되겠지.

세 사람, 노파의 얼굴을 내려다보는 사이 서서히 어두워지는 방 안. 벽
에 걸린 액자만이 희미한 빛을 머금었다 사라진다.

암전

갈까 말까 망설일 때

박춘근

등장인물
남자   삼십대 후반, 마른 편, 평범한 회사원 분위기
기사   남자, 오십대 초반, 뚱뚱한 편, 택시 기사

시간
어느 크리스마스 다음 날 해 질 무렵

공간
거리, 택시 안

남자, 검은색 양복, 짙은 넥타이. 넥타이 뒷줄이 더 길다. 다소 엉성한 차림. 한 손에는 꽃다발을 들고 있다. 초조하게 택시를 잡으려고 한다. 택시 다가온다. 남자, 택시에 타려고 하면서

남자　　4.19탑 사거리요.

기사　　4.19탑이요? 아이고, 안 되겠는데요. 죄송해요. 제가 교대 시간이 얼마 안 남아서.

남자　　부탁입니다. 좀 급하거든요. 따블로 드릴게요.

기사　　요금이 문제가 아니라 차고지가 거의 반대편이라서. 죄송하네요.

남자　　이 시간에 교대하세요?

기사　　어제가 크리스마스였잖아요.

남자　　예? 그게 무슨…….

택시, 출발하려는데

남자　　잠깐만요. 여기 택시도 없고. 그럼, 저기 큰길까지만이라도 부탁드려요.

기사　　(망설이다가) 일단 타보세요.

남자　　(택시 앞자리에 타면서) 고맙습니다.

택시, 출발한다. 기사, 미터기를 누르며

기사　　아카데미하우스 쪽으로 올라가세요?

남자　　아니요, 그 전이요.

기사　　아카데미 쪽 길은 아니신 거네요.

남자   예.

기사   일요일이라 그런지 택시들이 없네. (사이) 따블 하신다
       고요?

남자   예. 바로 가주시면.

기사   아, 이러면 교대 늦는데. 4.19탑으로 갑니다.

남자   예, 고맙습니다.

기사, 운전을 하다가 남자를 슬쩍 본다. 길이를 잘못 맨 넥타이를 보고
혀를 찬다. 더운지 땀을 닦으며

기사   덥죠? 히터가 아니라 에어컨을 켜야 할까 봐요. 겨울
       인데 왜 이러는지 몰라. (남자, 말이 없는데) 손님은 어제
       뭐 하셨어요? 크리스마스가 토요일이라 별로였죠? 예
       전엔 대목이었는데 손님도 없고 괜히 남들 노는 날 허
       탕만 쳤어요.

남자, 여전히 대꾸가 없다. 기사, 남자가 손에 든 꽃다발을 보더니

기사   좋은 일 있으신가 봐요. 좋은 데 가시는 것 같은데.

남자   화계사 입구 쪽으로 가주세요.

기사   화계사요? 화계사라……. 그 길은 도는 길인데. 빨래골
       길이 더 낫지 않아요? 평소에 그쪽으로 다니세요? (대
       답 기다리는데 남자는 말이 없다. 좀 불쾌해져서는) 여기서
       가시려면 빨래골 쪽이 더 나아요. 단 몇 백 원이라도
       덜 나올걸요.

남자   화계사 쪽으로 가주세요.

기사   아니, 저는 손님을 위해서. 더 좋은 서비스를 해드리고
          자.

남자   서비스 필요 없습니다. 화계사 쪽으로 가세요.

기사   아, 예. 그러면 뭐.

기사, 한숨을 쉬고 운전에 집중한다. 카 오디오를 켠다. 라디오 디제이
의 음성이 들린다.

라디오   평창 스키 캠프 화재 사건이 벌써 5주기를 맞았네요.
          올해도 추모제가 열렸는데요…….

남자   (라디오 소리 중에) 아이, 씨발!

기사   예?

남자   아, 정말 뭐야? 오늘 왜들 그러는 거야!

기사, 남자의 눈치를 보며 라디오를 끈다.

남자   기사님, 죄송해요. 아까 탔던 데로 돌아가주세요.

기사   예?

남자   (무시하고 휴대폰으로 전화를 걸어서) 여보세요? 예, 방금
          꽃다발 사간 사람인데요. 예, 예. 맞아요. 방금. 매년 크
          리스마스 다음 날 오는……. 제가 거기에 지갑 놔두고
          왔죠? 검은색. (사이, 당황해서) 예? 그럴 수 없는데. 잘
          찾아보세요. 바로 방금. 예, 방금이라니까요. (사이) 없
          어요? 없다고요?

남자, 점점 감정이 무너지는 듯 목소리가 떨리면서

남자   잃어버릴 수가 없는데. 그러면 안 되는데. 잃어버릴 수
       가 없잖아요.

남자, 휴대폰 건너편의 목소리를 기다린다. 기사, 기가 차다. 택시는 아
직 유턴하지 않은 상태.

기사   차 돌려요?
남자   (휴대폰으로) 정말 없어요? 아이, 씨발. (사이) 예? 아, 아
       니요. 그쪽한테 그런 게 아니고요.
기사   아, 이거. 어쩌자는 거야?
남자   (계속 휴대폰으로) 예, 예. 메리 크리스마스.
기사   다 지나서 뭔 지랄 크리스마스는.
남자   (계속 휴대폰으로) 죄송해요. 저기, 지금 사장님 휴대폰
       에 찍힌 번호로 지갑 찾으시면 연락 좀……. 예, 부탁드
       려요.
기사   어떡하실래요? (남자, 대답 없는데) 재수 없을라니까. 저
       기 세워드릴 테니까 내리세요. 에이 씨.

기사, 택시를 갓길에 세우려는데 남자, 어깨를 들썩이며 흐느끼기 시작
한다. 모습이 코믹하다.

기사   (놀라서) 뭐…… 뭐야? 우…… 울어요? 어머, 웬일이래?
       저기요? 저기요! 지금 뭐…… 뭐하시는 거예요? 우는
       거예요? 아, 정말. 울고 싶은 사람이 누군데. 아저씨, 아
       저씨! 빨리 내려요! 뭔 지랄 크리스마스 하더니 왜 울

어? 이런 미친.

남자	(흐느끼면서) 아저씨. 저기요.
기사	저기고 여기고, 빨리 내리세요. 안 그래도 교대 급해 죽겠구만.
남자	지금 이 시간에 교대하는 택시가 어디 있어요?
기사	여기 있잖아! 택시비도 없으면서.
남자	그러니까 아저씨.

남자, 대성통곡한다.

| 기사 | 이런 씨발, 미친……. 미쳐버리겠네. |

기사, 차를 세우려는데

남자	(대성통곡) 안 돼요! 아저씨, 안 돼요! 가주세요. 제발요. 4.19탑 가주세요. 제가 꼭 나중에 드릴게요. 세 배로. 아니 열 배로 드릴 테니까. 예? 아저씨.
기사	이 사람이 정말.
남자	제가 정말 사정이 있어서 그래요. 그러니까, 엉엉.
기사	사정은 모르겠고. 제발 좀! 울지 좀 마요. 무슨 사람이 지갑 하나 잃어버렸다고.
남자	엉엉. 그런 게 아니라……. 화계사 쪽으로 가자고 하는데 아저씨는 자꾸 빨래골로 가자고 하시고.
기사	예? 뭐라고요? 지금 화계사 쪽으로 가잖아요. 손님이 가고 싶은 길로!
남자	왜 빨래골! 왜? 왜! 빨래골!

기사 아, 정말! 울지 좀 마요! 아저씨 나이에 그런 대성통곡이 어울린다고 생각해요? 뭐예요 대체? 지금 빨래골로 가자고 해서 우는 거예요?

남자 제가요……, 제가 결혼을 해요. 엉엉.

기사 예? 뭐요?

남자 씨발 좆 까라 그래! 빨래골!

기사 진짜 미쳐버리겠네. 빨래골이 뭐? 안 가잖아, 그 빨래골! 근데 뭐? 결혼? 그래서 뭐요? 결혼한다고, 지금?

남자 내가요, 내가! 결혼을 한다고요! 결혼! 씨발, 결혼!

기사 (어이없어) 아따, 진짜 환장하시겠구만. (사이) 뭐, 그 심정 이해 못 하는 건 아니지만……. 아니지! 아저씨 그러는 거 아니지. 그러는 게 아니잖아. 그렇게 싫으면 안 하면 되는 거잖아.

43

남자 안나를 버리고. 아, 안나야!

기사, 잠시 멈칫한다. 기사, 창문을 내린 다음 뻘뻘 흐르는 땀을 소매로 닦으며

기사 그만해요. 됐으니까. 갈게요. 가면 되죠. 니미랄, 간다, 4.19탑. 됐죠? 내가 4.19탑도 가고 아카데미하우스도 갈 테니까. 내가 간다! 그니까 그만 좀 울어! 그놈의 넥타이나 똑바로 매든가!

남자 아, 안나야. 미안해.

기사 에이 씨. 갈까 말까 싶을 때, 안 가는 게 맞는 건데. 뭐야? 무슨 겨울에 더운 바람이 불어?

남자, 숨을 크게 내쉰다. 차츰 안정을 찾는다. 꽃다발을 한참 내려다본다. 좀 무안한 듯

남자   갔어야 하는데, 그때 갔어야 했는데……. 죄송해요. 택시도 너무 안 잡히고.

기사   술 드셨어요?

남자   한 방울도 안 마셨어요.

기사   아니, 그렇다고 결혼하신단 분이 결혼한다고 그렇게……. 결혼이 뭐 그렇지만.

남자   죽었어요.

기사   예?

둘은 한동안 말이 없다.

기사   사람 놀래놓고, 게다가 택시비도 없고. 손님, 대체 뭐요?

남자   회식이 있었어요.

기사   술 마셨네.

남자   저 말고 제 여자친구. 그해 겨울 바로 오늘. 그 겨울도 올해처럼 참 더웠는데.

택시 바깥으로 매미 소리가 울린다. 택시는 계속해서 4.19탑을 향해 달린다. 기사, 정면을 응시하고 무표정하게 운전한다.

남자   원래는 나를 만나기로 했었죠. 거래처 사람들과 망년회는 아니고 밥만 먹을 거라데요. 사장 새끼가 원래 남

스케줄 생각 안 하고 자기 마음대로였어요. 개새끼. 그런 새끼는 죽어도……. (말을 끊고) 혹시 아세요? 몇 년 전에 아카데미하우스부터 4.19탑 사거리까지 대형 버스가 브레이크 파열돼서 길에 서 있던 차들까지 다 치고. (갑자기 흥분해서) 근데 평창인지 뭔지 스키 캠프 사고 때문에 아무도 기억하는 사람이 없어! 바로 오늘 똑같은 날인데. 왜! 조금 죽으면 조금만 기억해야 하는 거야?

기사 사고라는 게 날짜 보고 오나요? 이유도 없지. (사이) 사람 많이 다쳤죠. 어떤 차는 타고 있던 사람들 다 죽기도 했는데.

남자 어? 아시네요.

기사 사고가 크게 나긴 했죠. 그 차에 타려다가, 사고 직전에 안 타서 산 사람도 있고.

남자 그 차에 그 친구가 있었어요. 사장 새끼도, 거래처 직원도, 그 친구도. (사이) 그때, 저는 어디 있었을까요?

남자, 한동안 창문 밖을 보다가 허탈하게 웃는다.

남자 지금처럼 택시 안에 있었네요. 빨래골에서 꼼짝도 못하고. 회식 끝날 무렵에 근처에서 만나기로 했는데 차가 너무 막혀서 시간을 못 맞췄어요. 수유역까지 누가 데려다준다면서 역에서 보자고 하데요. 그게 마지막 통화죠. (사이) 어떻게 됐을까요? 좀 돌더라도 화계사 쪽으로 갔으면 덜 막혔을까요? 그랬으면 그 친구는 그 차를 안 탔을까요?

기사	지금은 화계사 쪽으로 가고 있습니다, 손님.
남자	예?
기사	아, 아닙니다.
남자	그 후로 매년 오늘, 거기에 갔죠. 평소에는 생각하기도 싫고 장소만 들어도 끔찍한데 딱 오늘이 되면 어떻게 해야 할지도 모르겠고, 거길 안 가면 미칠 것 같고.

남자, 꽃다발을 만지작거리다가

남자	지갑은 못 버리겠더라고요. 지금 결혼할 여자 만나서 안나가 저한테 해준 것들은 대부분 다 태웠거든요. 지금 친구에게도 미안하고. 근데 그 지갑은……, (다시 울려고 한다.) 정말…… 그 지갑은 그렇게 잃어버리면 안 되는데…….
기사	뚝!
남자	예?
기사	뚝! 그만 울어요. 이제 결혼도 하시면서.
남자	하루 종일 이상했어요. 꽃집도 늦게 열고, 원하는 꽃도 없고, 택시도 안 잡히고. 시간은 점점 없고. 해 떨어지기 전에 항상 갔었는데.
기사	아직 해가 남았는데요.
남자	죄송해요. (사이) 고맙습니다. 천천히 가셔도 돼요.
기사	택시비는 없으시면서 요구하시는 건 참 많네요. 해 떨어지기 전에 가고 싶다는 거 아니에요?
남자	그런 건 아니에요.
기사	이 양반, 남 앞에서 울기도 잘하고, 뻔뻔하기도 하시네.

남자　제가 원래 그렇지는 않은데. (사이) 가끔 궁금해요. 아저씨 말씀하신 그때 마지막에 차를 안 탄 사람 얘기 들었거든요. 거래처 사람 중 하나였나 보던데. 안나가 그 사람이었을 수는 없었을까, 생각도 해보고. 또 그 사람 심정은 어떨까, 눈앞에서 10초 전까지 얘기하던 사람들이 한꺼번에 사라졌는데 그 사람은 어땠을까, 지금은 어디서 뭘 하고 살까, 잘 살겠지. 가끔 궁금해요.

기사　살 살긴요. 택시 하고 있잖아요.

택시 밖으로 매미 소리 요란해진다.

기사　아, 내가 이래서 4.19탑 쪽으로 절대 안 다녔는데. 에이씨.

남자　(놀라서) 아……, 아저씨가요?

기사　유안나죠? 아저씨 여자친구. 아까 얘기할 때 설마 했는데. 기억나네요. 그날 처음 만나긴 했지만.

남자　아…… 안나야. (또 울려고 한다.)

기사　뚝! (사이) 아저씨 얘기 많이 했어요. 밥 먹으면서.

남자　안나가 뭐라고……, 뭐라고 하던가요?

기사　(골똘해지더니) 뭐 회사끼리 내년에 잘해보자는 얘기도 하고, 결혼을 고민하는 것 같았어요. 그래서 초면에 내가 한마디 하기도 하고. (사이) 참 밝더만요.

남자　뭐라고 하셨는데요?

기사　차에 자리가 없긴 했어요. 억지로 타면 탈 수도 있었지만 방향도 다르고. 그래서 난 인사를 하고 화계사 쪽으로 걸어갔어요. 거기 버스 정류장이 있으니까. 그러고는 1분도 안 지나서…….

남자 　안나한테 뭐라고 그랬는데요?

기사 　나도 가기 싫은 길이 있다고요! 씨발, 화계사! 유안나
　　　씨가 말은 안 했지만 애인도 있고, 나이도 있고 하니까
　　　다들 결혼은 언제 하냐고 물었을 거 아니에요. 여자친
　　　구분이 대답을 애매하게 하니까 내가 그랬죠.

남자 　그러니까, 뭐라고요?

기사 　갈까 말까 망설일 땐 가는 거라고.

남자, 고개를 숙인다. 어깨만 흔들린다.

남자 　(겨우) 그런 일을 겪고 어떻게 운전을 하세요?

기사 　이 양반, 배부른 소리 하시네. 놀면 누가 밥 먹여줘요?
　　　(사이) 회사 때려치우고 몇 년은 죽은 건지 산 건지 모
　　　르게 살았어요. 깨어 있어도 생각나고 자도 생각나고.
　　　술로 버틴 것도 같고. 그러다 뭐 좀 이상한 버릇이 생
　　　기고 나서부터는……. 꽃값 얼마 줬어요?

남자 　예?

기사 　그 꽃 얼마 줬냐고요?

남자 　3만 원.

기사 　참, 작다. 특별한 날 갖다 바치는 꽃치고 너무 저렴한
　　　거 아니에요?

남자 　결혼 준비한다고 돈을 많이 써서.

기사 　무임승차에다가 모든 걸 저렴하게 하시네. 택시비, 그
　　　꽃으로 내요.

남자 　아니, 그래도 이건…….

기사 싫어요? 아님 택시비를 내든가. 내가 지금 그 꽃을 어디다 쓰겠어요? 나도 한번은 가봐야지, 생각은 했다고요. (사이) 유안나 씨가 그랬어요. 자기 남자친구가 넥타이를 잘 못 맨다고. 뒷줄을 더 길게 매는데 그걸 보면 바로 매주고 싶다고……. 좋을 때다 싶었지. 이 아가씨, 평생 잘못 맨 넥타이를 바로 매어주겠구나, 아니 매어주고 싶구나. 에이 씨, 그래서 그런 말을 했는데.

기사, 정면을 한동안 뚫어져라 보다가 눈시울이 붉어진다. 남자, 자신의 넥타이를 매만지다가

남자 무슨 버릇이 생겼는데요?
기사 예? (땀을 닦으며) 별거 아니에요. 그냥 뭐, 배가 계속 고프고 그래서 많이 먹고. 뭐, 그래요. 매일 같은 집에 가서 같은 것만 시켜서…….
남자 저, 저기에 내려주시면 돼요.
기사 지금 내가 모를까 봐 말해주는 거요? 젠장, 내 발로 여길 다시 오다니.

기사, 갓길에 택시를 세우고 내린다. 남자, 따라서 내린다. 기사와 남자, 우두커니 서서 어느 한 특정한 장소를 물끄러미 본다.

기사 별거 없네. (사이) 씨발, 배만 고프잖아.

기사, 감정을 참는다. 남자, 기사의 낌새를 느낀다. 기사에게 꽃다발을 건넨다.

남자   여기요. 택시비.

기사, 남자가 건넨 꽃다발을 받으려다 신경 쓰여 참을 수 없다는 듯

기사   아니, 나 참 안 되겠네. 그것부터 좀 줘봐요. 그놈의 넥
        타이요. 사람이 좀 반듯할 수 없어요?
남자   넥타이요?
기사   빨리빨리 줘봐요. 나도 바쁜 사람이오.

남자, 넥타이를 풀어서 기사에게 준다. 어색해서 웃음이 나온다.

남자   교대 늦으셨을 텐데.

기사, 남자의 넥타이를 받아서 자신의 목에 걸어 풀더니 다시 매듭을
만든다. 둘은 무슨 의식을 치르는 것 같다.

기사   예? 뭐요? 아아, 교대. 그렇죠. 늦었죠.

기사, 남자의 넥타이 매듭을 만들어 남자에게 다시 준다. 남자, 넥타이
를 건네받고 기사에게 꽃다발을 준다. 기사, 어색하게 꽃다발을 건네
받는다. 둘은 비슷한 자세로 넥타이를 만지더니 어느 특정 지점에 꽃
다발을 놓는다. 사이, 기사가 땀을 닦고 콧물을 훔치더니 먼 산을 본다.
남자, 기사를 따라서 먼 산을 본다. 해가 지고 있다.

기사   해 떨어지기 전에 왔네.

남자   예? 예. 그러네요. 고마워요. (주저하다가) 메리 크리스
       마스.

기사   다 늦게 무슨……. 뭐, 메리 크리스마스.

둘은 해가 지는 모습을 나란히 보고 있다. 기사, 마치 오래전 질문이 생
각났다는 듯이

기사   집에는 어떻게 갈래요?

암전

조금 늦었지만
메리 크리스마스

유희경

등장인물

남편　사십대 중반, 술과 담배 그리고 친구를 좋아하는
　　　평범한 무역회사 직원

아내　사십대 중반, 교회에 다니고 아기자기한 걸 좋아하는 가정주부

시간

어느 크리스마스 다음 날 저녁

공간

주상복합아파트 '에덴'

무대

크리스마스트리가 놓인 아파트 거실. 창밖이 훤히 보인다.

저녁이 되어간다. 남편, 거실 바닥에 앉아서 발톱을 깎고 있다. 아무것도 깔아두지 않은 채. 아내가 보면 무척 화를 낼 것이기에, 서두르고 있다. 하지만 잘 보이지 않아 더디다. 불을 켜두면 좀 더 잘 보이겠지만, 그렇게 하지 않는다. 쉽게 귀찮아하는 게으른 성격 때문이다. 간신히, 왼쪽 발톱을 다 깎고, 이번엔 오른쪽 차례다. 현관문 번호 키 누르는 소리. 아내가 들어오는 모양이다. 치울까 말까 고민하던 남편은 역시 귀찮은 듯, 그냥 발톱을 깎는다. 양손 가득 검은 비닐봉지를 든 아내가 들어온다. 마침내, 저녁이 되었다.

아내   뭐 해, 불도 안 켜고.
남편   다 깎고 치울 거야. 깨끗하게.

아내가 비닐봉지를 든 채 낑낑대며 불을 켠다. 거실이 환해진다.

아내   어맛! 당신!
남편   알아서 치운대도.
아내   당신 머리가 왜 그래?
남편   머리?
아내   왜 그렇게 하얘?
남편   무슨 소리야?
아내   당신 지금 머리가 새하얘.

아내, 비닐봉지를 던져놓고 남편 쪽으로 온다. 남편, 몸을 반대편으로 돌려 피하려 한다. 아내, 남편의 머리를 만져본다.

아내   어머머, 이거 어떡해. 왜 이래. 무슨 짓을 한 거야? 염색했어?

남편   아 귀찮아. 지금 발톱 깎잖아.

아내   지금 발톱이 대수야? 당신 거울 봤어?

남편   내가 무슨 변태야? 거울 보면서 발톱을 깎게?

아내, 이번엔 남편의 얼굴을 꼼꼼히 들여다본다.

아내   얼굴은 또 왜 그래?

남편   아 뭔데, 대체.

아내   가서 거울 좀 봐! 빨리!

남편   귀찮게 진짜.

54

남편, 느릿느릿 화장실 쪽으로 간다. 어쩐지 불편한 몸짓이지만, 본인은 별다른 생각이 없는 것 같다. 남편이 화장실로 가는 사이, 아내는 못 참고 바닥에 떨어진 발톱들을 쓸어 한곳에 모아둔다. 소변 보는 소리, 뒤이어 남편의 비명. 눈에 띄게 불편한 동작으로 뛰쳐나온다.

남편   여보, 여보! 나 머리가 왜 이래!

아내   내가 말할 때 뭐 들었어!

남편   왜 이래 낡어?

아내   뭐 문제만 있으면 내 탓하기 바쁘지. 지 생각은 안 하고.

남편   지? 지라니?

아내   그리고 내가 발톱 깎을 땐 뭐라도 깔라고 했어, 안 했어.

남편   신문이 없었어. (틈) 그러니까 왜 신문을 다 버리고 난리야. 꼭 필요할 때 보면 다 내버리고 없더라. 뭐가 집에 놓인 꼴을 못 보지.

아내 　둘 게 있고 버릴 게 있지. 쓰레기들 쌓아놓고 살아서 뭐할 건데. 신문지 지천으로 흐드러져 있다가 없을 때 꼭 깎더라. 그러게 발톱 같은 것 좀 진작 잘라두면 얼마나 좋아. 꼭 일요일 저녁이 되면 발톱 깎겠다고 난리 난리. 그리고 당신, 내가 변기 커버 열고 나서 일 보라고 벌써 몇 번을 말했어? 안 그럴 거면 앉아서라도 보란 말이야.

남편 　아우, 저 잔소리! 집에선 좀 편히 쉬자. 변기 커버 여는 게 쉬운 줄 알아? 그게 얼마나 어려운데. 남자들은 원래 안 그래. 몸 구조가 다르다고! 그리고 뭐? 내가 여자냐, 앉아서 소변 보게?

아내 　내가 언제 앉으랬어? 안 튀게 보랬지. (틈) 앉아서 보면 어디 큰일 나? 그게 떨어지기라도 해? 깨끗하게 쓰잔 말이잖아. 나 좋자고 하는 일이야? 당신 혼자 살아? 화장실 청소 한번 하지도 않으면서 어쩜 그렇게 당당해? 양말 벗으면 벗은 자리 그대로 놔두고, 옷도 벗은 자리 그대로. 아주 지긋지긋해!

남편 　내가 니 아들이냐!

긴 사이, 아내가 남편을 노려보다가 봉지를 들고 부엌 쪽으로 사라진다. 비닐봉지가 바스락대는 소리, 냉장고와 찬장 문이 열리고 닫히는 소리가 들린다. 두 사람 다 무슨 얘기를 하고 있었는지 잊은 모양이다. 남편, 다시 손톱깎이를 들었다가, 자신의 처지가 떠올라, 팽개친다.

남편   이거 뭐야. 왜 이래?

아내, 대답하지 않는다.

남편   아 이거 뭐냐고!
아내   (퉁명스러운 목소리로) 뭐가?
남편   머리가 왜 하얗냐고. 얼굴은 또 뭐고.
아내   보기 싫으니까, 빨리 원위치 해놔.
남편   아 미치겠네. 장난치지 말고.

아내, 꽤 심각한 표정으로 부엌에서 나와 남편 앞에 버티고 서서 노려본다.

56

남편   미치겠네. (애써 분노를 가라앉히며) 그래, 내가 좀 잘못했다. 애들이 잡고 안 놔주는데 어떡하냐. 딱 한잔만 하자는데. 회사 때려치우네 마네, 죽겠다는데. 그리고 우리가 스무 살 연애 중이냐. 뭔 놈의 크리스마스를 챙겨. 좀 늦게 들어왔다고, 뒤도 안 돌아보고 자는 너는 뭐 잘했냐? 그렇다고 남편 머리를 이렇게 만들어놔? 제정신이야?

아내   크리스마스 날 당구 치고 술 마시고 들어왔다, 좋아. 누가 뭐래? 그렇게 멋대로 살아, 계속. 눈치 볼 게 뭐가 있어. 언제부터 그렇게 살았다고. 그리고 그 머리, 대체 누구한테 뒤집어씌우는 거야? 새벽에 교회 나갔다가 이제 들어왔다고. 당신은 어제 몇 시에 들어왔어? 응? 그리고 몇 시까지 처잔 거야? 좀 부끄러운 줄 알아!

남편   아까 아까 일어났거든! 하루 종일 나다니는 너보다 낫거든!

순간, 남편 무언가 깨달은 표정이다. 정말 그렇다. 아내는 아침에 교회에 갔다가 지금 돌아오는 길이고 자기는 내내 집에서 빈둥거렸다. 잠시 낮잠을 잤지만, 30분 만에 깨어버렸다. 야구 중계를 봤고, 라면을 끓여 먹었고, 그리고 발톱을 깎았다. 아내, 남편의 기색을 보곤 얼굴이 하얘진다.

남편   당신이 한 거 아냐?

남편, 혼란스러운지 비틀거리다가, 소파에 가 주저앉는다. 뺨을 꼬집어보기도 하고, 얼굴과 머리를 쓸어보기도 한다. 달라지는 건 없다.

아내   어머. 어머 어머 어머.

아내, 남편 쪽으로 간다. 이번엔 피하지 않는, 아니 피하긴커녕 아내 쪽으로 몸을 돌리는 남편. 아내, 남편의 머리카락을 이리저리 만져본다. 냄새도 맡아본다. 그리고 잡아당겨보기도 한다.

남편   아! 야!
아내   여보! 어떡해.
남편   아, 어이없어. 뭐야, 이거! 이거 뭐지?
아내   병원에 가보자, 빨리.
남편   잠깐만 있어봐. 생각 좀 하고.
아내   당신이 무슨 생각을 한다고 그래? 빨리 일어나.

남편   좀 내버려둬. 어지럽단 말이야.

아내   119 부를까?

남편   아까 아침엔 괜찮았지?

아내   그럴걸.

남편   "그럴걸"이 뭐야. 맞아, 아니야?

아내   당신 자고 있었잖아. 어제 늦게까지 술 처먹고……. 그래, 이게 다 술 때문이야. 그러게 내가 술 좀 작작 처먹으랬지!

아내, 남편의 등을 철썩 때린다. 하지만 남편은 반응하지 않는다. 사이, 아내 울먹인다.

아내   그러니까 왜 내 말을 안 들어. 엄마, 나 어떡해. (벌떡 일어나서) 빨리 일어나, 병원 가게. 빨리.

남편   어제……? 어제…… 어제……. 오늘 아침? (생각에 잠긴다.) 어제 애들이랑 헤어져서 택시를 타고…… 그래서 엘리베이터를 탔는데, 그리고 아침에 일어나서…….

아내   병원 안 갈 거야?

남편   오늘 일요일이야. 응? 좀 생각을 하고 말해라.

아내   응급실 가면 되잖아.

남편   (허탈하게 웃으며) 가서 뭐라고 하게. 갑자기 머리가 하얗게 변하고 얼굴이 주름투성이라고 말할까? 그런 소리 가서 해봐라, 정신 차리고 보면 정신병원에 입원해 있을걸?

아내   정신병원 좋네. 가자. 당신 아니면 나라도 입원하게.

남편   미치겠네, 정말. 좀 가만히 못 있니?

아내 내가 "미치겠네" 하지 말랬지!

사이

남편 여보. 나 지금 늙은 거 맞지? 그것도 갑자기. 내가, 아니
우리가 뭔가 착각을 하고 있는 거 아니지? 그러니까,
이거 꿈인 거 아니지?

아내, 멍하게 앉아 있다가 일어나 멀리 떨어져 있던 발톱을 하나 주워
온다. 그리고 남편 보라는 듯 눈앞에 들이밀고는 버린다. 부엌으로 들
어간다. 다시 뭔가 정리하는 소리. 남편, 그 소리를 듣다가 뭔가 생각난
듯, 안방으로 들어가 전화기를 들고 나와 어딘가로 전화를 건다.

남편 어, 난데. 어제 잘 들어갔냐? 그래? 그래, 나도. 응. 뭐냐
면, 야, 나 어제 무슨 일 있었어? 응, 그래. 혹시 뭐 이상
한 점 없었지? 야, 어제 얼마나 마셨다고 기억이 안 나.
아냐, 잃어버린 게 아니라. 어, 그래. 잘 생각해봐. 없
어? 확실해? 아 뭐가 기억이 안 나, 이 멍청한 새꺄. 니
가 그러니까 그 나이 먹도록 장가를 못 갔지. 끊어.

남편, 소파에 전화기를 집어 던지고 씩씩거린다. 사이

남편 여보!
아내 왜!
남편 이리 좀 와! 대책을 강구해야 할 거 아니야! 이대로 내
일 어떻게 출근을 해!

살림을 거칠게 부리는 소리가 들린다. 사이

아내   나보고 어쩌라고. 무슨 말을 해주면 귓등으로도 안 들
어 처먹고, 이제 와서 뭘! 담배 끊으래도 말 안 들어, 술
좀 적당히 마시래도 말 안 들어, 일찍일찍 들어오는 꼴
을 보나……. 그러니 지가 안 늙고 배겨? 차라리 쌤통
이다. 나 몰라. 당신이 알아서 해!

남편   이 여자야. 내 얼굴 니가 보지, 내가 보냐? 응? 그래, 맘
대로 해! 나도 몰라. 같이 다녀 쪽팔린 것도 너야!

아내   걱정 마. 당신이랑 안 다닐 테니까.

사이

60

남편   에이 씨!

크리스마스트리를 집어 던진다. 아내, 뛰어나온다.

아내   뭐하는 짓이야? 너 지금 뭐라고 그랬어? 씨발? 야, 씹
새끼야!

남편   내가 언제 씨발이라고 했어!

아내   이거 빨리 원상 복구 해놔! 안 해놓으면 알아서 죽을
줄 알아!

남편   그래, 죽여라. 어차피 이대로 가면 오래 못 살겠다. 자연사
하는 게 빠른지, 네가 죽이는 게 빠른지 어디 한번 해보자.

아내   (비명에 가깝게) 야!

남편   (마찬가지로 톤을 높이며) 왜! 아 왜! 뭐!

암전에 가까운 어둠. 망가진 크리스마스트리에서 불빛이 반짝인다. 어디서 캐럴이 들리는 것 같은데, 아닌 것도 같다. 아주 먼 곳에서 틀어놓은 모양이다. 조명 들어오면, 남편이 사방으로 흩어진 크리스마스트리를 주섬주섬 모아 고치다가 베란다로 뛰어가 창문을 벌컥 열고 외친다.

남편   야! 크리스마스 끝났어! 좀 꺼! 더워 죽겠는데, 뭔 놈의
        크리스마스라고!

남편의 고함에 화답이라도 하듯 들리는 매미 소리. 남편, 아내를 돌아본다.

남편   여보……. 매미가 울어. 들었어? 이 세상이 미쳤어. 아
        하하. 미쳤어. 그래, 더 미쳐라!

아내, 대답하지 않는다.

남편   어쩐지 수상하다고 했어. 이게 말이 안 되잖아. 갑자기
        늙어버리는 게 말이 돼? 어쩐지. 그래, 바로 그거였어.
        종말. 종말이 온 거야. 당신 오늘 교회 갔었다며. 목사
        님이 뭐라고 안 해? 휴거나 종말이나 뭐 그런 거 없대?
        (틈) 무슨 생각해?
아내   아냐.
남편   뭔데. 말해. 뭐 지금 이 타이밍에 못 할 말이 뭐 있어.

그냥 질러.

아내, 갑자기 대성통곡을 한다.

아내   으어어엉. 여보 미안해. 어엉. 내가 잘못했어. 나 때문
        이야.

남편   왜 그래. 왜 울어, 갑자기? 트리 때문에 그래? 고치고
        있잖아. 다 고쳤다.

남편, 열심히 트리를 고치는 척한다.

아내   아냐. 내가 잘못했어. 내가 그러는 게 아니었어.

남편   아, 뭔데. 뭐라고 그러는지 하나도 모르겠어. 야.

아내, 흐느끼다가 갑자기 기도를 시작한다.

아내   (여전히 흐느끼며) 하나님, 제가 잘못했습니다. 아무리
        속 썩고 힘들어도 그런 기도를 드리는 게 아니었습니
        다. 딴 기도는 안 들어주시기에, 홧김에 그랬습니다. 제
        가 잘못했어요. 확 쭈끄렁방탱이가 되라고 그런 건 아
        니었습니다. 그냥 혼나라고 그랬어요. 생각해보니까
        제가 잘못한 게 더 많습니다. 저 불쌍한 어린 양을 원
        래대로 되돌려주세요. 엉엉. 아멘.

남편   야. 너 교회 가서, 나 혼내주라고, 그런 기도한 거야?

사이

남편   진짜 어이가 없다, 어이가.

아내   (흐느끼며) 정말 미안해. 정말 할아버지가 돼버렸어.

긴 사이, 아내 진정한다. 남편, 훌쩍거리는 아내를 물끄러미 바라본다.

남편   하여간…… 하여간 넌 꼭 결정적일 때 짠하더라…….

사이

남편   그래, 네 말이 맞다. 술을 너무 많이 마셔서 그래.

사이

남편   어제 애들이 택시 타는 거 보고 돌아섰는데, 동물병원
      이 있더라. 거기 개가 한 마리 있는 거야. 신기하게, 딴
      애들은 다 자는데 딱 한 마리가 깨서 나를 보고 있는
      거야. 꼬리를 막 흔들면서. 가까이 가서 보니까, 족보도
      없는 잡종 같은데, 야, 그게 왜 그렇게 나 같으냐. 남들
      다 자는데 혼자 깨서 꼬리를 흔들고 있는 꼬라지가 딱
      내 처지더라고. 아래선 치고 올라오는데, 위는 까마득
      하고…… 세상에 나만 남은 거 같더라. 애라도 있으면,
      그래, 애라도 있으면 좀 낫지 않을까, 그런 생각을 했
      어. 그러다 보니까, 딱 한잔이 간절하더라……. 그렇게
      좀 오버를 했더라고 내가. (틈) 그래서, 그러니까, 이거
      술 때문일 거야. 나 때문이야. 그러니까…….

침묵. 그 사이를 비집고, 매미 소리가 들린다. 두 사람 한동안 그림처럼 앉아 있다. 아내, 불쑥 일어나 지갑을 챙겨 들고 나간다. 남편, 놀라 뒤따라 나간다.

남편   야야, 어디 가. 야!

조명 어두워진다. 크리스마스트리 장식 전구만 반짝이는 거실. 그리고 〈징글벨〉이 들린다. 아까보다 분명하게 들린다. 조명이 들어오면 아내가 남편의 머리를 염색해주고 있다.

남편   아파. 좀 살살해.

아내   엄살은. 늙어도 소용없어.

남편   근데 이건 어디서 샀어? 좋은 거야? 이런 거 좋은 거 써야 한다던데.

아내   내 팔자야. 쉴도 안 돼서, 남편 염색이나 하고.

남편   나름 특별한 경험 아니야? 아주 이참에 그냥 노란색으로 하는 건 어때.

아내   시끄러워요.

두 사람, 잠시 말이 없다. 빗질 소리만 들린다.

남편   저기 말이야.

아내   말해.

남편   이거 뭐 별거 아닌 거 아닐까.

아내   이게 어떻게 별거 아니냐.

남편   곰곰이 생각해보니까, 사실 이젠 염색해도 그렇게 놀
       랄 나이도 아닌 거 같아.

아내, 말이 없다.

남편   뭐 사실 그렇지. 우리가 언제까지 젊을 거야. 그냥 좀
       철이 없이 살았던 거지. 없는 것 없이 있는 것만 잔뜩,
       해서는 내내 바라기나 하고 말이야.
아내   우리가 뭐가 있는데.
남편   많지. 이렇게 좋은 집, 안정된 직장 그리고, 멋진 남편.
아내   그래, 많다. 아파트에, 연봉에, 아깝네. 하나만 더 괜찮
       았음 딱인데.

사이

아내   이쪽으로 좀 돌려봐.

아내, 남편의 옆머리를 정성껏 염색한다. 구석구석 빠진 곳 없이.

남편   요즘 들어서 자꾸 허전하더라고. 예를 들어서, 여기,
       (자신의 가슴을 가리키며) 여기에 큰 주머니가 하나 달려
       있는데, 그리고 평생 여기다가 저금을 하고 살았다고
       생각했는데 말이야. 갑자기 어느 날 꺼내보려니까, 주
       머니에 아무것도 없는 거야. 그냥, 텅 비어 있는 거 있
       지. 마치 구멍이라도 난 것처럼 말이야. 근데 그게 뭔지
       모르겠더라고. 그래서 아 잃어버렸다, 그게 뭔지 모르

겠는데, 강탈당하듯, 눈 깜짝할 새에 다 잃어버렸구나,
비통해했었어.

아내　난 모르겠네. 당신 거기엔 아주 큰 밥주머니가 있었던
거 아닌가. 왜 끼니때마다 텅텅 비어서는.

남편　농담하지 마. 나 지금 진지해.

아내　나도 그래요. 나도 진지해.

남편과 아내, 피실피실 웃는다. 사이

남편　어쩌면 말이지, 뭐 잃어버린 건 없었나 봐. 애당초 아무
것도 안 넣어두었거나, 아니면 주머니가 너무 커서, 아
직 못 찾았거나. 아무튼 그래.

66　사이

남편　여보.

아내　뭐야. 징그럽게.

남편　좀 늦었지만 메리 크리스마스.

아내　좀 가만히 못 있어요?

남편　여보.

아내　아, 왜요.

남편　나 소원이 하나 있는데 말이지.

아내　뭔데요?

남편　예전에 당신, 나더러 오빠라고 했잖아. 오빠라고 한번
불러주면 안 되나.

아내　지금 늙은 호색한 같은 거 알아?

남편	그러지 말고 한번 해보지?
아내	절대 싫어. 으 닭살.
남편	그러지 말고. 내가 백 하나 사줄게.
아내	아 싫어. 징그러워. 이 오빠 새끼야.

남편과 아내, 웃는다. 천천히 어두워진다. 〈징글벨〉 음악 소리. 경쾌하고 밝은 경음악이다. 남편이 콧노래로 따라 부른다. 아내도 같이. 누가 뭐래도 제법 괜찮고 엉뚱한 크리스마스 다음 날이다.

암전

에덴

조정일

등장인물
남자
여자

시간
어느 크리스마스 다음 날 저녁

공간
주상복합아파트 '에덴'

무대
아파트 거실에 아직 풀지 못한 이삿짐들이 어지럽게 널려 있다.

매미 울음소리, 들리다 사라진다. 남자, 결혼사진 액자에 묻은 먼지를 걸레로 닦고 있다.

남자　내가 뭔가 빠졌다고 했지? 밑에 내려가보라니까 왜 말을 안 들어. 내가 안 갔으면 또 잃어버렸어. 자기가 아무 데 나 처박아놓고 안 보인다, 그거 어쨌냐, 분명 나중에 나 한테 난리 쳤을 거야. (액자를 벽에 건다.) 어떻게 결혼사진 을 까먹냐? 경비 아저씨가 액자 유리 빼내고 있더라. 분 리수거 한다고.

여자, 찻잔을 손에 들고 우아한 모습으로 주방 쪽에서 나와 베란다로 간다.

여자　메리 크리스마스. 에덴아파트 입주를 축하드려요.
남자　참 한가하십니다.
여자　커피?
남자　됐어. 너도 빨리 좀 치워. 잠잘 데는 만들어야지.
여자　(베란다에서) 와, 이거 뭐야. 이거 뭐야. 정말 죽인다! 야경 봐, 야경 봤어? 아파트 안에 공원, 멋지다!
남자　아까 매미 울었다, 공원에서. 들었어?
여자　뭐, 매미? 한겨울에 매미? 미쳤어?
남자　내가 미쳤냐, 매미가 미쳤지.
여자　와, 진짜 센트럴파크 같다. 미국 출장 갔을 때 생각나. 크 리스마스트리 봐! 한 집, 두 집, 세 집…… 그래, 저게 사 는 거지. 우리도 내년에 꼭 트리 만들자. 좋다. 좋아.

남자, 목이 긴 빨간색 스타킹 한 짝을 발견한다.

남자   양말하고 스타킹 어디 들어 있어?

여자   파란 종이가방 있을 거야. 잘 넣어놔.

남자   이러다가 나중에 못 찾아. 한짝밖에 없어.

여자   저기 있다. 에덴유치원! 아까 엘리베이터 같이 탄 애들,
       쌍둥이. 우리 윗집에 산다고 그랬지? 눈이 초롱초롱한
       게 진짜 천사 같더라. 시골 애들하고는 눈빛이 달라. 여
       긴 다 에덴이야. 에덴파크, 에덴마트, 에덴베이커리, 에덴
       교회.

남자   추워. 문 닫자.

여자   하나도 안 추워. 열어놔. 새집 냄새 나잖아.

남자   새집 냄새는 무슨.

여자   환기 좀 해야 돼. 개털 많더라.

남자   대단해. 개를 일곱 마리나 치면서 어떻게 아파트에 살았
       을까?

여자   그래도 도배 새로 하니까 쿰쿰한 냄새는 안 나지?

남자   넌 냄새 안 나?

여자   아, 바람이 달라. 높은 데서 맞는 바람. 감동이다. 너도 느
       껴봐. 좋지?

남자   (건성으로) 어.

여자   뭐가 제일 좋아?

남자   뱀이 없다는 거.

여자   뱀?

남자   그 집도 뱀만 없으면 괜찮았는데.

여자   이제 없잖아. 내가 오늘 잡고 왔잖아. (놀린다.) 뱀이 그렇

게 무서웠어요? 뱀이?

남자   하지 마.

남자   (파란색 스타킹 한 짝을 발견하고 흠칫 놀란다.) 놀래라. 여기
또 있어.

여자   바보. 뱀인 줄 알았지?

남자   하지 말라니까! 내 여행 가방 못 봤어? 신혼여행 갈 때
산 거, 보조가방.

여자   작은방.

남자   내 낚시 가방은?

여자   내가 버렸어.

남자   뭐? 아까 차에 실었는데.

여자   (베란다 한쪽에 처박힌 걸 보고) 진짜 여기 있네. 안 버리고
왜 들고 왔어.

남자   새걸 왜 버려?

여자   왜 샀니? 일요일마다 낚시한다며? 몇 번 갔냐?

남자   놔둬. 얼마짜린 줄 알아?

여자   비싼 낚싯대 가지고 뭘 했는데. 3년 동안 붕어 한 마리
못 잡고.

남자   이제부터 잡을 거야. 한강 나가서.

여자   (멀리 지나가는 전철을 발견한다.) 전철 지나간다! 안녕!

남자   아파트에서 소리 지르지 마.

여자   맨날 전철 타고 다니면서 여기 살고 싶다, 했는데 정말
살게 됐네. 안녕! 나 여기 있어. 우리 이사 왔어. 잘 가!

여자, 거실로 들어온다.

여자   아, 잃어버린 우리들의 3년. 너 때문이야!

남자   뭐? 나 때문?

여자   착각이었어. 전원생활? 완전 판단 착오였지.

남자   그게 왜 나 때문이야?

여자   네가 처음 발견했잖아, 그 집.

남자   마지막에 오케이 한 건 너야. 프로방스 스타일로 살고 싶
      다며?

여자   차 없을 때 회사 다니기 얼마나 힘들었어? 회식하다가
      막차 타러 뛰어나가고. 왜 거기서 3년이나 살았는지 몰
      라. 내가 뭐에 낚였지?

남자   맨발로 땅 밟고 싶다며. 마당 있다고 좋아했잖아.

여자   그래. 그놈의 마당! 풀이 미친년 머리칼처럼 자라는 마
      당. 마당에 낚였어. 아, 동네 꼬라지. 비 올 때 길바닥 늪
      으로 변하지, 눈 올 땐 강원도 산골로 변하고. 진짜 지옥
      이었어.

남자   온 세상이 스키장 같다며? 나, 동네 사람들하고 눈 치울
      때 그 앞으로 스키 타고 돌아다니던 여자가 있었는데. 눈
      치 없이.

여자   할망구, 할방구 들 생각난다. 불쌍한 과부, 홀아비 들. 풀
      은 왜 뜯어서 자꾸 가져다주는 거야? 우리가 염소야, 토
      끼야?

남자   유기농이라고 좋아해놓고.

여자   사람이 풀만 먹고 살아?

남자   쌈 싸 먹었잖아. 매운 족발 사오라 그래서 내가 사오고.

여자   땅콩 캤다고 들고 와. 감자 캤다, 홍시 땄다고 들고 와. 김
      장 안 한다는데 이 집 저 집에서 배추를 가져다주지를 않

나.

남자 공짜라고 좋아해놓고. 아, 맞다. (마침 뭔가 생각난 듯 이삿
짐을 뒤진다.)

여자 한쪽에서 썩어가지, 냉장고 터질 것 같지. 안 보이는 데
버린다고 얼마나 힘들었다고.

남자 (이삿짐 속에서 커다란 배추 한 포기를 꺼내들고) 아까 샘집
할머니가 줬어.

여자 싫어. 너 먹어.

남자 이제 우리 돈 주고 사 먹어야 돼.

여자 사 먹으면 되지. 아쉬울 거 없어.

남자 (배추를 털썩 내려놓고) 사람이 참 간사해.

여자 누가? 내가?

남자 이사 온 지 몇 시간 지났다고 그렇게 말이 달라져? 어른
들 들으면 놀라겠다.

여자 어른들? 양반 났네.

남자 아까 떠날 때 너 울었지? 난 누구 죽은 줄 알았어.

여자 다 늙어 죽을 거잖아요, 곧. 죽으면 못 보잖아. 그 생각나
서 잠깐 울었다, 왜? 참 사람들 별나. 남 이사 가는데 뭘
그렇게 다 나와서 구경을 해.

남자 그게 지금 할 소리냐? 우리가 그분들한테 덕 본 게 얼마
나 많은데.

여자 그분들? 좋으면 네가 가서 모시고 살아. 난 싫어. 무식한
노인네들, 고지서 날아오면 이거 뭐냐 좀 봐줘. 약국 가
서 파스 좀 사줘. 병원 가는데 차 좀 태워줘. 그렇게 이용
해먹고 말은, "젊은 사람들이 왜 여기 살아, 나가 살아야
지." 아, 정말 탈출하고 싶더라.

에
덴

남자 탈출했네, 오늘.

여자 그래, 탈출했다. 에덴! (하늘에 대고 기도한다.) 우리 이대로, 행복하게, 행복하게 살게 해주세요! (남자에게 바짝 다가서서) 에덴에 사시게 된 지금 심정 어떠세요?

남자 너 그러면 벌 받아.

여자 (마음을 풀어주려고 애교를 부리며) 몰랐어요. 내가 이렇게 착한 분이랑 사는 줄은.

남자 하이타이 풀어서 걸레질 좀 하지?

남자, 베란다로 간다.

여자 지금 나 피한 거예요?

남자 (베란다 문을 닫으며) 추워. 문 닫는다.

여자 닫지 마요. 답답해요.

남자 몇 시야? 벌써 가로등 불 들어왔네. 밤새 저렇게 불을 켜놓나? 관리비 내면서 항의하는 사람도 없어?

여자 야경이 멋있잖아요.

남자 누가 잠 안 자고 야경 보고 있어. 밤에는 어두워야지.

여자 밤에는 어두워야지? 어! 그 말. 그 말 누가 한 말인데. 그래, 집주인. 그 인간은 동네 가로등을 왜 지 맘대로 꺼대? 뭐? 밤에는 어두워야지? 나무가 잠을 못 자? 캄캄한데 사람은 어떻게 다니라고! (집주인을 흉내 내어) "이 사람들아, 그러니까 일찍 일찍 다니라고! 해 떨어지면 집에 기어들어와서 자야지, 잠도 안 자고 무슨 일을 해! 그러니까 애가 없지." 누군 집이 싫어서 일부러 늦게 오나? 애 생기면 자기가 책임지고 키워줄 거야? 아, 복수할걸. 아까 톱으로 확 잘라버리고 오는 건데.

남자   잘라? 집주인을?

여자   아니, 나무.

남자   나무?

여자   우리 마당에 있던 나무. 그렇게 잠을 잘 재웠으면 사과는 왜 안 달리는데? 그거 사과나무 맞아?

남자   몰라. 주인이 사과나무라 그랬으니까.

여자   벌레에 거미줄 천지, 낙엽. 너 나뭇가지에 눈 찔렸을 때 그 인간이 뭐랬지? 가지 좀 자르자니까 나무가 무슨 죄가 있냐, 사람이 잘 보고 다녀야지?

남자   틀린 말은 아니었지.

여자   틀린 말 아니지. 그런데 그게 사람한테 할 소리야?

남자   그래도 그늘 생기잖아. 너 나무그늘 좋아했잖아.

여자   뱀이 그늘 찾아오는 거야. 뱀 무서워서 근처도 못 갔으면서.

남자   야!

여자   저 봐. 겁쟁이.

남자, 계속해서 이삿짐을 뒤진다.

여자   나가서 뭐 먹고 오자.

남자   잠깐만.

여자   뭐 먹을까?

남자   하나만 찾고.

여자   뭐 찾는데? 아까 출발할 때도 차 붙잡아놓고 한참 돌아봤잖아. 아저씨들 얼마나 짜증 냈다고.

남자   뭔지 모르겠는데, 없어.

여자   다 있어.

남자   그래. 다 있는 것 같은데…….

여자   알겠다.

남자   뭔데?

여자   기분.

남자   기분?

여자   너무 좋아서 그런 기분이 드는 거야. 잃어버릴까 봐.

남자   잃어버릴까 봐?

여자   정말 우린 가진 게 많잖아. 좋은 집, 좋은 차, 좋은 직장, 예쁜 마누라.

남자   그런가? 좋은 집, 좋은 직장, 예쁜 마누라?

여자   축복받은 인생이군요. 능력도 없는 주제에 여자는 잘 만났어.

남자   너 이리 와.

여자가 달아나고 남자는 쫓는다.

여자   집도 바꿨겠다, 바꾸는 김에 남자도 바꿀까?

남자   지금 네 마음이 간음을 했느냐!

여자   새걸로 바꾸고 싶어!

남자   이년, 돌로 쳐 죽이겠다!

여자   넌 깨끗하냐? 깨끗하면 돌 던져.

남자   돌? (주변을 둘러보다가 비누를 집어 든다.) 돌은 없고 빨랫비누를 던지겠다.

여자   나 비누보다 깨끗한 여자야.

남자 비누가 말해줄 거야. 이 더러운 년. (비누를 던진다.)

여자 진짜 던졌어. 진짜 던졌어.

남자 미안.

여자 너 죽었어.

여자, 베란다에서 낚싯대를 들고 와 찌를 듯 남자에게 다가간다.

남자 야, 부러져. 빨리 갖다놔.

여자 뱀이다! 뱀!

남자 알았어, 항복!

여자 그 더러운 혓바닥 또 한번 놀려봐.

남자 비누 던지세요. 나도 더러운 놈이에요. (뒷걸음질 치다 바
      닥에 주저앉는다.)

여자 너 잘 만났다. 죽일 거야!

남자 살려주세요.

여자 마지막으로 할 말 있으면 해봐.

남자 진짜 뱀이 나한테 말한 거 알아?

여자 뱀이?

남자 그래, 저번 여름에 진짜.

여자 바보. 너 뱀인 줄도 몰랐잖아. 뭐 낚싯밥에 써? 지렁이,
      뱀도 분간 못 하냐?

남자 새끼 뱀인 줄은 몰랐지.

여자 뱀이 뭐라 그랬는데?

남자 뱀이.

여자 빨리 말해.

뱀이 했다는 말이 음향으로 흘러나오고, 남자는 소리 없이 입만 벙긋하며 그 말을 흉내 낸다.

남자　(입만 벙긋벙긋하며) "안녕하세요? 잘 지내시죠?"

여자　너 내 욕했지?

남자　진짜 말하는 거 같지? (다시 한 번 입만 벙긋벙긋하며) "안녕하세요? 잘 지내시죠?"

여자　내 욕했지?

남자　아니야.

여자　그만! 그 더러운 입 닥쳐라. 죽어!

남자, 기어서 도망간다. 여자, 낚싯대로 남자를 때리며 따라간다. 남자가 죽는 시늉을 할 때까지 낚싯대로 계속 때린다.

남자　살려주세요!

여자　죽어!

남자　살려주세요!

여자　죽어! 네 죄를 네가 알겠지, 죽어!

남자　(죽은 듯이 축 늘어진다.)

여자　잡았다! 뱀을 잡았어요! 내가 뱀을 잡았어요!

남자　큰일 났어요. 뱀이 복수하러 올 거야.

여자　죽었는데?

남자　소똥 먹으면 다시 살아난대. 샘집 할머니가 그랬어.

여자　(낚싯대 끝을 남자의 목에 바짝 들이댄다.) 내가 확실히 죽였어. 그런데 진짜 웃겨. 뱀을 이렇게 걸쳐서 휙 던졌다. 세게. 멀리 던진다고 던졌는데 어디로 갔는지 알아? 나무.

나무에 딱 걸렸다. 위로 슝 날아가서 사과나무 가지에 걸렸고. 못 봤어?

남자　어.

여자　사과나무에 툭.

남자　뱀이?

여자　휙, 슝, 툭.

남자　뭘로, 이걸로, 뱀을?

여자　응, 이걸로. (쓰러져 있는 남자 가슴 위로 낚싯대를 던진다.)

남자　(기겁해서 낚싯대를 쳐낸다.) 야! 야! 버려! 빨리 버려!

여자　(웃으며) 한강에서 낚시한다며?

남자　버려! 뱀 만진 거 어떻게 들고 다녀. 왜 갖고 왔어, 안 버리고. 빨리 버려!

여자, 낚싯대를 들고 가 베란다 구석에 던진다.

남자　손 닦고 와. 더러워. 집에 이상한 냄새 나는 거 같아. 씻고 와. 너무했다. 내가 제일 아끼는 낚싯대를. 네가 알아서 갖다 버려. 나 이제 낚시하러 못 갈 거 같애. 뱀 생각나서 어떻게 낚싯대 잡고 있냐. 평생 못 할 거 같애. 그냥 마트에서 우럭 사와서 매운탕 끓여 먹지. 낚시 안 해. 못 하지. 진짜 왜 죽였냐? 그냥 놔두지. 원래 집 안에 있는 뱀은 죽이는 거 아니래.

여자　복수야. 우리 마당을 못 쓰게 한 복수.

남자　어차피 이사 가는데 뭐하러 건드리냐구.

여자　뱀이 불쌍해요?

남자　낚싯대도 못 쓰게 만들고.

여자   내가 락스로 소독해줄게.

남자   안 해. 버릴 거야.

여자   새거 사줄게.

남자   안 해.

여자   사줄게.

남자   그런데 있잖아. 뱀이…….

남자, 불안한 눈길로 이삿짐을 살펴본다. 여자는 한곳에 놓여 있던 파란색과 빨간색 스타킹을 양쪽 팔에 낀다.

남자   뱀이 나무 위로 날아갔다고 했잖아.

여자   쓰—.

남자   그런데 아까.

여자   쓰—.

남자   하지 마.

여자   쓰—.

남자   아까 난 모르고 사과나무 밑에 이삿짐 빼놨거든. 그러니까 뱀이.

여자   쓰—.

남자   뱀이 안 죽고 살아 있다가 떨어지면.

여자   쓰—.

여자, 스타킹 낀 양팔을 뱀처럼 움직이며 남자 뒤로 다가가서 남자의 몸을 더듬는다. 남자는 오싹한 기분과 간지럼을 참는다. 그러다가 둘은 짐승처럼 으르렁거리며 뒤엉킨 채로 바닥을 뒹군다. 한참을 어지럽게 놀다가 나란히 눕는다. 매미 울음소리.

여자　진짜 우네, 매미.

남자　그래. 여름 되면 매미 지옥으로 변하겠지?

여자　매미 지옥도 좋아. 난 여기서 살 거야.

남자　꺼질 줄 모르는 가로등. 밤낮없이 울어댈 거야.

여자　아, 좋다.

남자　등이 따뜻해. 온수 파이프 지나가는 자린가 봐.

여자　2년 있으면 전세금 올려달라고 그러겠지?

남자　내려주는 사람 봤냐. 또 이사 가면 되지 뭐.

여자　하지 마, 이사. 오늘은 이사라는 말 듣기도 싫어. 한 5년
　　　동안 스트레스 안 받고 그냥 살았으면 좋겠다.

남자　집주인이 그랬다.

여자　누구? 이 집?

남자　아니, 그 집.

여자　그 인간이 뭐랬는데?

남자　돈 모아서 그 집 사라고. 나중에 그 집 살까?

여자　왜?

남자　너 마당 좋아하잖아.

여자　마당 있는 게 없는 것보단 좋지. 우리 집이면 난 감나무
　　　심고 싶었는데. 살구나무도 심고 배나무, 자두, 목련, 매
　　　화나무……. 그땐 할망구, 할방구 들 그 동네에 없겠지.

남자, 개털 한 오라기가 날리는 걸 발견하고 아까부터 입으로 '후' 바람
을 내고 있다.

여자　뭐 해?

남자   개털. 자꾸 개털이 나와.

여자   잡아.

남자, 자리에서 일어나 개털을 쫓기 시작한다. 여자는 누운 채로 두 손을 모아 기도한다.

여자   제발 개털 좀 그만 나오게 하시고, 전세금 많이 오르지 않게 하시며, 남편이 제 말을 잘 듣게 하시고, 돈을 더 많이 벌어들이게 하시며, 우리가 이곳에 사는 동안……

피아노 소리. 위층 아이들이 피아노를 연주하는 소리가 들린다.

여자   (벌떡 일어나며) 오, 하느님!

남자   이게 바로 말로만 듣던 층간소음.

여자   나 못 살아.

남자   그 쌍둥이 천사?

여자   (발을 동동 구르며 천장을 보고 애원한다.) 천사님들, 착하지? 치지 마, 제발. 천사들 치지 말라구. 얘들아, 맞는다. 그러다 맞는다.

바닥을 치는 소리. 아래층에서 남자와 여자에게 항의를 보낸다. 남자와 여자, 바닥 소리를 알아챈다.

남자   (무릎을 꿇고서 바닥에 대고 말하고 듣는다.) 미안합니다. 우리가 그런 게 아니구요. 네? 막 뛰고 구르고 뱀이 어쩌고……. 죄송합니다. (여자에게) 다 보셨대.

여자   (무릎을 꿇고 바닥에 말한다.) 죄송합니다. 죄송합니다.

남자   죄송합니다.

여자   (하늘을 보고) 제발 우리에게 에덴을 돌려주세요.

전화벨 소리. 남자, 조심스러운 걸음으로 휴대폰 있는 쪽으로 간다.

남자   샘집 할머니다. (통화) 네, 할머니. 잘 왔어요. 아직 짐 정
       리하고 있어요. 좋아요. 새집이잖아요. 네. 놀러 가야죠.
       잠깐만요. (여자에게 전화를 건넨다.)

여자   (전화를 한 번 뿌리치다가 받는다.) 할머니. 네. 잘 왔죠. 너무
       좋죠. 새집이잖아요. 저녁이요? 아직 못 먹었어요.

남자, 배추를 들어 여자에게 보인다.

83

여자   이삿날은 짜장면 먹어야죠. 네? 제 목소리가요? 아녜요.
       이사 때문에 힘들어서 그래요. 네. 갈게요. 놀러 갈게요.
       네? 잘 살라구요? 그럼요. 우리 진짜 잘 살 거예요. 네! 잘
       살 거예요. 네! 네!

여자, 잘 살아야 된다는 각오를 제 스스로에게 다지듯이 "네! 네!" 응답
소리 높아간다. 남자는 계속 배추를 들고 서 있다.
매미 소리, 그칠 줄 모른다.

암전

이 죽일 놈의 산타

임상미

등장인물

선미   여자, 이십대 후반
산타   남자, 삼십대 초반, 제56대 산타

시간

어느 크리스마스 다음 날 밤

공간

집 안과 집 밖으로 나뉜 공간

캐럴이 흐르는 거실. 선미가 소파에 앉아 죽도를 닦으며 노래를 따라 부른다.

선미   I wish you a fucking Christmas—. I wish you a fucking Christmas—.

선미, 자리에서 일어나 연습이라도 하듯 죽도를 휘두른다.

선미   헛, 둘, 찌르고! 헛, 둘, 베고!

어디선가 방울 소리가 들린다. 잽싸게 거실 불을 끄는 선미. 현관 앞에 지친 표정의 산타가 나타난다. 옷에 쌓인 눈을 털어낼 기력조차 없어 보인다. 집 안에 누가 있는지 문에 귀를 대고 확인하는 산타, 문이 잠겨 있는 것을 확인하고는 도구를 꺼내 문을 딴다.

산타   쉽게 좀 가자. (사이) 이렇게 보람찬 일을 주셔서 감사합니다, 아버지. 이제 좀 열리자, 응?

이윽고 문이 열린다. 산타, 집 안으로 들어가 불을 켜는데 거실 한가운데에 선미가 떡하니 서 있다.

산타   깜짝이야!

선미, 산타를 공격한다.

선미   헛, 둘, 베고! 헛, 둘, 찌르고!

그 정도는 아무것도 아니라는 듯 선미의 공격을 여유만만하게 피하는 산타.

산타   금방 갑니다.

선미   베고!

산타   저기, 제가요. 나 도둑 아니거든요.

선미   찌르고!

산타   나 누군지 알아요?

선미   아니까 이러는 거다. 헛, 둘, 찌르고! 널 없애버릴 거니까.

산타   없애? 나를?

선미   베고!

산타가 슬쩍 피하자 선미가 나동그라진다.

산타   좀 힘들지 않겠어요? 선물로 병법 책이라도 하나 드려?

선미   닥쳐라.

산타   뭐라도 주긴 줘야 되거든.

선미   내가 원하는 건 딱 하나야. (사이) 이 세상에서 산타가 사라지는 거.

산타   나도 제발 좀 그랬으면 좋겠다.

선미   곧 그렇게 된다.

산타   덤벼봐요. 덤비라니까? 아, 대신 다쳐도 원망하기 없깁니다. 산타는 말이죠. 크리스마스 시즌 딱 되면 몸이 변해요. 세포 자체가 방어적으로 바뀐달까? 내가 생각해도 참 신기해. 누가 공격하면 팔이 자동으로 올라가데?

선미, 잽싸게 산타의 등에 올라타 목을 조른다.

선미 다치는 건 당신이야.

산타 (벗어나려고 애쓰며) 이건 반칙이잖아!

선미 말하면 산소 샌다.

산타 놔, 이거…….

순식간에 산타가 선미를 엎어치기로 쓰러뜨린다. 선미, 목이 아픈지 캑캑거린다.

산타 죽을 뻔했잖아요!

선미, 다시 산타에게 달려든다. 산타, 선미의 손목을 꽉 잡는다.

선미 이거 놔. 안 놔?

산타 미안합니다. 근데 내 몸이 내 맘대로 안 돼. 그러니까
     그만해요. 이러다 정말 다치겠네.

선미, 산타의 팔을 꽉 깨문다.

산타 (비명을 지르며) 그만하라니까!

산타, 자기도 모르게 선미를 밀어낸다. 바닥에 나동그라지는 선미.

산타   괜찮아요? (사이) 어? 코피!

산타, 미안한 듯 휴지를 건네지만 선미는 뿌리친다.

선미   필요 없어.
산타   그러게 내가 그만하랬잖아요. 이 시기엔 슈퍼맨 백 명
       이 와도 못 이겨. 도둑놈 취급을 하도 많이 당해서 몸
       이 자동으로 슈퍼 방어 시스템으로 바뀐다니까. (여기
       저기 구멍 난 산타 옷을 펼쳐 보이며) 봐요. 이거 다 총알
       자국이야!

선미가 울기 시작한다. 눈물이 없는 울음이다.

산타   왜 또 울고 그래요. (사이) 울면 선물 없습니다.
선미   (더 큰 소리로) 안 울었는데! 그래서 안 울었는데!
산타   어? 정말이네? 눈물이 안 나네?
선미   분해. 너무 분해!
산타   뭐가 그렇게 분해요?
선미   착하게만 산 게 분해! 그렇게 살았는데도 소원을 안 들
       어준 게 분해.
산타   그래서 다 큰 어른이 이래요? 소원 안 들어줬다고? 무
       슨 소원이었는데요? 말해봐요.
선미   늦었어.
산타   말해보라니까. 혹시 알아요? 내가 들어줄지.
선미   ……아버지 낫는 거.
산타   아…… 아버님이 편찮으시구나. 들어주지 뭐. 코피 터

뜨렸으니까.

선미   힘들 거야.

산타   나 산타예요. 아버지 어디 계세요?

선미   돌아가셨어. 작년 오늘.

선미, 산타에게 달려들어 머리를 잡는다.

산타   (모자를 잡으며) 놔! 이건 안 돼!

선미   물어내! 내 인생 물어내! 우리 아빠 물어내라고!

실랑이를 벌이는 선미와 산타. 산타의 모자가 벗겨진다. 대머리가 드러
난다.

산타   어? (머리를 감싸며) 내 머리…….

선미   …….

산타   내 머리!

산타, 모자를 주워든다.

산타   이제 속이 시원해?

선미   일부러 그런 건 아니야! (사이) 보기보다 연식이 좀 되
        나 봐?

산타   (울먹이며) 서른둘이야.

산타가 울기 시작한다.

산타	그래. 작년이었어. 딱 사흘 일하니까 머리카락이 가을 낙엽 떨어지듯 우수수 떨어지는 거야. 병원에 가서 사흘 전 사진을 보여줬어. 왜 이렇게 된 거냐고. 무슨 방법이 없겠냐고. 근데 의사가 그래. "오 마이 갓! 이런 케이스는 처음입니다. 정말 사흘 만에 다 잃으셨네요!"
선미	무슨 일이 있었는데?
산타	이 죽일 놈의 산타가 됐지! 빌어먹을!
선미	그럼 그전엔 아니었어?
산타	옛날이 좋았지.
선미	그전엔 산타가 누구였는데? 이봐!
산타	(더 크게 울며) 아버지. 과로사로 가셨어.

선미, 망연자실해 소파에 주저앉는다.

선미	다 끝났네.
산타	나도 끝나고 싶다. 정말 끝나고 싶다. 이거 되고 나서 여친한테도 차였어. 지구가 얼마나 큰지 모르지? 5억하고도 천4백만 평방미터. 아마 이 나라의 2천배는 될 거야. 빌어먹을. 그 넓은 델 사흘 안에 돌아야 하니 힘이 남아나겠어? 한 반년은 아무것도 못 하는 거야. 나 같아도 헤어지자고 하겠다!
선미	산타가…… 가업인 거야?
산타	장남은 무조건. 빌어먹을! 눈만 뜨면 사람들 이름 외워야지, 길 외워야지, 루돌프 새끼 길들여야지. (현관 너머를 가리키며) 쟤가 얼마나 난폭한지 모르지? 내가 쟤 뿔에 찔려서 죽다 살아난 게 벌써 몇 번이야. 코 빨개지

잖아? 그게 제대로 열 받았단 신호야. 불 들어왔다 싶으면 무조건 피하고 봐야 되는 거야! 아이고, 내 팔자야.

선미 그럼 그만둬. 착한 사람들한테 그만 사기 치고.

산타 (훌쩍이며) 오해일 거야. 착하게 살았다면 선물을 못 받았을 리 없어. 우리 아버진 위대한 산타였거든.

선미 위대해? 당신 아버지가?

산타 30년 산타 일을 하면서 딘 흰 명도 빼먹어온 적이 없으니까.

선미 쫓아다니면서 세보기라도 했나 봐?

산타 아직 세상이 돌아가잖아. 산타라는 게 있으나 마나인 것 같겠지만 그렇지 않아. 세상이 미쳐 돌아간다지만 그거라도 돌아갈 수 있게 좋은 일로 기름칠하는 게 산타거든. 가끔 뉴스에 훈훈한 소식 나오지? 누군가 어려운 사람 돕고 위험에 빠진 사람 구하고 그러는 거. 그게 다 누군가의 소원이에요.

선미 아무리 그래도 절대 용서 못 해.

산타 이래서 이 짓이 싫어. 보람이 없어. 목숨 바쳐 일해봤자 뭐해. 죽인다고 덤벼, 도둑놈 취급해, 총 쏴, 작살 날려……. (오열하며) 아버지, 정말 평생 이렇게 살아야 하나요?

선미 그만둬, 그만두면 되잖아.

산타 죽기 전엔 못 그만둬. 산타는 맘대로 죽기도 어려워. 걸음마 뗄 때부터 무술을 배우거든. 합기도, 가라테, 태권도, 펜싱……. 합이 220단. 본 적 있어? (울며) 지금 봤어!

선미　　눈물 참는 건 안 가르치나 보네. (사이) 좋겠다.

산타　　울면 안 되는데. 선물 못 받는데! (크게 울며) 머리카락 안 나는데! 빌어먹을!

선미　　난 매일 울고 싶었어. 아빠가 밤마다 몸이 가렵다고 비명을 질렀거든. 당뇨였어. "선미야, 너무 가려워. 선미야, 어떻게 좀 해다오. 선미야, 제발……." 피부가 벗겨지고 피가 줄줄 흐를 때까지 온몸을 긁어댔어. 근데 이상하게 그럴 때마다 그 노래가 떠올랐어. (낮은 목소리로 노래한다.) "울면 안 돼, 울면 안 돼, 산타 할아버지는 우는 아이에게 선물을 안 주신대—." 그래서 난 울 수가 없었어. 무서웠어. 내가 울면 아빠가 돌아가실까 봐.

산타, 더욱 격렬하게 흐느낀다.

92

산타　　미안해.

선미　　(읊조리듯) 울면 안 돼, 울면 안 돼, 산타 할아버지는 우는 아이에게 선물을 안 주신대…….

산타　　울면 안 되는데!

선미　　머릿속에서 계속 맴도는 거야. 나 아빠 돌아가신 날도 안 울었다. 눈물이 안 나서. 사람들이 손가락질하더라고. 병수발 풀려나서 속으로 좋아한다고.

산타　　…….

선미　　아빤 긁다 긁다 지쳐야 잠이 들었어. 시트는 항상 피투성이였고, 손톱 사이엔 피떡이 된 살점들이 덕지덕지 붙어서 굳어 있었지. 난 아침마다 수건을 데워서 손톱을 불렸어. 그리고 굳은 피를 긁어내는 거야. 깨끗하게.

아무 일도 없었던 것처럼. (사이) 어쩌면 사람들 말이 맞을지도 몰라.

산타　그런 말 마. 병수발 쉬운 사람이 어딨어?

선미　늘 빌었어. 하루라도 편히 주무시게 해달라고.

산타　말했잖아. 우리 아버진 아무도 빼먹지 않는 사람이라고. 선물해줬을 거야.

선미　죽고 싶댔어. 너무 고통스러워서 그만 가고 싶다고. 피떡이 진 손으로 내 손을 잡고 아이처럼 울었어. (사이) 크리스마스에 울면 안 되는데.

산타　이제 안 아프셔. 울 일도 없어.

선미　그래서 빌었어. (사이) 이 고통을 멈춰주세요. 제발 좀 멈춰주세요.

산타　…….

선미　다음 날 바로 들어주더라.

산타　좋은 데 가셨을 거야.

선미　낫기를 바라서 안 울었는데. 바로 그것 때문에 아빠가 죽었어.

산타　선미 씨 때문이 아냐.

선미　내가 그런 거야. 내가 죽인 거야.

산타　아니라니까!

어디선가 매미가 운다. 희미한 울음소리가 큰 소리로 번진다. 두 마리인 것 같다.

산타　선미 씨, 알아? 저렇게 울려고 7년을 기다린대.

선미　실컷 울고 싶었나 봐. 그래서 오랫동안 참았나 봐.

산타   선미 씨 찾아왔네.

선미   날?

산타   한겨울에 매미, 흔한 거 아니잖아. 분명히 선미 씨 보
            여주려고 온 거야. "나 이제 잘 운다, 나 정말 행복하
            다⋯⋯."

사이, 선미의 눈에서 눈물이 떨어진다.

산타   어? 선미 씨⋯⋯.

선미   미안해요. 미안해요, 아빠.

사이, 매미의 울음소리가 잦아든다.

94

산타   계속 울면 선물 없다.

선미   괜찮아.

산타   아깐 선물 안 줬다고 없애버린다며?

선미   더 큰 선물을 받았어.

산타   누구한테? 난 아무것도 안 줬는데?

선미   아빠한테. (사이) 잃고 나야 받을 수 있는 선물.

산타   그럼 나한테도 줬겠네!

선미, 끄덕인다.

선미   나, 다시 시작할 거야.

매미가 다시 한 번 길게 운다. 산타와 선미, 매미가 우는 창밖을 오랫동

안 바라본다.

암전

크리스마스 특선

천정완

등장인물

남자
여자
남편
아내

시간

어느 크리스마스 다음 날 밤

공간

서울 어딘가

무대

무대는 크게 세 공간이다. 아내와 남편의 공간, 남자와 여자의 공간,
모두의 공간.

조명이 켜지면 아내가 리모컨을 쥐고 TV 앞에 앉아 있다. 남편은 외투를 벗고 아내 옆에 앉는다. 남편이 아내를 바라본다. 아내는 TV에서 시선을 돌리지 않는다. 남편은 담배를 꺼내다가 아내를 보고는 도로 넣는다.

남편   오늘은 조금 늦었어. 잠은 좀 잤어?

아내   조금요.

남편   피곤하지 않아? (사이) 뭘 보고 있어?

아내   몰라. 그냥 켜놓고 있어.

남편   좀 자.

아내   자고 싶지 않아요.

사이

남편   여보.

아내   네?

남편   여전히 그 아이가 나와?

아내   네. 여전히. (사이) 점점 더 끔찍해지는 것 같아요.

사이

남편   오늘 가게에 손님이 두 팀밖에 없었어. 그중 한 팀은 당신도 아는 사람이야. 내가 이야기해준 적 있지? 그 택시 기사. 늘 혼자 와서 엄청나게 많은 음식을 먹어 치우는 그 남자 말이야. 오늘 또 왔어. 당신 그 사람이 꼭 코끼리 같다고 했잖아. 오늘도 주문한 메뉴는 같았어. 어니언 수프, 한 근짜리 안심 스테이크, 양고기가 들어간 크림 스튜, 그리고 브리오슈 두 개, 언제나처럼 후식은 바닐라 아이스크림. 그 사람은 질리지도 않나 봐. (사이) 식사를 마친 그 남자의 얼굴을 내가 말해준 적 있지? 기억하지? 그 사람이 자기 앞에 있는 빈 접시를 그렇게 바라보다가 울었어. 젠가가 무너지듯 와르르, 어떤 블록을 잘못 뺐는지도 모르게 와르르 무너졌어. 새 냅킨을 준비해줬더니, 그걸로 눈물하고 땀으로 범벅이 된 얼굴을 닦다가 "미안해요. 하지만 날 동정하지는 마시오. 나는 당신보다는 훨씬 힘든 시간을 버티고 있는 사람이니까." 이렇게 말하고는 갔어. (사이, 웃는다.) 그 사람은 왜 그런 소리를 했을까?뭐가 그에게 그 엄청난 음식을 먹게 만드는 걸까? (사이) 이해가 안돼. 아무리 노력해도, 모르겠어.

사이

남편   또 다른 한 팀은 커플이었어. 이제 갓 스물? 아니 고등학생일 수도 있고. 하여간 아주 어렸어.

커플이 무대에 등장한다. 남자의 손에 꽃다발이 들려 있다. 남편, 자리에서 일어나서 그들에게 인사한다.

남편   어서 오세요!

서로의 손을 꽉 쥐고 긴장한 얼굴을 하고 있는 커플. 남자가 신기한 듯 주위를 둘러본다.

남자   저기 입구에 있는 입간판이요.

남편   예?

남자   들어오는 길에 세워져 있는 그 간판이요.

남편   아, 예.

남자   거기 적힌 크리스마스 특선 할인 코스 지금도 해요?

남편   (난감한 듯 웃으며) 그게 아직 있어요?

남자   안 되죠?

남편   (아내에게) 깜빡했어. 오픈할 때 지워야지 했는데, 홀 청
소를 하느라 잊었나 봐. (사이) 그래도 잘됐다 싶었지.
당신도 알다시피 어제 크리스마스 행사는 망했었잖아.
다들 예약을 취소해서 시즈닝해뒀던 특선 스테이크가
거의 그대로 냉장고에 있어서 골칫거리였거든. 두면
버리는 것들인데, 팔면 남으니까. 잘됐다 싶어서 퇴근
하려는 주방장을 설득해서 붙잡아두고 앉으라고 했어.
(남자에게) 환영합니다. 여기로 앉으세요.

남자   되나요? 그거 크리스마스 특선 코스.

남편   예, 해드리겠습니다.

남자의 얼굴이 밝아진다. 남자, 여자를 남편이 안내하는 곳에 앉히고
자신도 맞은편에 앉는다. 남편, 두 사람 앞에 메뉴판을 세팅해준다.

남편   (꽃다발을 보며) 정말 화사한 꽃이네요. 두 분처럼.

남자   (메뉴판을 보지도 않고) 크리스마스 특선 할인 코스 진짜
되는 거죠?

남편	예, 걱정 마세요.
남자	가격도 바깥에 있는 그대로죠? 둘이 합쳐 4만 5천 원, 또 추가되는 거 없죠?
남편	예, 그대로입니다.
남자	(여자에게) 된대. 진짜 좋다. 그렇지?

여자, 말없이 고개를 끄덕인다.

남편	(아내에게) 이상한 분위기였어. 남자는 여자의 손을 잡고 얼굴을 보고, 여자는 남자가 잡고 있는 손을 보고 있더라. (메뉴판을 거두며) 오늘 많이 추워요? (아내에게) 사실 여자가 떨고 있었거든. 가게로 들어오는 순간부터 아주 가늘게 떨고 있었어. (사이) 여보, 그런데 그 여자애 눈이, 그 눈이 지금도 잊히질 않아. 눈 속에 거대한 설원을 품고 있는 듯했어. 지독하게 넓고 혹독하게 추운 설원. 언젠가 내가 가본 적이 있는 듯 익숙한 한기가 전해지더라. (사이) 그래서 절대 하면 안 되는 짓을 해버렸어. 엿들은 거야, 그들을. (사이) 지금도 후회하고 있는 일이지만, 그 여자의 눈 속에 있는 그 설원에 들어가버린 거야. (남자에게) 음식을 준비할까요?
남자	예. 그렇게 해주세요.

남편이 아내 옆에 앉는다. 아내와 남편, 둘을 본다.

| 남자 | 여기 좋지? 지나는 길에 보면서 꼭 와보고 싶어 했잖아. 바깥 창문에서 보면 꼭 드라마 같다고 하면서, 막 |

미드처럼 이렇게 좁은 테이블에 앉아서 저녁 만찬을 하고 싶다고 했잖아.

사이

남자   (물을 마시며) 물 마셔봐. 레몬 맛이야. 고급은 다르구나. (물을 마시며) 얼른 마셔봐. 진짜 고급 맛이야. 얼른.

여자   (입술을 깨물며) 당분간 찬물 마시지 말라고 했어.

사이

남자   (자세를 고쳐 앉고 여자의 손을 잡으며) 몸은 괜찮아?

여자   괜찮아.

남자   여기 진짜 근사하다. 나중에 우리 결혼하면 일주일에 한 번은 이런 곳에서 외식하자.

여자   돈은 어디서 났어?

남자   어디서 빌렸어.

여자   어디서?

남자   친구한테 빌렸어.

여자   친구 누구?

남자   너 모르는 친구 있어.

여자   오빠한테 그렇게 큰돈을 가진 친구가 있어?

남자   있어. 알바하는 애. 걔 돈 많아. (사이) 부모님은 언제 오셔?

여자   내일.

남자   내일 언제?

여자 저녁 드시고 오시니까 밤에.

남자 오늘 같이 있을 수 있겠네.

여자 오늘은 혼자 있고 싶어.

남자 이런 날 어떻게 혼자 있어? 내가 지켜줄게. 옆에서 지켜줄게.

여자 오늘은 정말 혼자 있고 싶어. 그렇게 해줄래?

남자 일단 밥 먹고 이야기하자.

남편이 자리에서 일어나 나간다. 아내가 지루한 표정으로 둘을 바라본다. 잠시 뒤 남편이 접시 두 개를 들고 등장한다.

남편 전채 샐러드 드릴게요. (접시를 내려놓는다.) 겨울 특선이라 구운 채소 샐러드로 준비했습니다.

남자 감사합니다.

남편 두 분 괜찮으시다면, 와인 한 잔씩 드릴까요?

여자 괜찮아요.

남편 (웃으면서) 서비스로 드릴 테니, 한 잔씩 하세요. 몸도 더워지고 입맛도 돌 겁니다. (사이, 웃으며) 혹시 미성년자는 아니시죠?

여자 (버럭 화를 내며) 괜찮다니까요! (사이) 그리고 미성년자 아니에요.

남편 실례가 됐다면 죄송합니다. (사이) 다음 음식 준비하겠습니다. 필요한 게 있으시면 말씀해주세요. 다시 한 번 실례가 됐다면 죄송합니다.

남편, 아내 옆에 앉는다.

남자   왜 화를 내? 저 사람 무안하게. (사이) 기분 풀자. 우리
       한테는 어쩌면 오늘이 크리스마스잖아.

사이

여자   새벽에 교회 앞에서 널 기다리는데, 날이 밝을 때까지
       도 크리스마스 전구들이 켜져 있더라. 아침인데, 날은
       다 밝았고 이제 크리스마스는 끝인데 그렇게 켜져 있
       는 전구를 보니까 그제야 뭔가 잘못된 것 같은 기분이
       들었어. (사이) 하늘로 올라가는 풍선처럼 천천히 정말,
       잘못됐구나, 하는 생각이 내 마음속에 차곡차곡 쌓였
       어. 그 순간 이제는 다시 되돌릴 수 없겠구나, 실감했
       어.

사이

여자   이건 꿈일 거야, 이건 꿈이야. 생각하려고 하는데, 멀리
       서 네가 오는 거야. (꽃다발을 보며) 이 꽃다발을 들고서.
       (사이) 너도 봤지? 그 크리스마스 전구.

아내가 자세를 고쳐 앉는다. 남편이 자리에서 일어나 나간다.

여자   봤지? 그 커다란 트리에 달린 촘촘한 전구가 반짝이고
       있는 거. 너도 봤지? 분명히 봤잖아.
남자   미안, 못 봤어.

여자   아냐. 너도 봤어. 분명히.

남편이 접시를 들고 들어온다.

남편   (접시를 내려놓으며) 특선 안심 스테이크입니다. (남편,
        여자를 오래 바라본다.) 맛있게 드세요.

남편, 아내 옆에 앉는다. 남자, 음식 접시를 물끄러미 바라보다가 나이
프를 들어 고기를 썰기 시작한다. 남자, 고기를 다 썰어 여자와 접시를
바꾼다.

남자   어서 먹어. (사이) 아팠지? (혼잣말로) 아팠겠지.
여자   맞아. 아팠어.
남자   얼마나?
여자   상상도 못할 만큼.
남자   많이 피곤하지? (사이) 미안해.

사이

남자   정말 미안해. 아까는 안아주지 못해서 미안해. 사실 나
        도 너무 힘들었어. (사이) 12시 40분이었어. 간호사가
        네 이름을 부르고 네가 수술실로 들어간 시간. 네가 천
        천히 수술실로 들어가는데, 그게 너무 이상한 거야. 다
        시는 못 볼 것 같은 기분이 들었어. 두 시간이면 된다
        고 했는데, 2백 년은 걸릴 것 같은 기분이 들었어. 그
        길로 들어가면 영영 다시 못 볼 것 같더라. 네가 막 떠

내려가는 걸 나는 둔치에서 그냥 볼 수밖에 없는 기분. 영영. 넌 수술실에 들어가 있는데, 간호사년들이 짜장면을 시켜 먹더라. 네가 그 안에서 수술을 받고 있는데, 뭐가 좋다고 깔깔 웃으면서. 개 같은 년들. 대기실에 앉아서 네 생각을 하고 있는데, 간호사가 물을 떠 마시다가 나한테 그러는 거야. 그렇게 다리 떨면 복 나가요. 내가 대답을 안 하고 있으니까, 또 그러는 거야. 왜 한겨울에 양말도 안 신고 있냐고. 경황이 없었어요. 내가 그렇게 말했더니, 그년이 나한테 그러니까 왜 그랬냐고 말했어. 그 씨발년이.

여자　욕하지 마.

남자　미안, 정말 미안해. (사이) 근데 기분이 막 이상해지더라. 너는 두 시간이 지나도 안 나오고, 간호사년이 켜놓은 라디오에서는 캐럴이 나오고, 접수대 옆에 있는 크리스마스트리는 얼마나 예쁘던지, 남의 속도 모르고. 그러니까 작년 크리스마스 생각도 나고.

여자　오빠. 흥분하지 마.

남자　(심호흡을 하며) 미안해. (사이) 그 크리스마스트리를 보니까 갑자기 눈물이 막 나면서 작년 크리스마스 생각이 나는 거야. 너하고 나하고 알바 끝나고 크리스마스 케이크 사서 촛불도 불었잖아. 그 생각을 하니까 머릿속에서 매미 소리가 막 울리는 거야.

여자가 포크를 내려놓는다.

여자　내 카메라 네가 훔쳤지?

사이

여자   너 그 카메라 팔았지?

사이

여자   책임 못 지겠다고, 그냥 솔직히 수술비 없다고 말했으면 좋았을 텐데.

아내가 자세를 고쳐 앉는다.

여자   수술 끝나고 회복실에 누워 있었어. 잘못돼서 내가 죽었으면 했는데, 벌 받은 거지. 너무 깔끔하게 잘됐대. 애초에 아무것도 없었던 것처럼 깨끗하게. 얼마나 지났을까. 마취가 슬슬 풀릴 때쯤 매미 우는 소리가 들리더라. 꿈인가 싶었는데, 아니었어. 이 겨울은 평생 기억될 거야.

남자   너도 매미 소리 생각을 했구나.

여자   진짜 매미가 울었어. (혼잣말로) 이번 겨울은 영원히 지나가지 않을 거야.

사이

남자   (여자의 말을 못 듣고) 얼른 몸 괜찮아지면 좋겠다. 의사도 수술이 잘됐대. 우린 다시 행복하게 지낼 수 있어.

여자 오빠, 난 다시는 크리스마스 전구가 예쁘다고 생각할
     수 없을 거야. (사이) 아까 힘드냐고 물었지? 멀리서 오
     빠가 꽃을 들고 오는 모습을 보니까 그때부터 진짜 아
     프더라. (사이) 병신아, 거기서 손은 왜 흔드니?

남자, 어쩔 줄 모르고 자신의 접시만 바라보고 있다.

남자 괜찮을 거야. (사이) 우린 아무것도 잃은 게 없어. 맞아.
     잃은 게 없어. (사이) 먹어.

남자가 자리에서 일어나 나간다. 테이블 쪽의 조명이 꺼진다. 남편, 테
이블 앞에 서서 빈 접시를 바라보고 있다.

남편 (아내에게) 후식을 챙겨서 나갔더니, 그 커플은 이미 도
     망쳤더라고. (접시를 들어 보이며) 소스까지 말끔하게 비
     운 빈 접시 두 개만 남아 있었어.

아내가 울기 시작한다.

아내 우린 아이를 보지 않았어요. 버스가 아이를 향해서 돌
     진하는 것도 모르고, 우린 싸우고 있었어요.

사이

아내 당신은 그냥 사고라고 했었죠. 우리 아이가 죽었어요.
     근데 당신은 그냥 사고일 뿐이라고 말했어요.

사이

아내   아이가 응급실에서 죽어가고 있는 동안 당신은 울면서 소리쳤죠? 왜 이런 비극은 나한테만 일어나는 거야. 나는 여전히 이해할 수 없어요.

남편   맞아. 우리 아이가 죽어가는 동안 나는 그랬었어. 그 순간에도 나는 내가 주인공이었어.

사이

남편   우린, 아니 당신은 그때 다 잃었어. 이 시간만 지나가면, 버텨내면 괜찮다고 내가 당신에게 말할 때마다 당신은 꽁꽁 얼어붙어갔던 거야. 맞아. 이 겨울은 영원히 지나가지 않을 거야.

남편, 아내 옆에 앉는다. 아내가 자리에서 일어난다.

남편   뚱뚱한 남자는 내일도 올 거야. 또 엄청나게 많은 음식을 먹어치우겠지. 그런데 내일은 그 남자의 주문을 거절할 것 같아. 나는 그 사람이 그 음식을 먹고 숨을 몰아쉬면서 땀을 닦는 모습을 이제 보고 있을 수 없을 것 같아, 여보.

사이

남편   그 매미 소리 나도 들었어.

암전

하이웨이

김태형

등장인물

여인   45세
소녀   18세
디제이   목소리

시간

어느 크리스마스 다음 날 늦은 밤

공간

국도 위

한밤의 국도 위를 달리는 자동차 안. 암전 상태에서 라디오 주파수를 찾는 소리.

디제이   벌써 5년이라는 세월이 흘렀네요. 하지만 마흔여섯 명의 어린 생명이 목숨을 잃은 그날의 비극은 우리 모두의 기억 속에 선명히 남아 있습니다. 티 없이 맑고 순수했던 영혼들에게 바칩니다. 모차르트의 레퀴엠 d단조 쾨헬 넘버 626번 중 3번 진노의 날, 베를린 필하모닉의 연주로 듣겠습니다.

음악. 엔진 파열음과 함께 차가 급정거하는 소리. 어둠 속에서 점멸하는 비상등. 음악 소리 점점 커지다가 줄어든다.

안개가 자욱하게 깔린 국도변 갓길. 마치 한 줄기 빛처럼 자동차 헤드라이트 불빛이 짙은 안개 속을 가로지른다. 빠르게 달리는 자동차 소리가 간간이 들린다. 무대 점점 밝아지면 안개 속에서 여인이 등장한다. 누군가와 전화를 하고 있다.

여인   벌써 한 시간째예요. 그런데 30분을 더 기다리라고요? (사이) 이보세요. 이 동네 안개가 어디 하루 이틀 일이에요? 그리고 크리스마스 지난 지가 언젠데 아까부터 크리스마스, 크리스마스……. 이거 긴급 출동 서비스 아닌가요? 긴급이 뭐죠? 이러다가 무슨 일이라도 생기면 그쪽에서 책임질 거예요? 저요, 5년 동안 보험 한 번 안 갈아탔고요, 접촉 사고 한 번 안 냈어요. 그런 고객한테……. (사이) 제발 빨리 좀 와주세요. (전화를 끊는다.)

여인이 전화하는 사이 무대 뒤에서 소녀가 등장한다. 여인, 다시 어딘가로 전화를 하려다가 등 뒤에 서 있는 소녀를 발견하고 놀란다.

여인   거기서 뭐하니? 놀랐잖아.

소녀   창문을 열어놓고 나가면 어떻게 해요. 얼어 뒤질 뻔했네. (사이) 뭐래요?

여인   사고 접수가 많대. (사이) 안개.

소녀   이런 안개 태어나서 처음 봐요. (주위를 둘러보며) 어디예요?

여인   청평쯤?

소녀   겨우?

여인   그나마 국도는 덜 막힐까 했더니.

소녀   크리스마스잖아요.

여인   너도 크리스마스 타령이니? 참 잘 자더라.

소녀   나도 죽겠어요. 등만 붙이면 잠이 쏟아져.

여인   춥다, 들어가자. (차로 돌아가려다가 움직이지 않는 소녀를 보고) 안 가?

소녀   여기 있을래요. (앞쪽으로 나가 냄새를 맡으며) 가까운 데 물이 있나 봐요.

여인   애, 위험해. 안 무섭니?

소녀   (우스꽝스러운 동작으로 몸을 풀며) 아줌마는 겨우 이런 게 무서워요? (여인을 향해) 차 안에 혼자 있는 게 더 무서울 텐데.

여인, 차로 가다가 걸음을 멈춘다. 그러고는 하는 수 없다는 듯 소녀 근처에 쭈그려 앉는다.

소녀   (동작을 계속하며) 나 괜히 태웠다 싶죠?

여인   티 나?

소녀   완전.

여인   이해해라. 나이 들수록 표정 관리가 힘드네.

소녀   그래도 아줌만 양반이에요. 추모식장에 나 나타났을
        때 사람들 표정 봤죠? 어이없어.

여인   다들 놀랐으니까. 니가 올 거라곤 아무도 생각 못 했어.

소녀   특히 회장이라는 그 아저씨. 완전 똥 씹은 얼굴. 매년
        연락해서 귀찮게 한 게 누군데.

여인   다들 궁금해했어. 얼마나 컸는지, 잘 살고 있는지, 공부
        는 잘하는지.

소녀   딱 봐도 공부랑은 담 쌓은 거 같으니 실망했겠죠. 뭐,
        익숙해요.

여인   그래서 그랬니?

소녀   뭘요?

여인   윤아 엄마가 편지 낭독할 때. 대놓고 웃었잖아.

소녀   아, 그거. 솔직히 웃기지 않았어요? 자기가 쓴 편지 읽
        으면서 왜 그렇게 버벅대?

여인   그래도 좀 심했어.

소녀   안 그래도 한 방 먹이고 싶었는데 제대로 걸렸지. 살짝
        유치했던 건 인정.

여인   왜?

소녀   화장실 앞에서 마주쳤는데 그러더라고요. 내 손 꼭 잡

고. "우리 윤아 생각해서라도 니가 잘 살아야지."

여인 　　그게 뭐가? 널 보니 윤아 생각이 났겠지. 살아 있었다면 네 또래일 테니까.

소녀 　　그 뒤가 대박. 사람 아래위로 스캔하면서 "공부하는 학생 머리가 왜 이렇게 노래. 어머, 화장도 했네? 우리 윤아 생각해서 그러면 안 되지." 짜증 작렬. 나 걔랑 말 한 마디 안 해봤다고요. 얼굴도 기억 안 나.

여인 　　말이 나와 하는 얘긴데, 오늘 니 표정도 장난 아니었어.

소녀 　　내가 뭘요.

여인 　　누구든 건드리기만 해봐. 다 죽었어.

소녀, 하던 동작을 멈추고 어이없다는 듯 웃는다.

여인 　　틀렸니?

소녀 　　역시 작가는 달라. 예리해, 예리해.

여인 　　(놀라며) 날 알아?

소녀 　　나름 유명하던데요. 나 아줌마가 쓴 동화책 다 읽었어요.

여인 　　의외네.

소녀 　　지금 나 무시하는 거?

여인 　　동화 읽을 나이는 지난 것 같아서.

소녀 　　동화는 애들만 읽으란 법 있어요? 무슨 작가가 생각하는 게 그렇게 고리타분해요.

여인 　　한 방 제대로 먹었다. 아무튼 영광입니다.

소녀 　　이번에 새로 나온 책 있잖아요, 『하이웨이』. 잘 안 팔리죠?

여인   왜?

소녀   알라딘에 악평 남긴 거, 나예요.

여인   뭐?

소녀   아줌마가 쓴 동화 중에 젤 후져요.

여인   역시 널 태우는 게 아니었어.

소녀   특히 결말. 완전 찜찜해. 동화가 해피엔딩 아닌 게 말이
        돼요?

여인   그거 해피엔딩이야.

소녀, 여인을 빤히 바라본다.

여인   결국 주인공 고라니가 원래 살던 숲 속으로 돌아가잖
        아.

소녀   그럼 뭐해요. 같이 길 건너던 다람쥐, 너구리, 곰, 멧돼
        지 죄다 차에 치여 죽는데. 아니, 등장인물이 그렇게 때
        로 죽어나가는 동화가 어디 있어? 그런 건 동심 파괴
        뭐 그런 걸로 심의에 안 걸리나?

여인   다 죽었다고 생각해?

소녀   죽었잖아요!

여인   이상하다. 난 죽인 적 없는데.

소녀   누굴 바보로 아나.

여인   내 팬이라니까 너한테만 특별히 알려줄게. (목소리를 낮
        춰) 걔네, 죽은 거 아니다. 마지막 그림 기억 안 나? 왜,
        숲 속 빈집에 불빛이 환하게 켜져 있는 그림. 걔네들이
        먼저 도착해서 고라니를 기다린 거야. 불도 밝히고 따
        듯한 음식도 만들어놓고. 그 불빛 따라 음식 냄새 따라

길 잃지 말고 잘 찾아오라고.

소녀   지금 나 가지고 노는 거 아니죠?

여인   내가 왜?

소녀   그 말 진짜죠?

여인   그거 내가 썼어.

소녀   (씩 웃으며) 뭐 나쁘진 않네. 근데 아줌마. 나 아줌마 팬
         아니거든요? 완전 어이없어!

여인   알라딘에 리뷰 내려라.

소녀가 여인의 옆모습을 뚫어져라 바라본다.

여인   (전방을 주시한 채) 왜.

소녀   은호가 엄마를 닮았구나.

여인   내 아들이니까.

소녀   아뇨. 얼굴 말고 분위기 같은 거. 어딘가 묘한. 그런 느
         낌적인 느낌?

여인   스키 캠프에서 처음 만났다면서 은호를 되게 잘 아는
         것처럼 말하는구나.

소녀   잘 알아요.

여인   뭘 아는데?

소녀   아줌마가 모르는 거.

사이

여인   좋겠다, 넌……. 네 말마따나 난 걜 내 속으로 열 달이
         나 품었는데도 모르는 것투성인데.

소녀   우린 공통점이 많았어요. '메이플 스토리'의 똑같은 레
        전드리 아이템을 가지고 있었고, 코카콜라보다 펩시를
        더 좋아했어요. 그리고…… 세상에서 가장 싫어하는
        사람이 같았어요. (입 모양으로) 엄. 마.

여인   (시선을 피하며) 이러다가 여기서 날 새겠다.

소녀   아! 결정적인 게 있다. 둘 다 캠프에 억지로 끌려온 처
        지였다는 거.

여인   일찍 나설걸 그랬어.

소녀   그래서 말도 잘 통했고요.

여인   아무래도 많이 늦을 거 같은데. 너, 집엔 전화했니?

소녀   스키도 안 타고 몰래 짱박혀서…….

여인   (단호하게) 말 돌리지 말고 전화해.

소녀   말 돌리고 있는 건 아줌마예요. (사이) 이 시간엔 전화
        해도 안 받아요.

여인   운전기사 노릇까지 하면서 납치범으로 몰리긴 싫다.

소녀   집에서 내놨어요.

여인   자랑이다.

소녀, 여인을 노려보다 전화를 건다.

소녀   안 받아요. 됐어요?

여인   문자라도 보내. 추워서 난 들어간다. 들어오든 말든 니
        맘대로 해.

소녀   나한테 뭐 화난 거 있어요?

여인   내가 왜?

소녀   그런 것 같아서요.

여인	전혀.
소녀	근데 왜 그래요?
여인	왜 그러냐고? (소녀를 멍한 눈으로 바라보다가) 그냥 좀 불편해.
소녀	내가요?
여인	은호 얘기, 안 했으면 싶어.
소녀	아, 내가 은호랑 친한 척해서 기분 나빴구나.
여인	그런 거 아니야. (사이) 먼저 들어간다.

소녀, 여인의 뒷모습을 물끄러미 바라보다 어딘가로 전화를 건다.

소녀	나다. 괜찮지, 그럼. 오버 싸네. 내가 환자냐? 너, 나 없다고 재덕이랑 술판 벌인 거 아니지? 자꾸 그러면 나도 확 마셔버린다? 됐고. 너, 간만에 내 인생에 도움 좀 돼라. 차에 문제가 있는 것 같아. 잘 달리다가 갑자기 시동이 꺼졌어. 아, 새끼. 오버 싸지 말라고, 좀. 괜찮아, 괜찮아. 배터리엔 별 이상 없는 것 같은데……. 며칠 전에도 정비 받았다는데? 전화로 가능하겠어? 그럼 좀 있어봐. (소녀, 자동차가 있는 쪽으로 사라진다. 잠시 뒤 먼데서 소녀의 목소리.) 아줌마, 보닛 좀 열어봐도 돼요?

무대 어두워졌다가 밝아지면 달리는 승용차 안. 운전석에 여인이, 조수석에 소녀가 타고 있다.

여인	네 덕에 살았다.

소녀 대답이 없자,

여인   고마워.

소녀   차비라 치고 퉁 쳐요.

여인   차를 잘 아니?

소녀   나요? 하라는 대로 한 건데요, 뭐.

여인   대학생? (사이) 남자친구.

소녀   공돌이예요. 자동차정비과 다녀요.

여인   아, 그래. (사이) 넌 2학년? 내년이면 고3 되겠구나.

소녀   학생 아니에요, 지금은.

여인   어?

소녀   때려치웠어요.

여인   그래.

소녀   (여인의 얼굴을 흘깃 보고는) 소질도 없는 표정 관리 하느라 애쓰지 마요. 완전 어색해.

여인   요즘 많이들 그러니까. 내신 때문에라도. 홈스쿨링도 많이 하고.

소녀   그런 거 아녜요. 그냥 짜증 나서 관뒀어요. 아줌마, 그런 기분 알아요? 한순간에 모든 게 달라진 것 같은 기분. 근데 씨발 억울한 게, 달라진 건 내가 아니야. 나만 빼고 죄다 달라졌어. 집도, 학교도, 친구들도. 난 그날 이전이나 이후나 똑같은데, 달라진 건 하나도 없는데. 방송국이나 잡지사에서 하도 못살게 굴어서 이사만 몇 번을 했어요. 전학도 가고. 그래도 늘 유일한 생존자라는 꼬리표가 따라다녔어요. 다들 넌 함부로 살면 안 된대. 잘 살아야 할 의무가 있대. 죽은 사람들 생각해서.

인생 제대로 꼬인 거지. 반 애들은 날 무슨 마녀 보듯 하고. 아님 좆나 착한 척 동정하든가. 미친년들. 좆도 모르면서. 아, 씨발 짜증 나.

여인 저기…….

소녀 아, 씨발, 욕하면 안 되는데!

여인 미안해, 내가 괜히…….

소녀 난 그런 눈빛 잘 알아요. 아까 그 사람들이 날 쳐다보던 그 눈빛. 가끔 우리 엄마도 날 그렇게 보거든요. (사이) '그렇게 막살 거면 너도 그때 그냥 죽어버리지.'

여인 그런 말이 어디 있어.

소녀 솔까 아줌마도 속으로 그랬잖아. 이 양아치 말고 은호가 살았더라면.

120

소녀, 답답한지 여러 번 심호흡을 한다.

소녀 히터 좀 끄면 안 돼요? 토할 거 같아.

여인 멀미하니?

소녀 그냥 속이 좀 안 좋아요. 머리도 아프고.

여인 가방에 타이레놀 있는데 먹을래?

소녀 아뇨.

여인 먹으면 좀 나을 텐데.

소녀 약 같은 거 먹으면 안 돼요. (잠시 멈칫하다가) 알레르기 있어요.

여인 (히터를 끄며) 그래, 안 먹을 수 있으면 안 먹는 게 낫지.

소녀 (창밖으로 얼굴을 내밀며) 이제 살겠네.

여인 근데 왜 왔니?

소녀   네?

여인   니 말대로라면 이쪽은 쳐다보기도 싫었을 텐데, 것도 5
      년 만에 불쑥…….

소녀   아줌마 만나려고요.

여인   날?

소녀   궁금했어요. 은호가 엄마 이야길 많이 했거든요.

여인   은호가?

소녀   내 기억으론 엄청 씹었지, 아마.

여인   씹을 만하지…….

소녀   아줌마, 내가 비밀 얘기 하나 해줄까요? (사이) 저 그날
      은호랑 사귀기로 했어요.

여인   비밀이라는 게 고작? 시시하다.

소녀   그날 밤, 나눔의 시간이란 걸 했거든요. 캠프 가면 촛불
      하나씩 들고 하는 거 있잖아요, 왜. 각자 돌아가면서 가
      장 행복한 순간을 이야기하는 순서였는데, 은호가 그
      랬어요. 그해 8월이던가, 엄청 더운 날이었대요. 학원
      갔다 집에 왔는데 아줌마가 소파에 누워 자고 있더래
      요. 몇 번 불렀는데도 안 깰 만큼 깊이. 그래서 은호도
      그냥 아줌마 옆에 누웠대요. 아줌마 배에 얼굴을 묻고
      몸을 웅크린 채 한참을 그러고 있었대요. 아기처럼. 그
      때 창밖에서 매미 우는 소리가 들렸대요. 집이 한강 앞
      이라 여름이면 매미 소리 때문에 엄청 시끄럽다고. 근
      데 그날은 이상하게 매미 우는 소리가 듣기 좋았대요.
      윙윙거리는 선풍기 소리도. 그렇게 누워 있으니 너무
      좋더래요. 그때가 은호한텐 가장 행복한 순간이었대
      요.

사이

소녀   그런데 아줌마.

여인   어…….

소녀   이상하게 눈물이 나더래요. 그 순간이 너무 행복하고
좋은데 막 눈물이 흐르더래요. (사이) 그땐 참 오글거리
는 얘기다 싶었어요. 근데요, 은호 말이 맞았어. 행복해
도 눈물이 나더라고요. 은호가 언젠가 엄마한테 그날
일을 꼭 말해줄 거라고 했는데, 그걸 알고 있는 사람이
이제 나밖에 없으니까. 아줌마, 난 졸지에 유일한 생존
자가 됐어요. 나한테 의무라는 게 있다면, 그건 이 얘기
를 아줌마한테 전해주는 거예요. 미션 완료.

여인, 비상등을 켜고 차를 길가에 세운다.

여인   나도 기억해. 전날 쓰던 글이 잘 안 풀려서 밤을 새우
고 잠깐 눈을 붙였는데, 눈을 떠보니 은호가 안겨 있었
어. 그래, 아기처럼. 깨워서 얼른 점심 먹여야지 하면서
도 일어나기 싫었어. 좋았어, 그 시간이. 은호의 체온,
달큼한 땀 냄새, 후텁지근한 선풍기 바람, 그리고 매미
우는 소리. 나도 다 기억해.

여인, 운전대에 고개를 파묻는다.

여인   나도 은호랑 크리스마스를 보내고 싶었어. 시내 나가

영화도 보고 외식도 하자고 약속했는데. 몇 번이나 미룬 원고 마감 때문에 시간을 낼 수가 없었어. 중요한 기회였고, 놓치기 싫었어. 그래서 학원 원장한테 사정까지 해가며 이미 모집이 끝난 스키 캠프에 은호를 집어넣은 거야. 하지만…… 그땐 나도 어쩔 수가 없었어.

소녀　(여인을 바라보다가) "울다 보면 분명해지는 것들이 있다. 그렇게 얻은 것은 절대로 잃어버리지 않는다." (짧은 사이) 동화보다 작가의 말이 더 나은 듯.

여인, 소녀를 바라본다.

여인　10분만 쉬었다 가자. 운전을 오래 했더니 목이 뻐근해.

여인, 시동을 끄고 의자를 뒤로 젖혀 눕는다. 소녀가 가방에서 여인이 쓴 동화책 『하이웨이』를 꺼내 펼쳐 든다. 마지막 장면을 소리 내어 읽기 시작하는 소녀. 그러나 극 안에서 소녀의 목소리는 여인에게 들리지 않는다.

소녀　"이제 돌아왔어." 고라니는 측백나무 숲에 다다라서야 낮은 목소리로 중얼거렸습니다. 어느새 어둠이 찾아오고 있었습니다. 순간 어디선가 나뭇잎이 바스락거렸습니다. 바람인가. 고라니는 주위를 둘러보았습니다. 그러자 매일같이 친구들과 뛰어놀던 익숙한 숲이 한없이 낯설게만 느껴졌습니다. 측백나무가 빽빽이 둘러싸인 숲의 세계는 지금 막 생겨난 듯 고요했습니다. 종일 아무것도 먹지 못해 기운이 없었지만, 고라니는 있는 힘을 다해 친구들의 이름을 불러보았습니다. "다람쥐야, 너니?" "너구리야, 어디 있니?" "멧돼지야, 그만 돌아와!" 하지만 아무도 대답하지 않았습니다. 그제야 참았던 눈물이 흘렀습니다. 그때였습니다. 매미들이 일제히 울음을 터뜨렸습니다. 매미 소리는 순식간에 숲을 가득 메웠습니다. 고라니는 그들이 함께 울어주는 거라고 생각했습니다. 얼마나 지났을까. 와하하하하. 고라니는 고개를 갸우뚱하며 귀를 쫑긋 세웠습니다. 와하하하하. 폭죽처럼 여기저기서 터지는 매미 소리는 분명 웃음이었습니다. 우린 모두 다 괜찮다고, 서로가 서로의 눈빛을 바라보며 주고받는 유쾌한 웃음 소리였습니다. 저 멀리서 불빛이 보였습니다. 고라니가 좋아하는 노루궁뎅이버섯 수프 냄새도 바람을 타고 실려왔습니다. 고라니는 불빛을 향해 천천히 걸음을 옮겼습니다. 절뚝거릴 때마다 밀려오는 묵직한 고통이 오히려 힘이 되어주었습니다. 참 신기한 일이었습니다.

그때 들리는 매미 소리.

소녀   어?

소녀, 차창 밖으로 고개를 빼 주위를 두리번거린다.

소녀   아줌마, 아줌마…….

여인을 깨우려다 그만두는 소녀, 가만히 여인을 바라보다 그쪽으로 얼

굴을 둔 채 눕는다. 자신의 배를 끌어안고 무릎을 세워 누운 모습이 꼭
태아 같다. 소녀, 자신의 배 위에 두 손을 얹는다.

소녀   (혼잣말로) 눈물로 얻었으니 절대 잃어버리지 않을게.

긴 사이, 매미 소리 잦아들면서 잠시 무대 어두워졌다가 밝아진다.

여인   (운전대를 고쳐 잡으며) 다시 가볼까. 몸은 좀 괜찮니?

여인, 시동을 건다.

소녀   잠깐만요.

소녀가 동화책과 펜을 여인에게 건넨다.

소녀   사인.
여인   …….
소녀   가방 메는 거 진짜 싫어하는데 이 책 때문인 것만 알아
           요.
여인   후지다며.

소녀, 조금 웃는다.

여인   사인 부탁하면서 생색내는 독자는 니가 처음이다.

소녀에게 책을 건네받은 여인이 잠시 망설이다가 무언가를 적어 내려

간다.

소녀   (여인이 쓰는 글을 따라 읽으며) "어쩌면 우리는 더 이상
       잃을 것이 없는 게 아니라 처음부터 잃은 것이 없을지
       도 모른다."
여인   뭐라고 부르니?
소녀   네?
여인   (배를 가리키며) 걔, 이름이 뭐냐고.

사이

소녀   행복……이요.

여인   예쁘다. 은호는 춘식이었는데. 춘천 여행 가서 생겼거
       든. (글을 적으며) 12월 26일 크리스마스 다음 날 행복
       이에게.

짧은 사이, 소녀의 얼굴이 미세하게 일그러진다. 여인의 표정은 금방이
라도 울 것 같다가 이내 환해진다.

여인   (책을 건네주며) 배고프지 않니?
소녀   그런가?
여인   갑자기 뜨끈한 국물이 당기네.
소녀   그런 것 같기도 하고. 근데 너무 늦지 않았어요?
여인   집에서 내놨다며. 이왕 늦은 거, 뭐 좀 먹고 가자. 참, 행
       복이 아빠한텐 전화해라.

서서히 움직이는 차.

소녀   아줌마.

여인   응.

소녀   저기, 불빛이 보여요.

한곳을 바라보는 여인과 소녀.

암전

언제나 꽃가게

김현우

낡은 남자 지갑을 만지작거리고 있는 애린. 가게의 전화벨이 울린다.

애린　'언제나 꽃가게'입니다. ……아, 프리지어 한 다발 사
　　　가신 분? ……그럼요. 알죠. 매년 12월 26일에 오시는
　　　손님. ……네? 지갑 없는데요? ……저희 퇴근하려고
　　　지금 정리 다 했거든요. 있으면 제가 봤겠죠. ……그러
　　　니까 검은색 남자 지갑을 두고 가셨다고요? ……없어
　　　요. 제가 방금, 바로 전에 정리 다 했다니까요. 지갑 못
　　　봤어요. 여기에는 손님 지갑이 없네요. ……네. ……네!
　　　…… 네? 지금 뭐라고 하셨어요? ……아, 네. ……네,
　　　찾으면 꼭 연락드릴게요. 메리 크리스마스.

애린, 전화를 끊는다. 옥분이 그 모습을 기가 막힌다는 듯 바라본다.

옥분　너 지금 손에 들고 있는 건 뭐야?

애린　이거? 지갑?

옥분　그 지갑이 방금 네가 절대, 결단코, 이 가게에는 없다
　　　는, 그 지갑이야?

애린　그 지갑일 수도 있고 아닐 수도 있고.

옥분　너 참 뻔뻔하다. 사람이 잘 늙어야 되는 거야.

애린　언니처럼 늙으면 안 되는 거지?

옥분　나 반만 닮아봐라, 제발.

애린　끔찍해.

옥분　뭐?

애린　그 남자, 까만 지갑이라 그랬어. 이게 까매?

옥분　그럼 그게 빨개?

애린　　한때는 검은색이었겠지만 봐봐. 이게 이제 어떻게 검은색이야? 낡고 바래고. 쥐색쯤이라 그랬으면 내가 찾아줬을 텐데.

옥분　　너 대체 교회는 왜 다니는 거야?

애린　　결혼을 위해!

옥분　　역시 주님의 품은 킹 사이즈 침대라! 세상의 모든 싱글들이 그 품 안에서 짝짓기를 하는구나!

애린　　믿음, 소망, 사랑 중에 으뜸은 사랑이라 하셨어. 언니, 나 교회 바꿀까 봐.

옥분　　바꿔야지, 그럼. 정권 바뀐 지가 언젠데. 너 잘나가는 남자 하나 만나보겠다고 저 멀리 소망교회까지 다닌 거잖아. 정권 따라 교회도 바꿔줘야 되는 거야.

애린　　언니!

옥분　　왜?

애린　　나의 목소리가 들려?

옥분　　너의 목소리만 들려.

애린　　딸내미 목소리도 못 듣는 분이 제 목소리를 다. 고마워서 어째.

옥분　　아, 딸내미! 딸내미!

애린　　왜? 어제 저녁 잘 먹었어? 레스토랑 가서 크리스마스 특선 스테이크 드신다며?

옥분　　먹었지. 먹었어. 돈 처들여서 스테이크 잘 먹였지. 어제 없힌 스테이크가 아직까지 내려가질 않는다.

애린　　어머, 그 집 스테이크 돈값 한다.

옥분　　덕분에 난 아직 크리스마스 기분이다.

애린　　언니 딸은 누굴 닮아 그리 착할까? 세상에 요즘 어느 자식이 크리스마스 때 엄마랑 밥 먹어? 그리고 걔가 어디 보통 애야? 잘해줘. 잘 보듬어줘.

옥분 잃어버렸어, 내 딸.

애린 잃어버리다니? 다 큰 애를 어디서 잃어버려? 가출했어? 언니, 얼른 집에 가봐. 요즘은 가출하고 하루만 지나도 배고프다고 다시 기어들어온다더라.

옥분 집에 가기 무서워. 내 자식이 이제는 무섭다, 야.

애린 왜?

옥분 스테이크 썰다 걔가 갑자기 그러더라. "엄마, 나 아기 가졌어."

애린 뭐?

옥분 15주나 됐대, 벌써.

애린 세상에. 열여덟 아니야?

옥분 응. 열여덟. 하필 그때 고기 한 조각 다 씹어서 목구멍으로 넘기던 타이밍이었는데 목에 딱 걸렸어! 아, 쪽팔려.

애린 언니는 그 순간에 그게 쪽팔려?

옥분 쪽팔려! 너 내가 병원에 있으면, 중절수술 받으러 오는 애들을 한 달에 몇이나 보는 줄 알아? 새파란 것들이 새파란 남자애랑 아니면, 새파란 지 친구들이랑 와서는 아무렇지 않게 중절 받고 수다 떨며 나가는 꼬라지를 몇 번이나 본 줄 알아? "별거 아니네. 괜히 쫄았네." 이딴 말이나 하면서 나가는 애들. 그거 보면서 내가 어땠겠어? 혹시나. 혹시나 우리 애도. 아니야, 아닐 거야. 만에 하나 그러면? 그러면 어쩌지? 우리 병원으로 데리고 가야겠지? 아니, 뭐라고 말해주지?

애린   연습했니, 언니?

옥분   연습했어. 속으로. 당황하지 말아야지. 나는 아주 쿨한
       엄마가 되는 거야. 따듯하게 안아주면서, 괜찮아, 괜찮
       아.

애린   그런데 하필이면 스테이크가 목으로 넘어가려던 순간
       이었구나.

옥분   스테이크가 목에 걸려서 캑캑거리고 있는데 우리 따
       님께서 내 등을 주먹으로 내리치면서 그러더라. "엄마,
       물 마셔. 괜찮아. 괜찮을 거야. 괜찮아."

애린   애가 조숙해.

옥분   너무 조숙해서 내가 할 걸 지가 다 한 거지. 때려도
       내가 때려야 했고. 그 말도 내가 연습한 거였는데!

애린   어떻게 할 거야?

옥분   애가 날 닮아서 영리해. 나 캑캑거리는 동안 지 할 얘
       기 다 하더라. "엄마, 나 이 아이 낳을 거야. 꼭."

애린   그래서 언니는? 한마디도 못 하고 듣고만 있었어?

옥분   내가 뭐랬는지 알아?

애린   뭐랬는데?

옥분   축하해.

애린   언니…….

옥분   알아, 알아. 미쳤지, 내가. 그러고는 집까지 오는데 한
       마디도 못 하겠더라. 집에서도 얼굴을 못 보겠어서 그
       냥 방으로 들어가버렸어. 우리 둘 다.

애린   아침엔?

옥분   없더라. 오늘 캠프 사고 있던 날이잖아. 추모식 가겠다
       고 문자 하나 남기고는.

애린   어머, 사람들이 그렇게 한번 오라고 난리를 떨어도 꿈
       쩍 않던 애가 거길 다 갔어?

옥분   그러게나 말이야. 그래서 겨울만 되면 그리 앓던 애가
       지 발로 거길 갔어. 걱정돼서 죽겠는데……. 그런데 있
       잖아.

애린   응?

옥분   나 걔 얼굴이 생각 안 나. 어쩌지? 아까 병원에서부터
       그래. 내 딸이 어떻게 생겼는지 기억이 안 나. 나 정말
       걔 잃어버렸어. 잊은 건 아닌데, 잃었어.

애린   올 거야, 곧.

옥분   집에 못 가겠어. 걔 와 있으면 어쩌지? 와 있는데 내가
       못 알아보면 어쩌지? 누구니, 넌? 내가 이러면 어떡해?

133

애린이 아까 그 지갑에서 사진을 한 장 꺼내 옥분에게 준다.

애린   언니, 봐봐.

옥분이 사진을 받아 뚫어지게 본다. 태아의 초음파 사진이다.

옥분   너 애 가졌어?

애린   내가 마리아라도 되니? 하긴 마리아도 남자는 있었지.

옥분   이거 뭐야?

애린   지갑 안에 있더라.

옥분   얘 남잔가 봐. 고추 달렸네. 어쩜 이리 그윽하게 자기
       고추를 바라보니?

애린   부디 그 아이가 자라서도 고추를 소중히 여겼으면 좋

겠다.

옥분   니가 그러니까 남자가 없는 거야. 남자에 대한 기대가 너무 커.

애린   애 오면 데리고 병원 가. 언니 손주는 개보다 훨씬 예쁠 거야. 어떻게 애를 지우겠니? 지 친구들을 그렇게나 잃은 애가 어떻게 애를 지워. 안 그래?

옥분   그렇지. 나도 개한테 그런 말은 못 해.

애린   언니는 늘 그랬잖아. 아무 말도 애한테 못 했잖아. 그 사고에서 기적처럼 살아 나오고 애 다칠까 애 겁먹을까 무서워서 아무 말도 못 했잖아. 혼자 온갖 걱정은 다 하면서도 속으로만 끙끙 앓고. 괜히 엉뚱한 데다 화풀이하고.

옥분   오늘도 그랬다, 나. 갓 스물 넘어 보이는 애들이 병원에 왔거든. 여자애 수술하러 들어가고 남자애가 혼자 기다리는데 개가 너무 미운 거야. 세상의 온갖 죄는 혼자 다 지은 양 다리를 덜덜덜덜 떨면서 있는 꼬라지가 못 견디게 밉더라. 그래서 물 뜨러 가는 척하면서 한마디 해줬지. "다리 떨면 복 나가요. 양말은 왜 안 신었어요?" 경황이 없어서 못 신었다더라. 그게 할 말이니? 그럼 지 여자친구랑 할 때도 경황이 없어서 콘돔을 못 끼우신 거야? 기가 막혀서. 그래서 그러면 안 되는데 나도 모르게, "그러니까 왜 그랬어요?"라고 해버렸어.

애린   잘했네. 잘했어. 그런데 언니, 그래도 안 잘려?

옥분   잘리면 나 여기 취직할 거다.

애린   왜 이래. 꽃가게에는 꽃다운 사람이 있어야 되는 거라고.

옥분   내 다른 건 몰라도 너의 탁월한 비즈니스 감각은 높이
       산다. 세상에, 그렇게 큰 교통사고가 났는데 너는 여기
       꽃가게를 얻을 생각을 다 했니?
애린   내가 뭐랬어? 해마다 사람들이 여기 찾아올 거라고 했
       잖아. 사람들이 거기에 빈손으로 가겠어? 언니, 사람
       마음 다 같다. 내가 하고 싶은 건, 남도 하고 싶어 해.
옥분   무서운 년.

그때 옥분의 휴대폰이 울린다. 옥분, 휴대폰을 받지 않고 그냥 멍하니
본다.

옥분   무서운 년께서 전화하셨다.
애린   받아.

옥분, 전화를 받지 않고 그저 바라본다.

옥분   누구니, 넌.

전화, 끊긴다.

애린   한잔할래?
옥분   싫어.
애린   언니 병원 잘리면 다른 직장 알아봐. 나 가게 접을 거
       야.
옥분   왜?
애린   장사 잘 안 돼. 찾아오는 사람들도 뜸해지고. 산 사람은

살아야 하는 거니까. 사람들이 언제까지 죽은 사람들만 생각하겠어? 가도 이제는 다 묘지로 가지, 여기로는 안 와. 권리금 챙길 수 있을 때 챙기고 떠야지.

옥분 괜찮니, 너?

애린 언니는 딸한테 써먹으려고 연습한 걸 나한테 써먹는다?

옥분 이번에는 무슨 가게 할 건데?

애린 꽃가게.

옥분 또?

애린 언제나 꽃가게 할 거야, 난. 이번에는 밝은 꽃을 팔아야지. 아까 그 지갑 주인처럼 맨날 울상만 짓는 사람들 상대하지 말고.

옥분 그 남자 알아?

애린 내가 미워하는 남자야. 잊지 못하는 남자. 다른 사람들은 다 잊는데 그 사람은 아직 못 잊나 봐.

옥분 남 얘기하듯 한다, 너. 그 사람은 누구를 그렇게 못 잊는 걸까?

애린 애인이나 와이프겠지, 뭐. 그때 이 동네 교통사고로 죽은. 그런데 봤지? 초음파 사진. 새장가갔나 봐. 괜히 밉더라. 그래서 안 돌려준 거야, 지갑.

옥분 너 내가 말했지? 남자에 대한 기대가 너무 커. 나처럼 아무 기대 없이 남자 만나도 뒤통수 맞는데 너 어쩌려고 그래, 정말?

애린 언니, 저 위에서 형부가 들으면 서운해한다.

옥분 서운하긴! 혼자 먼저 가서 편하게 잘 놀고 있을 텐데! 남은 나만 생고생이지.

애린 하긴, 남은 사람만 고생이지. 가자. 나도 이제 퇴근해야지. 해도 아까 졌고 크리스마스도 지났는데 누가 꽃 사러 오겠어?

옥분 난 어딜 가나.

애린 한잔 안 할래, 정말?

옥분 술은 잃어버린 내 딸 다시 찾고 나서. 전화해봐야지.

애린 언니. 언니 잃어버린 거 아무것도 없어. 씨앗이 자라 꽃이 된 거야. 그뿐이야. 언니가 마음 돌리고 있는 사이에 훌쩍 자라서 못 알아보는 거야.

옥분 내일 같이 병원 갈 거야. 초음파 사진 찍어야지. 그래서 나도 지갑에 넣고 다녀야겠다. 그런데 사람들이 그 사진 보고 내가 임신한 줄 알면 어떡하지?

애린 언니. 언니 생각보다 언니 더 늙어 보여.

옥분 야! 정리해. 나 화장실 좀 갔다 올게.

옥분 나간다. 애린, 가게 정리하고 겨울 외투를 입으려다 그만둔다.

애린 한여름엔 우박이 내리더니 한겨울엔 이리 덥고…….

애린, 아까 그 지갑을 집더니 쓰레기통에 넣는다.

애린 사람이 깔끔해야지. 갈 거면 싹 잊고 가세요. 질척거리지 말고. 나도 그럴 거니까.

그때 열리는 문. 석호가 들어온다.

137

석호   장사하시나요?

애린   아, 네. 어서 오세요.

석호   꽃 좀 사려고. 근데 제가 잘 몰라서요.

애린   어느 분 드릴 건데요?

석호   잃어버렸던 사람이요. 다시 찾을 사람.

애린   네?

석호   그냥 예쁜 걸로 주세요. 너무 화려한 건 말고.

애린   이리 와서 한번 보세요.

애린은 석호를 데리고 꽃들이 가득 진열되어 있는 곳으로 간다. 옥분
이 화장실에서 나온다.

옥분   해가 져도 꽃은 줄기차게 팔리는구나.

애린   언니, 잠깐만.

석호   아, 저 때문에 퇴근 못 하시나 봐요.

애린   장사하는 사람이 어디 시간 정해놓고 하나요. 이건 어
        떠세요? 프리지어. '당신의 시작을 응원해.'

석호   네?

애린   꽃말이에요. 다시 찾으면 다시 시작해야 하니까.

옥분   그거 너한테 하는 말 같다?

애린   언니한테도.

석호   이런 겨울에도 프리지어가 다 나오네요.

애린   요즘은 하우스에서 기르니까요. 뭐, 하우스 아니라도
        오늘은 봄 날씨잖아요. 좀 이상하긴 해도 눈 대신 꽃
        날리는 날이니까.

가게 창문으로 날아온 매미. 매미가 울기 시작한다.

옥분   어머, 매미야!

애린   정말? 웬일이야.

석호   미쳤던 건 아니네.

애린   네?

석호   아닙니다. 프리지어로 싸주세요. 얼마죠?

애린   돈 안 주셔도 돼요. 크리스마스 선물.

석호   그건 어제였는데.

옥분   그냥 줄 때 받으세요. 쟤 마음 언제 바뀔지 모르니까.

애린   네. 그러세요. 그런데 조금만 이따 드릴게요. 매미 소리
            좀 듣고.

139

옥분, 애린, 석호는 함께 매미 소리를 듣는다. 매미 소리 점차 커진다.

옥분   축하해, 진심으로. 우리 딸.

애린   우리는 아무것도 잃어버리지 않았어. 아무것도.

암전

2부

사이렌

지지리곰탕

조정일

등장인물

여자　사십대 후반, 전직 초등학교 교사
남자　오십대 후반, 경비원
택배　택배 기사

시간

오늘이 어제 같고, 내일도 별다를 게 없을 것만 같은 어느 날 오후

공간

서울 외곽에 자리한 어느 동네, 재래시장 가까운 곳에 서 있는 오래된 5층 빌딩. 1층에는 카페와 라멘가게, 2층에는 기원과 마사지숍, 3층과 4층에 걸쳐 원룸, 투룸이 있으며 5층에는 개척교회가 있다. 옥상에는 낡은 첨탑이 솟아 있고 그 위에 빛바랜 십자가가 서 있다.

무대

빌딩 앞. 건물 입구 한쪽에 허름한 경비실이 붙어 있다.

여자, 감회에 젖어 빌딩 앞을 거닌다. 그러다가 길 건너 높이 올라간 신축 건물을 아찔하게 쳐다본다.

여자 잘 지었다. 통유리에 시원하고 때깔 좋고 젊은 애들처럼 날씬하게 쭉 빠졌네. 이 동네는 죽을 때까지 안 변할 줄 알았는데 좀 있으면 싹 다 바뀌겠구나. 바로 요 앞에 산이 있었지, 아마.

남자, 건물 안에서 의자 두 개를 가지고 나와 나란히 놓는다.

여자 오빠, 이 앞에 산이 있었죠?
남자 저게 앞을 막아서 이제 안 보여.
여자 산 있죠? 가려서 안 보이는 거죠?
남자 동생! 정말 안 갈래? 카페 들어가서 커피 마시자니까. 공짜야.
여자 영업하는 가게 자리 뺏기 싫어요.
남자 건물주가 왔는데 커피 한잔 대접 안 하겠어? 아니면 내가 돈 내면 되지.
여자 바깥도 좋아요.
남자 잠깐만 있어봐.

남자, 다시 건물 안으로 들어간다.

여자 금방 갈 건데……. (안에다 대고) 정말 대단해요. 이게 40년 넘은 건물이라고 하면 누가 믿겠어요? 바닥 반질반질한 거 봐. 사람들 들어오다가 미끄러지겠다. 오빠

성격이 보여. (의자에 앉는다.) 엄마가 이래서 예뻐했죠.
오빠 같은 아들이 하나만 더 있으면 좋겠다 그랬는데.

남자, 방석 하나와 음료수 두 병을 가지고 나온다.

여자　참 깨끗하게 관리 잘했어.
남자　그럼. 누가 관리하는데. 나는 우리 빌딩이 동생 얼굴이
　　　다 생각하고 특별히 더 관리하잖아. 남이 우습게 안 보
　　　도록. 일어나봐.

남자, 여자의 자리에 방석을 놓는다.

여자　아휴, 됐어요.
남자　앉아.

두 사람, 자리에 앉는다. 남자, 음료수 뚜껑을 따서 여자에게 준다.

여자　식당에서 오빠 청춘 다 흘려보내고 또 여기서 세월 보
　　　내시고. 미안하고 고맙네요.
남자　에이, 아니야. 우리가 남인가.

여자, 눈물을 닦는다.

남자　왜 그래, 동생…….
여자　아, 몰라. 오빠 보니까 옛날 생각 나고 엄마 생각도 나
　　　고. 차 타고 한 시간이면 오는 거리를 맨날 말로만 온

다 온다 그래놓고 이제 왔네.

남자 그래. 잘 왔어.

여자 많이 보고 싶었어요?

남자 손 한번 잡아보자. (여자의 손을 잡는다.)

여자 쭈글쭈글해요.

남자 고생했다. 학교 선생질 그렇게 했으면 오래 한 거야.

여자 내가 무슨 고생을 해. 오빠가 고생했죠.

남자 정말 잘 왔다, 동생.

여자 (손을 빼며) 저 코딱지만 한 데 들어앉아 있으면 얼마나 힘들까?

남자 1, 2년도 아니고 적응돼서 아무렇지 않아. 답답하면 이렇게 앉아서 햇볕 쬐고 바람 쐬고. 밥 먹고 커피 한 잔 타 가지고 앞에 지나가는 인간들 구경하면 그것도 재미야. 방구 드럭드럭 뀌면서.

145

여자 요즘은 어딜 가나 CCTV 있잖아요. 그런 거 있으면 사람도 편할 텐데.

남자 CCTV는 왜? 뭐하러?

여자 전부 기록이 되니까 사람이 지킬 필요가 없죠.

남자 사람이 있어야 돼. 종이쪽 하나 바닥에 떨어져봐. 누가 치워? 기계가 치워? 보는 즉시 내 손으로 줍지. 기계가 다 못 해. 월세 하루라도 밀려봐라. 내가 그날 바로 찾아간다.

여자 가게 하는 사람들은 오빠 싫어하겠다.

남자 싫으면 나가야지. 누가 잡나?

여자 참 꼼꼼하셔. 그런데 남자가 너무 그러면 같이 사는 여자가 힘들어요.

남자	나는 집 안 어지러운 거 못 참아. 전부 집합시켜놓고, "지금부터 새집처럼 깨끗하게 정리한다, 실시. 먼지 한 톨 내 손에 묻으면 처음부터 다시 한다, 실시." 성격이 그래.
여자	그러니까 도망갔죠.
남자	그 여자는 내가 실수로 만난 거야.
여자	나이가 들면 성격도 고치고 살아야지. 그래야 안 외롭게 살아요.
남자	나야 동생이 있는데 하나도 안 외롭지.
여자	아, 몰라. 나도 늙었어요.
남자	안 늙었어.
여자	에이.
남자	아가씨야. 학생 때 모습이 지금도 있어.
여자	아줌마죠. 내일모레 50인데.
남자	꽃 같애.
여자	호박꽃?
남자	꽃 중의 꽃.
여자	뭔데? 장미?
남자	백합.
여자	그래봤자 시들시들하죠.
남자	동생은 미소의 여왕. 말이 필요 없어. 그냥 웃으면 끝나.
여자	진짜? 웃으면 끝나?
남자	운동을 해도 금메달, 정치를 해도 대통령.
여자	입술에 침도 안 바르고 말 잘하네. 오빠도 남자예요.
남자	어머님을 빼다 박았어. 사장님이 또 알아주는 미소의

원조였지.

여자 엄마 인기 많았죠.

남자 동생이 진작에 사장님 뒤를 이어야 했어.

여자 또 그 얘기 하신다.

남자 지금도 난 기춘이가 곰탕집 하는 게 잘못이라고 생각해.

여자 우리 오빠도 잘해보려고 했지, 망하라고 달려들었겠어요?

남자 '지지리곰탕' 그러면 모르는 사람이 없었는데, 지금 누가 알아줘? 기춘이가 크게 될 사업을 말아먹었다고.

여자 뭘 말아먹어요. 기춘이 오빠도 고생하면서 장사해요.

남자 오빠라고 감싸지 마, 동생. 나는 사장님 계셨을 때도 오빠가 곰탕 한 그릇 먹는 걸 못 봤어. 그런데 케이블 방송 나와서 거짓말하데. "이것이 곰탕입니다. 지지리곰탕!" 곰탕이 뭔데, 뭘 아는데?

여자 그래요. 곰탕은 오빠가 기춘이 오빠보다 더 잘 알죠.

남자 지지리에서 장사하는 놈들도 나쁜 놈들이야. 지지리를 누가 알아줘? 사장님이 곰탕집 시작하면서 확 바뀌었지. 지지리에 뭐가 있었어?

여자 지지리 볼 게 없었죠.

남자 딴 동네 사람들이 뭐라고 했는데? 지지리 못난 놈들 그랬다고! 그런데 곰탕 잘 팔리니까 어떻게 됐어? 우우 따라서 곰탕집 냈잖아. 지지리곰탕 골목. 전국 관광 명소잖아. 지지리에서 장사하는 놈들, 사장님 동상을 세워도 부족해. 순 가짜들만 남아가지고 어딜.

여자 오빠가 지지리에서 식당 일도 같이하고 기춘이 오빠랑 잘 지냈으면 좋았을 텐데. 나는 그게 늘 안타까워요.

남자 　개는 곰탕 맛이 어디서 나오는 줄을 몰라. 그런 사람하고 어떻게 일을 해. 내 참다 참다 공장에 스텐 솥 주문하던 날 그날은 정말 못 참겠더라. 내가 주인도 아니고 나가야지. 어떡하겠어.

여자 　아, 몰라. 왜 그랬어요? 말로 하지 때리긴 왜 때려.

남자 　지금 그때로 다시 돌아가잖아? 똑같이 기춘이는 나한 테 맞게 돼 있어.

여자 　남자들이 왜 못 풀어? 시간이 그렇게 지났는데.

남자 　곰탕에 소뼈가 왜 들어가냐고!

여자 　뼈다귀 좀 넣었다고 사람을 때리면 어떡해요.

남자 　뼈는 필요 없어. 오로지 고기! 양지 사태 목심 좋은 고기 깨끗이 씻어내고, 거기다 물 붓고 하루 푹 고아서 떠먹어봐. 한 숟갈만 먹으면 기절한다고. 찾아봐. 전국에 그런 곰탕이 또 있는지. 소 한 마리가 그대로, 한우한 마리가 그대로 솥으로 들어가는 거라니까. 뼈는 빼고. 그게 진짜 곰탕이지. 동생도 알잖아?

여자 　나도 계속 그랬지. 엄마가 하던 방식을 지키자고.

남자 　그게 원칙이야!

여자 　그런데 어떡해요. 소뼈를 넣겠다고 고집하는데. 자기가 넣고 싶다는데.

남자 　난 동생이 지금 이때까지 선생질 하는 거 보면서 가슴아팠다. 백묵 가루 먹어가면서 말도 안 듣는 애새끼들 가르친다고, 시집도 안 가고 그러는 거. 동생 가슴 한쪽에 지지리곰탕이 자리 잡고 있는 거 알아. 기춘이가 장사하는 거 보면서 나처럼 욱했던 거 다 알아.

여자　학교 나가기 싫고 엄마 생각나고 또 이렇게 오빠 얘기 듣고 있으면, 나도 곰탕집 할걸 그랬나 가끔 후회돼요.

남자　후회하지 마. 후회할 걸 뭐하러 살아. 죽어야지. 이제부터 고치면 돼. 아직 시간 많아. 동생, 힘들 때는 나를 봐. 난 동생을 바라볼 테니까. 이제 마음 딱 먹고 새 출발하면 돼.

여자　새 출발?

남자　동생은 모르지? 사장님이 이 건물을 동생 앞으로 해놓은 이유?

여자　우리 오빠가 다 날려먹을까 봐 딸 보험 들어주신 거죠. 다른 이유가 있었나?

남자　사장님이 나한테 그랬다.

여자　뭐라고?

남자　"보시게, 이 자리에 지지리곰탕 제2호점을 열 것이네. 우리 영애한테 가게를 맡기려고 하네. 그때 자네가 많이 도와주시게나." 한 글자도 안 틀리고 이리 말씀하셨다.

여자　정말? 엄마가 나더러 곰탕집 하라고 그랬다구요?

남자　그랬다니까.

여자　(새삼스레 건물을 살펴본다.) 여기서?

남자　지지리곰탕 서울 1호점!

여자　정말 여기서?

남자　여기에서!

여자　엄마가 꿈이 있었네. 오빠가 나한테 전화해서 하던 말, 학교 언제 그만둘 거냐고, 곰탕집 언제 열 거냐고 묻던 게 정말 밑도 끝도 없이 하는 말이 아니었구나.

남자 진지지리곰탕!

여자 진지지리곰탕?

남자 이름부터 바꿔야 돼! 지지리 가보면 가관도 아냐. 개나 소나 지가 원조라고 아예 원조고 뭐고 없잖아.

여자 그래서 한자로 참 진(眞)을 넣어서?

남자 그렇지! 우리는 참 진, 진짜 진, 진 자가 꼭 들어가야 돼.

여자 진지지리곰탕.

남자 진, 지지리.

여자 진, 지지리.

남자 그럼 지금 지지리는 끝이야. 다 죽고 진짜 지지리곰탕이 서울에 생기는 거지.

여자 정말 혼자 연구 많이 하셨네요.

남자 내가 가마솥 걸고 불 때고 다 할게.

여자 나는 뭐하구? 돈이나 세?

남자 동생은 웃으면 끝나. 말이 필요 없어.

여자 (웃음)

남자 내가 사장님 쓰시던 가마솥도 챙겨놨어.

여자 네? 오빠가 엄마 솥을 가지고 있다고?

남자 내가 잘 보관하고 있어.

여자 오빠가 솥을 가져갔구나. 기춘이 오빠가 창고에 넣어 놨는데 고물상 넘기려고 보니까 누가 훔쳐가고 없다고.

남자 훔치다니! 사장님 가마솥을 내가 훔치다니!

여자 아니죠. 오빠가 잘 간수한 거죠.

남자 사장님 가마솥을 고물로 팔아치운다고? 기춘이가!

여자　오빠가 자식들보다 낫다니까. 엄마가 알면 얼마나 좋아할까.

남자　기춘이 걔는 안 돼. 틀렸어.

여자　아, 엄마 보고 싶다. 그랬구나. 엄마가 여기서 나 곰탕집 하라고. 오빠, 너무했어요. 진작 나한테 말 좀 해주지 않고.

남자　동생이 딱 마음먹은 날. 학교 때려치우고 오는 날. 오늘 같은 날 말해주려고 내가 참았지.

여자　그러니까 속상해요.

남자　왜 속상해? 이제 시작하면 되는데.

여자　건물 팔고 그 얘기 들으니까 짠하지.

남자　뭐? 건물을 팔아? 무슨 말인지 모르겠네. 건물을 팔았다고?

여자　팔았죠.

남자　언제?

여자　오늘. 지금 계약하고 오빠 만나러 온 거예요.

남자　왜? 아니 왜? 나하고 상의도 없이 왜?

여자　오빠, 미안해요.

남자　아니다, 아니야. 잘했어. 꼭 여기서 문 열어야 된다는 법도 없으니까. 잘했어. 다른 데 가게 낼 수도 있잖아.

여자　난 이제 즐기면서 살고 싶은데. (웃음)

남자　곰탕집 하면서 즐기고 살면 돼.

여자　나 학교도 안 나가요.

남자　알아.

여자　알아? 오빠가 어떻게 알아요?

남자　학교에 전화해봤어. 저번 주에. 동생 전화가 안 돼서.

여자 아, 나 여행 중일 때 또 전화했구나.

남자 동생! 동생! 이건 어때? 이것도 방법인데? 이 방법도 내가 몇 번 생각해봤거든.

여자 어떤 방법?

남자 동생이 지지리곰탕을 인수해.

여자 기춘이 오빠가 잘하고 있는데 왜요?

남자 동생이 해! 기춘이한테 맡기면 언제 망할지 언제 딴 놈한테 넘어갈지 몰라. 동생이 인수해서 동생이 해.

여자 (웃으며) 아휴, 참. 내가 무슨 곰탕집을 해요. 곰탕 냄새도 맡기 싫은 사람한테 자꾸 곰탕집을 해라, 해라.

남자 학교 그만두면 곰탕집 할 거라고 했잖아?

여자 내가요? 언제?

남자 전화로 수십 번 말했어.

여자 아휴 오빠, 그 말은 옛날 추억하면서 오빠하고 나하고 주고받은 말이지. 내가 곰탕집을 왜 해요.

남자 어허! 동생! 동생이 그렇게 말하면 안 되지!

여자 나는 제주도에서 즐기면서 살 건데.

남자 동생이 왜 제주도에 살아?

여자 나 제주도 사람 됐어요. 오늘도 제주도에서 올라온 거예요. 아, 내가 이 얘기 안 했구나. 오빠, 나 결혼했어요.

남자 결혼?

여자 지난주에 결혼했어요.

남자 누구랑?

여자 누구랑 하긴요, 남자랑 했지. 제주도 남자. 제주도 놀러 갔다가 인연이 돼서. 아무도 안 불렀어요. 이 나이에 젊은 애들처럼 요란 떨려니까 쑥스럽고. 그냥 양쪽 가족만 불러서 간단하게 식 올렸어요. 제주도에서.

남자 난 몰랐지. 못 들었어. 여기 처박혀서 아무것도 몰랐지. 나한테 말해주는 놈이 없으니까 나는 몰랐지. 전혀 몰 랐는데. 동생이 결혼을 했다고? 동생이 결혼을 했구나.

여자 목장 하는 사람이에요. 말 목장, 말 길러요. 그런데 그 사람이 식당 하고 싶다고 해서 서귀포에 건물 하나 샀 어요. 말고기 전문 요리점 차린다고. 그래서 이것도 좀 급하게 넘긴 거예요. 돈 필요해서.

남자 목장?

여자 말 목장, 말 길러요. 그런데 그 사람이 식당 하고 싶다 고 해서 서귀포에 건물 하나 샀어요. 말고기 전문 요리 점 차린다고. 그래서 이것도 좀 급하게 넘긴 거예요. 돈 필요해서.

남자 지지리곰탕은?

여자 (웃으며) 오빠가 해요. 가마솥도 다 가지고 있다며? 근 데 나도 제주도에서 식당 하면 못 놀겠네. 엄마 곰탕집 할 때처럼 잘됐으면 좋겠다. 오빠! 오빠 말대로 난 그 냥 웃으면 끝나?

택배 기사, 택배 상자를 들고 건물 안으로 뛰어 들어간다.

택배 안녕하세요.

남자 어이! 거기 서!

택배 (다시 밖으로 나오며) 택밴데요.

남자 다시 와!

택배 네?

남자	저기서 다시 와!
택배	왜요? 배달 왔는데요.
여자	오빠, 왜 그래요?
남자	사람 안 보여?
택배	네?
남자	사람 봤으면 제일 먼저 인사를 하고.
택배	했어요. 인사했는데.
남자	어디서 왔다, 왜 왔다, 어디 간다 말을 하고 가야 될 거 아냐. (여자에게) 동생. 난 이런 게 싫거든. 내가 여기 쓸데없이 서 있는 줄 아나 봐?
택배	택배 배달하러 왔구요. 배달하고 바로 갈 거예요.
남자	거기 뭐 들었어?
택배	나야 모르죠.
여자	오빠, 배달하러 오셨대요.
남자	(여자에게) 뉴스 봤지? 택배 기사를 가장한 강도, 절도범, 살인, 성폭행.
택배	(화나는 걸 참고) 택배 맞는데요.
남자	(주머니에서 수첩을 꺼낸다.) 기록을 해놔야 돼. 안 그러면 나중에 딴소리하거든. (택배에게) 이름 적어.
택배	(몹시 불쾌하다.) 왜요?
남자	적어.
여자	에이, 오빠.
택배	(여자에게) 아줌마는 왜 자꾸 웃으세요?
여자	네? 내가요?
택배	계속 웃잖아요. 우스우세요?
여자	내가 웃었나?

남자　　아줌마? 누구 보고 아줌마래!

택배　　내가 왜 이러고 있냐. 에이 씨!

택배 기사, 씩씩거리며 건물 안으로 들어간다. 쫓아가려는 남자를 여자
가 말린다.

남자　　에이 씨? 에이 씨? 야, 너 이리 와. 스톱!

여자　　놔두세요.

남자　　이름 적고 가! 이름 없어?

여자　　참아요. 택배 한 개 배달하면 7백 원 번대요.

남자　　7백 원?

여자　　큰일 나요. 저런 사람들 잘못 건드리면.

남자　　어휴, 7백 원. 뭐 저런 놈이.

여자　　그러니까. 조심해요.

남자　　오줌 누러 왔어.

여자　　오줌?

남자　　저거 똥 누러 왔어. 보면 알거든. 저거 어디 가는지, 왜
　　　　왔는지. 내가 이 자리 몇 년을 지키고 있었는데. 얼굴
　　　　딱 보니까 지금 똥 싸고 싶다. 오줌도 아니야, 똥. 저런
　　　　놈들 있거든. 괜찮아. 열쇠 잠가 놔서 화장실 못 들어
　　　　가. 내가 열쇠 가지고 있거든. (열쇠를 보인다.)

남자, 건물 입구 가까이에 서서 안을 살핀다.

여자　　오빠가 더 무섭다.

남자　　나올 때 봐. 택배 상자 그대로 들고 나올걸.

여자   오빠. (길 건너 빌딩을 가리키며) 건물 산 사람이 저 빌딩
       주인이에요. 싹 허물고 새로 8층 건물 짓는대요. 찜질
       방 크게 만들고, 마트 들어오고, 가게들 세놓고. 이제
       오빠도 다른 일 찾기 힘들 거 같고, 헐릴 때까지는 계
       속 여기서 일할 수 있으면 좋겠다 싶어서 주제 넘는 거
       같지만, 내가 오빠 얘기해놨어요.

여자, 남자에게 다가가 얼굴을 쓰다듬는다.

여자   많이 늙었다. 그래도 식당에서 일할 때, 그때 스무 살
       때 얼굴이 아직 있어요. 오빠, 정말 수고하셨어요. (돈
       봉투를 꺼낸다.) 제 성의예요.
남자   나 이런 거 안 받아.
여자   그 사람이 제주도 한번 놀러 오시래요. 내가 오빠 얘기
       했더니 고맙다고 오빠한테 말고기 대접하겠대요. 말고
       기 먹으러 오세요. (시계를 보고) 오랜만에 오빠 만나서
       시간 가는 줄 몰랐네.
남자   (다급하게) 가마솥 저기 있는데 보여줄까? 동생, 잠깐만
       앉아 있어.
여자   (봉투를 의자 위에 두고) 갈게요. 비행기 놓치겠어요.
남자   앉아 있어. 가마솥 보고 가!
여자   가야 돼요. 오빠, 제주도 한번 와요.
남자   영애야!
여자   말고기 먹으러 꼭 와!

여자, 나간다.

남자 가마솥 보고 가! 영애야……. 내가 잘못했다. 가마솥부
　　 터 먼저 보여줄걸 그랬다. 아, 그런데 눈 뜨고는 못 볼
　　 걸. 왜냐고? 내가 매일매일 닦아서 광이 나서 눈이 따
　　 가워서 못 쳐다본다고. 눈이 부셔서 눈 뜨고는 못 본다
　　 고.

사이렌이 울린다.

암전

라멘

유희경

등장인물

남자1 　라멘가게 사장, 숫기가 없는 남자
남자2 　라멘가게 주방장, 단순한 남자
택배 　　택배 기사, 순박하고 멍청한 남자
손님 　　중년 남자, 라멘과 라면을 구별하지 못하는 남자

시간

같은 날 오후

공간

같은 빌딩 1층 라멘가게

무대

손님 하나 없는 조용한 라멘가게. 개업한 지 그리 오래되어 보이지 않는다.
다섯 개의 테이블과 스무 개의 의자가 놓여 있는 조금 어수선한 홀 안으로
작게 음악이 흐르고 있다.

남자1, 입구에 있는 계산대에 멍하니 앉아 있다. 조는 것처럼 보이기도 하고, 생각에 잠겨 있는 것처럼 보이기도 한다. 사이, 남자2가 주방에서 나온다. 한심하다는 듯 남자1을 보는 남자2, 남자1 곁으로 다가간다.

남자2 형님. (남자1이 대답하지 않자) 형님!
남자1 아, 왜에.
남자2 아주 도를 닦으시네. 몸에서 사리 나오겠어요.
남자1 나 천주교인인데.
남자2 천주교인한테는 사리가 안 나와요?
남자1 몰라. 그럴걸?
남자2 "몰라"는 뭐고, "그럴걸"은 또 뭐예요.
남자1 잘 모르겠는데, 안 나올 것 같다는 뜻이지.

159

남자2 그냥 모른다고 하면 되죠.

사이

남자1 점심 준비는 다 됐냐?
남자2 점심시간 이미 지났어요.
남자1 아, 벌써 그렇게 됐나. 자, 저녁 준비하자.
남자2 그냥 점심 준비한 걸로 저녁까지 가면 될 거 같아요.
남자1 큰일 날 소리.
남자2 드릴 말씀 있어요. (사이) 저 내일까지만 나올게요.
남자1 왜?
남자2 손님이 없어서요.
남자1 손님이 없는데, 네가 왜 그만둬?

라
멘

남자2   그만둬야죠.

남자1   누가 들으면 네가 사장인 줄 알겠다. 나도 가만있는데 네가 왜 난리야.

남자2   저는 여기 음식을 만들러 왔지, 파리 새끼나 잡으려고 있는 게 아니라구요.

남자1   주방에 파리 있어?

남자2   말이 그렇다는 거죠.

남자1   말을 왜 그따위로 하냐.

사이

남자2   아무튼 저 모레부터 안 나옵니다.

남자1   안 돼.

남자2   그럴 거예요.

남자1   안 된다고.

남자2   허락하신 걸로 알겠습니다.

남자1   (남자2를 물끄러미 본다.) 맘대로 해. 세 달치 가불 돌려주는 거 잊지 말고.

사이

남자2   잡으려는 노력 같은 건 할 생각이 없어요?

남자1   나가지 말랬잖아.

남자2   말만 그러면 뭐 해요. 문제점을 찾아서 해결해야 할 거 아녜요.

남자1   (한숨을 쉰다.) 문제가 뭔데?

남자2 형님 처음에 저한테 뭐라고 하셨습니까.

남자1 안녕하세요.

사이

남자2 농담할 기분 아니거든요. 형님이 자꾸 그러시니까 지금…….

남자1 농담이 아냐.

남자2 정말 기억이 안 나요?

남자1 알아, 알아. 네가 필요하다고 했잖아.

남자2 기억하시네요. 정확하게는 이렇게 말씀하셨죠. "라멘으로 이 세계를 제패하기 위해서는 너의 손끝이 필요하다."

남자1 그랬지.

남자2 그 말에 제가 얼마나 감동을 받았게요. 아! 이 사람이다. 나의 주군이다……. 사실, 처음 여기에 왔을 땐 진짜 놀랐거든요. 변두리, 이 후진 건물에. 이건 망할 작정이로구나. 그치만 전 형님을 믿기로 했어요. 제 솜씨와 형님의 진심만 있으면, 금방 이곳 생활을 청산할 수 있을 거라 생각했단 말입니다. 그래서 지난 한 달간 저는, 아무런 말도 않고, 저 더운 주방을 지켜왔습니다. 하지만…… 이건 아니잖아요. 형님, 우리 한 달 동안 열 그릇은 팔았어요?

남자1 진심이야.

남자2 무슨 소리예요.

남자1 세계 제패 말이다. 진심이었어. 그리고 지금도.

남자2   좋아요. 진심. 근데요, 손님이 있어야 세계를 제패하든 끓여 먹든 하죠. 하다못해 찌라시라도 돌려야 하는 거 아닙니까. 행사도 하고요.

남자1   어중이떠중이가 드나들면, 진짜 손님을 놓치는 법이야. 진짜를 놓치고 제패라니. 그런 일은 어림없어.

남자2   형님. (한숨을 쉰다.) 이러다 망해요, 우리. 진짜.

남자1   라멘이라는 건 말이다. 단순히 한 그릇 음식이 아니야. 그건 소통과 정이야. 그리고 열정이지. 언제나 곁에 있으면서도 쉽게 알아차릴 수는 없는, 이를테면, 진리라고 할까. 소우주 말이다. 모든 것이 조화롭게 모여 있는 유니버스. 라멘처럼 막연하면서도 황홀한 존재를 나는 본 적이 없다. 상상해보렴. 면이 익어가고, 국물이 끓는 소리. 정확한 온도와 타이밍으로 탁 떨어낸 냄새만으로 자신의 존재를 알리는 바로 그 음식. 너무 일러도, 너무 늦어도 먹을 수가 없게 되지. 그 감각적인 리듬으로 우리는 라멘을 통해 일체감을 느끼는 거야. 정확하고 쫄깃한 면발과 속을 풀어 내리는 국물, 그리고 아삭아삭한 숙주와 부드러우면서도 쫄깃한 차슈는 덤.

사이

남자1   내가 이야기해준 적이 있던가. 처음 라멘을 먹은 날 말이야. 떠오르는구나. 무척 추운 날이었지.

남자2   백 번쯤 했어요.

긴 사이

남자1 그건 진짜 라멘이었어. 그때 다짐했다. 이런 라멘을 팔 아야겠다고. 아무나 먹으려고, 퇴직금 탈탈 털고 대출 까지 받아서 가게를 연 게 아니야. 그리고 너를 스카우 트해온 것도. 찌라시 따위는 필요 없다. 나는 나의 라멘 을 그런 사람들에게 허비하는 꼴은 볼 수 없다.

남자2 그건 그렇다고 해도, 손님들한테는 좀 친절할 수도 있 는 거 아녜요. 어서 오세요. 더우시죠. 맛있게 드셨어 요? 물이랑 반찬도 좀 가져다주고. 허풍도 좀 떨고요. 그런 건 아무도 욕하지 않는다고요.

남자1 말없이 무뚝뚝하지만 속은 그 누구보다 다정한 사장, 그게 콘셉트야. 『우동 한 그릇』, 뭐 이런 소설도 못 봤 냐. 주인아저씨는 한마디도 하지 않지. 그치만 모두를 울리는 건 그의 침묵이야. 대가가 운영하는 집은 늘 그 렇다. 그리고 물과 반찬은 셀프다.

163

남자2 핑계, 핑계! 핑계 대지 마세요. 부끄러워서 그런 거잖아 요. 부끄럼을 타서 어떻게 장사를 할 수가 있단 말예요. 제 말이 틀렸어요?

남자1 부끄러움이 많은 건 죄가 아니다.

긴 사이

남자2 가불 돌려줄게요. 바로는 못 주고, 자리 잡으면 바로 보 낼 테니까 그렇게 알아요. 소한테 말해도 이렇게 답답 하진 않겠다.

남자1 지금 날더러 소라고 한 게냐? 음메, 이렇게 우는 소?

라
멘

남자2   아, 지금 그렇잖아! 도대체, 귀에 뿔이 돋았나.

남자1   반말하지 마라. 그리고 나는 소가 아니야.

남자2, 답답해한다. 남자1이 그의 어깨에 손을 올린다.

남자1   같이 노력해보자. 함께 노력해서 못 할 건 없다고 믿는
다, 나는.

남자2   모르겠어요. 저는⋯⋯.

남자1   아니야. 너는 알고 있다. 됐어. 세 달만 기다려.

남자2   두 달요.

남자1   가불해준 건 세 달치야.

사이

남자2   형님⋯⋯. 저는⋯⋯ 진심으로 라멘을 만들고 싶어요.
그거면 아무것도 필요 없어요.

남자1   그래. 네 마음 잘 안다. 나를 믿어라.

남자1, 주저하다가 남자2를 안으려고 한다. 어색하게. 남자2, 뒤로 물
러난다. 침묵. 남자2, 주방으로 들어간다. 남자1, 이내 초조하고 불안한
기색이 된다. 인사를 연습해보고, 이리저리 미소를 지어본다. 긴 사이,
문을 열고 택배 기사가 들어온다.

남자1   (과장된 목소리로) 이라샤!

택배   박춘근 씨 택배요.

남자1   자자, 이 자리가 시원합니다. 이리 앉으세요.

택배	아뇨, 택배라구요.
남자1	무슨 말씀이세요? 택배 아저씨들은 식사도 안 한단 말씀이세요?
택배	아니, 그게 아니라.
남자1	라멘 한 그릇 먹는데, 뭐 오래 걸린답니까.
택배	아니, 저기요, 저는요.
남자1	(주방을 향해) 미소 라멘, 시원한 국물로, 넘치도록 이빠이 있데스!

주방에서 남자2가 대답한다.

남자1	제가 대접하는 거예요. 사양 마십쇼. 헤헤.
택배	뭘요, 왜요?
남자1	좀 어려운 얘기입니다.
택배	저 바빠요. 여기 박춘근 씨 있어요? 없어요?
남자1	박춘근 씨의 존재 유무보다 더 중요한 건, 그러니까…… 보세요, 이 가게를. 거의 모든 것이 갖춰져 있습니다. 어떤 자재들은 일본에서 직접 가지고 온 것이지요. 저 고양이 인형 (흉내를 낸다.) 보이십니까? 저거, 제가 일본에서 사온 것이지요. 저 큰 걸 가지고 오기 위해 얼마나 고생을 했는지. 저기…… 저, 요코하마 먹자골목을 휘어잡았던 전설의 가게에서 유학한 주방장을 모시고 왔지요. 게다가 음…… 음…… 아, 그래! 이, 이 나무젓가락. 이거 참나무로 만든 고급스러운 겁니다. 정확하게 스무 가닥을 잡을 수 있지요. 식감이 가장 뛰어난 양입니다. 그런데 이 가게에 없는 게 하나 있습니

다. 그게 뭔지 아시겠어요? (택배 기사의 명한 표정을 보고 낙담하여) 정말 모르시겠어요? 주위를 둘러보세요. 그렇다면, 단도직입적으로 말씀드리죠. (기어들어가는 슬픈 목소리로) 라멘을 맛있게 먹고 있는 사람이 없어요.

택배　뭐라고요?

남자1　그러니까, 라……멘을 드실 분 말입니다.

택배　저는 무슨 말인지…….

남자1　하아……. 그러니까, 저와 요코하마 유학파 주방장과 이 가게는 손님이 필요하단 말입니다.

택배　손님요?

남자1　(재빨리 택배 기사의 입을 가리며) 쉿. 그렇습니다. 손님 말입니다.

택배　(작은 목소리로) 왜, 왜요?

남자1　사정을 말씀드리자면 무척 긴 얘기입니다. 그러니까, 일단, 오늘 식사를 제가 대접하지요. 대신, 부탁이 있습니다.

택배　저는 배달을 하러 가야 하는데요.

남자1　요코하마 유학파 주방장의 라멘을 공짜로 먹을 기회를 이렇게 날리시겠다는 건가요? 30분이면 충분한데? 어차피 밥은 먹어야 하는 거 아닙니까. 보통 식사를 어떻게 하십니까?

택배　그거야, 차 안에서 때우기도 하고, 시간이 있으면 간단하게 사 먹기도 하고…….

남자1　거 보세요. 차 안에서 식사를 하면 브레이크를 몇 차례나 더 밟으셔야겠어요. 신호에 걸릴 수도 있겠죠. 지체

되는 시간, 20분은 족히 될 겁니다. 10분 더 쓰시는 겁니다. 그것도 마음 편히. 자, 일단 모자와 그 조끼를 벗어버리세요. 그건 제게 맡기십시오.

택배　허, 참…….

택배 기사, 모자와 조끼를 벗어 남자1에게 준다. 남자1, 그것을 정리해서 카운터에 둔다.

남자1　자, 이제 제 부탁 한 가지만 들어주십시오. 라멘을 드신 후에 아주 크게, 저 주방에서도 들을 수 있게, 라멘 칭찬을 해주시겠습니까. 이렇게 맛있는 라멘은 처음이다, 정도로만 해주시면 됩니다. 사실, 이건 대한민국의 자존심이 걸린 이야기입니다.

택배　대한민국의 자존심요?

남자1　간단히 말씀드리죠. 저 유학파 주방장은 한국인들의 입맛을 우습게 생각하고 있습니다. 정통 라멘 맛도 모르는.

택배　웃기는 일이네요.

남자1　조금만 작게 말씀해주세요. 그렇습니다. 그러니 저를 도와주세요. 라멘 맛 좋다는 칭찬을 조금만 해주시면 됩니다.

택배　어렵지 않네요.

남자1　그렇죠!

남자2　(주방에서) 미소 하나 나왔구다사이.

남자1, 서둘러 라멘을 가지러 가서는 "아리가또!"라 외치고 라멘을 택배 기사에게 전달해준다. 눈을 찡긋하자, 배달원이 어색하게 답한다.
남자1, 눈치를 보다가 주방 쪽으로 간다.

남자1   들었어?

남자2   뭘요?

남자1   어, 그러니까, 저 남자 말이야. (귀엣말로) 파워 블로거래.

남자2   뭐요?

남자1   (좀 더 귀엣말로) 파워 블로거!

남자2   에에? 아니 어떻게 알고!

남자1   누가 블로그에 올렸다는데? 맛있다고.

남자2   오오, 진짜요? (갑작스레 인상을 쓰곤) 사기꾼 아녜요?

남자1   야야, 들으면 어쩌려고. 할 일 없냐? 여기까지 와서 사기를 치게.

남자2   요즘 그런 사람들 많다던데.

남자1   조용히 못 해! 적극적으로 장사에 임하라며, 자식아.

남자2   아, 물론 그거야 그렇지만, 왜 갑자기. 너무…….

남자1   너 요코하마 유학파라고 그랬어.

남자2   네? 아니 왜 그랬어요?

남자1   허풍 치라며?

남자2   아니 정도가 있지, 저는 그 근처도 안 가봤다고요.

남자1   좀 가보지 그랬냐.

남자2   아니 그래도 그렇지. 요코하마가 어딨는지도 모르는데…….

남자1   아무튼 여긴 나한테 맡기고, 넌 들어가 있어. 이따 부르면 친절하게 인사만 하고 무조건 고맙다, 알지?

남자2가 들어가자 남자1, 안절부절못하다가 다시 택배 기사에게 간다. 택배 기사는 벌써 거의 다 먹은 상태이다. 땀을 닦고 있다.

택배   잘 먹었습니다. 그전에 몇 번 먹어본 적이 있는데, 거
       뭐냐, 유학파가 만든 거라 다르긴 한가 봐요.

남자1   그렇습니까? 하하…….

택배   그럼 전 이제 가볼까 합니다.

남자1   아, 물론입니다. 그럼 잘 부탁드립니다. 뭔가 전문가처
       럼.

택배   그건 어떻게 하는 건데요?

남자1   글쎄요……. 뭔가 그럴듯하게 음식 평을 하면 되지 않
       을까요?

택배   아, 알겠습니다. 감이 오네요.

남자1   한국인의 입맛을 걸고.

택배   걱정 마세요. 코를 납작하게 만들어드릴게요.

남자1   아뇨, 그냥, 편안하게 칭찬 위주로요.

택배   걱정 마시라니까요.

남자1, 뭔가 못 미더운 눈치로 남자2를 부른다. 남자2, 쭈뼛거리며 나
온다.

남자1   손님, 이 사람이 주방장입니다.

택배   아, 이분이시군요. 맛있게 먹었습니다.

남자2   아, 네. 고맙습니다.

택배   저 무슨 말씀을 드려야 할지. 음…… 음…… 혹시 박춘

근 씨를 아십니까?

남자2   박춘근 씨요?

남자1, 택배 기사를 쿡 찌른다.

택배   아, 그러니까, 제가 드리려던 말씀은, 고향에 어머니가
         계시는데, 저희 어머니가 칼국수를 참 잘하시거든요.
         아주아주 면을 가늘게 만드시는데, 그건 저희 할머니
         에게 배운 비법이죠. 그래야 면에 간이 잘 밴다는 거예
         요. 아주 걸쭉해지는데, 무척 맛이 있습니다. 지금도 가
         끔 그 맛이 생각나곤 하는데요. 뭐랄까, 그렇습니다.

남자2   네에. 그렇군요.

택배   그렇습니다. 어느 겨울밤이 생각나는군요. 무척 추운
         밤이었는데, 저와 제 동생 그리고 저희 어머니와 할머
         니 이렇게 넷이서 칼국수를 끓여 먹었지요. 그런데 할
         머니가 드시다 말고는, 저희 어머니에게 이렇게 말씀
         하셨습니다. "애야, 이렇게 낭비가 심해서 어떡하니.
         이것보다 더 얇게 밀어야지. 그래야 배도 금방 부르고
         밀가루도 아낄 수 있는 거란다." 세상에. 그때 그 면은
         제가 먹어본 어떤 칼국수 면보다 얇았는데요. 면 너머
         로 할머니의 근엄한 표정이 보일 정도였다니까요. 그
         런데 어머니가 그러시는 거예요. "어머니, 보세요. 면
         이 서로 붙어 있네요." 하하하. 얼마나 웃깁니까. 면 가
         닥이 서로 붙었다니.

남자1, 택배 기사를 다시 찌른다. 하지만, 택배 기사는 아랑곳하지 않

고 웃는다.

택배   아무튼 이 라멘은 그날 밤 칼국수를 떠오르게 만드네요.

남자2   라멘에서 칼국수가 떠오르신다고요?

택배   그렇죠. 칼국수. 우리 민족의 음식입니다. 그렇죠. 저는 칼국수가 모든 면 음식의 원조라고 생각합니다. 물론 맛이 있습니다만, 이 라멘은 저희 어머니 칼국수에 아주 약간 못 미치는군요. 역시 한국 사람은 한국 음식을 먹어야죠.

남자2   형님. 뭐예요, 이 사람?

남자1   자, 파워 블로거님. 이제 그만 돌아가셔야죠. 바쁘시다면서요.

택배   아, 그럼 저는 시간이 없어서 이만. 맛있게 먹었습니다.

남자1, 택배 기사를 데리고 나가려고 한다.

남자2   잠깐만. 뭐 잊은 게 있지 않습니까?

택배   아, 그렇지. (남자1에게) 저기 제 것 돌려주세요.

남자1   (택배 기사에게 눈짓을 하며) 네? 그게 뭐죠?

남자2   계산이요, 계산!

택배   아니, 계산이라뇨. (남자1을 보며) 무슨 말씀이세요?

남자1   (남자2에게) 아, 그게 아까…….

남자2   너 이 새끼, 사기꾼이지? 파워 블로거니 뭐니 떠들어대면서 음식값 안 내고 다니는.

택배   뭐? 이 새끼? 사기꾼?

남자2   내가 그럴 줄 알았어. 형님, 속으신 거라고요.

남자1   자, 그럼 안녕히 가세요.

택배   거 웃긴 사람이네. 할 말이 없으니 트집을 잡고 싶은
         모양인데, 여보쇼. 당신 매국노야? 어디 칼국수랑 라면
         나부랭이를 비교해?

남자2   뭐? 이거 미친 새끼 아냐?

남자2가 달려들어 택배 기사의 멱살을 잡는다. 남자1, 남자2를 급히 말
린다. 그때 배를 부둥켜안고 주저앉는 택배 기사. 남자1과 남자2가 당
황하자 잽싸게 도망간다. 남자2, 쫓아가려 하는데 남자1이 말린다.

남자2   이거 놔요. 형님, 저런 새끼는 잡아서 족쳐놔야 다신 이
         런 짓 못 한다고요.

남자1   이건 다 내 잘못이야……. 네가 참아라.

남자2   형님이 순진하니까 저런 것들이 꼬이는 거예요!

남자1   알았다. 내가 잘못했어. 안 하던 짓해서 그래.

택배 기사, 몰래 들어와 카운터에 있는 모자와 조끼를 챙긴 다음 나가
려다가

택배   근데, 저기 화장실이 어딨나요……?

남자2   (던질 걸 찾으며) 이 미친놈아, 썩 안 꺼져?

택배 기사, 다시 도망친다.

남자2   뭐야, 저거.

남자1 그냥 모자란 놈이야. 그냥. 나처럼.

남자2 또 뭘 그런 거 가지고 자책하고 그러세요. 형님 경험이 없어서 그래요.

남자1 아냐. 난 이런 일에 소질이 없는 게 분명해.

손님, 들어온다. 남자1과 남자2, 손님을 본다. 손님은 그들의 시선 따윈 아랑곳하지 않고 자리에 앉는다.

손님 야! 여기 만두라면 하나. 김밥하고.

남자1과 남자2, 그를 물끄러미 쳐다본다.

손님 만두 많이 넣어라.

남자1, 말없이 주방으로 들어가 칼을(혹은 국자를) 들고 괴성을 지르며 뛰어나온다. 남자2, 남자1을 말린다. 손님, 깜짝 놀라 욕설을 내뱉으며 도망친다.

남자2 형님! 왜 이러세요.

남자1, 힘없이 자리에 앉는다.

남자1 쪽팔려서 그런다. 쪽팔려서. 씨발.

그때 어디선가 사이렌이 울린다.

남자1   그 새끼가 경찰 불렀나 보다.

남자2   (가만히 듣고 있다가) 아닌 거 같아요. 오늘 민방위 훈련
        있나?

남자1   나 정말 궁금한 게 있는데.

남자2   네. 말씀하세요.

남자1   저건 대체 얼마 만에 한 번씩 하는 거냐.

남자2   글쎄요. 근데 형님.

남자1   왜?

남자2   우리, 얼른 책상 아래에 숨어야죠.

두 사람, 웃는다.

암전

우리가 헤어질 때

박춘근

등장인물

여자	삼십대 중반, 이제 막 주목받기 시작한 연극배우
남자	삼십대 중후반, 삼류 소설가
종업원	여자, 삼십대 초반, 카페 종업원, 살짝 배가 나오기 시작한 임산부
택배	택배 기사

시간

같은 날 오후

공간

같은 빌딩 1층 카페

무대

커피, 맥주, 스낵 등을 파는 곳. 고급스럽게 꾸미려고 했으나 주인의 값싼 취향이 엿보인다. 한쪽에 소화기, 화재경보기 등이 있다.

여자와 남자, 카페에 앉아 있다. 같은 모양의 반지를 끼고 있다. 남자는 커피, 여자는 맥주를 두어 병째 마시고 있다. 여자, 어깨를 들썩이며 울고 있다. 남자, 난처한 표정. 그런데 두 사람의 모습은 어쩐지 가식적이다. 종업원, 우울한 표정으로 주위에서 쟁반을 들고 물잔 등을 옮기고 있다. 카페에 손님이 많은 것으로 가정한다.

남자 (종업원에게) 여기요, 물 좀 더 주세요.

여자 벌써 몇 번째야?

남자 인생이 말라버리니까 목도 자꾸 마르다.

여자 (눈물 닦으며) 우리 이렇게 끝인 거야?

남자 끝이 아니라 새로운 시작이야.

여자 비겁한 자식.

남자 나 비겁해. 이제 날개를 달기 시작한 널, 내 걸로만 하기에는 난 너무 비겁해. 〈신의 아그네스〉 잘되길 뒤에서 빌게. 아그네스 역은 너에게 날개가 될 거야.

여자 나도 네 날개를 기다린다니까. 자기 세계의 신 같은 게 작가인데 그렇게 쉽게 되겠어? 지난번 소설은 운이 안 좋았던 거잖아. 이번에 신작 나올 거라면서.

종업원, 남자와 여자에게 물을 가져다준다.

남자 기다림이란 말에 희망을 걸기에는…… 난 막차를 놓쳤다. 내 소설들은 이면지야. 그거 예전에 엎어졌어.

여자 뭐, 또?

남자 너에게 자유라는 굴레를 씌워주는 거야. 나를 딛고 날아가.

종업원, 남자를 어이없게 쳐다본다.

여자   이제 너에게 잔소리조차 할 수 없구나. 너 재능 있어.

남자   너의 마지막 코멘트, 내 잔이 넘치는구나. (일어나며) 먼저 일어난다.

여자   이렇게 가는 거야?

남자   안녕. (사이) 아, 깜빡했는데 지갑을 안 갖고 나왔다. 마지막까지 미안하다. 그럼, 너의 자유에 굿바이.

여자   (냉정하게) 잠깐만.

남자   미안해, 우리는 이제 더 이상 우리가 아냐. 어쩔 수 없는 건 어쩔 수 없어.

여자   잠깐만 앉아봐.

남자   시간을 미룬다고 달라지는 건 없어.

여자   (작게, 다른 목소리로) 야, 이 자식아. 나도 돈 없어.

남자   뭐? (앉으며, 다른 목소리로) 왜?

여자   급하게 나왔잖아. 집 앞에서 5분이면 된다더니 여기까지 끌고 온 건 너야.

둘은 잠시 난감하게 앉아 있다.

남자   무슨 여자가 지갑도 안 갖고 다녀? 한 푼도 없어?

여자   이런 말 할 거면 아까 그 공원에서 해도 됐잖아.

남자   헤어지잔 말을 어떻게 길바닥에서 해?

여자   그래서? 마지막으로 베푼 친절이 이거야? 아니, 돈도 없으면서 어떻게 헤어지자고 말을 해?

남자	이별하고 돈이 무슨 상관이야?
여자	낭만적인 게 없어. 돈도, 사랑도, 이 싱거운 맥주도. (맥주를 마신다.)
남자	넌 왜 대낮에 술이야?
여자	아까 시킬 땐 아무 말 없더니.
남자	어차피 끝이었으니까. 우리 어쩌냐?
여자	여기서 우리는 없다며? 이게 뭐야? 갑자기 불러내서 헤어지자는 것도, 돈 없는 것도 다 너니까 네가 해결해.
남자	네가 더 비싼 맥주 먹었잖아.
여자	내가 어떻게 이런 남자를 믿고.
남자	그러니까 헤어지자고…….
여자	아, 고마워서 눈물이 다 난다. 사람들이 나 우는 거 다 봤는데.
남자	아, 그래! 우리 이러자. 내가 먼저 나가서 조금 있다가 "불이야!" 소리칠게. 그러면 사람들이 막 우왕좌왕할 거 아니야. 그때 넌 어수선한 틈을 타서 얼른 나와. 어때?
여자	야! 그게 소설 쓴다는 애가 꾸며낸 수준이냐? 그러니까 삼류지.
남자	아깐 재능 있다며? 왜? 내가 기다릴까? 네가 나가서 소리칠래?
여자	정말 내 속에 불난다. 무슨 난데없는 불이야? 연기도 없고 사이렌도 안 울리는데 네 소리만 듣고 사람들이 도망간다고? 아예 소방차라도 부르지 그러셔?
남자	그런가? (화재경보기 쪽을 보며) 화재경보기 같은 거라도 울려야 되나?

여자   말도 안 되는 생각 말고, 어디서 돈이라도 꿔와. (사이)
　　　　아님, 그 시계라도 맡기거나.

남자   이 시계는 네가 해준 생일 선물이잖아.

여자   그래, 그거네.

여자, 손가락에서 반지를 뺀다. 남자한테 밀면서

여자   이것도 더 이상 필요 없으니까 저기 배 나온 종업원한
　　　　테 돈 대신 받으라고 해. 네 것도 줘버려.

남자   이건 우리 커플링이잖아.

여자   그러니까! 이제 무슨 소용이야?

남자   여기 얼마나 한다고 3만 원짜리 반지를 줘?

여자   3만 원? 30만 원이라고 했잖아!

남자   그러니까, 30만 원.

여자   사랑한다는 말도, 반지도 다 거짓말이었어.

179

여자, 빼놓은 반지를 남자에게 던진다. 남자, 아래의 대사를 하며 바닥
에 떨어진 반지를 주워 자신의 주머니에 넣는다.

남자   잠깐 착각한 거야.

여자   사랑을 착각한 거겠지. 빨리 갖다 팔아!

남자   여기엔 우리 사랑의 소중한 추억이⋯⋯.

여자   사랑? 추억? 헤어지자는 날, 돈 없어 반지나 팔려는 추
　　　　억?

남자   좋은 수가 있을 거야. 아, 맞다! 이렇게 쉬운 방법을 생
　　　　각 못 하다니. 몇 정거장만 가면 너네 집이잖아.

여자   그런데?

남자   엄마한테 전화해. 불을 낼 필요도 없고 반지를 팔 필요
       도 없어.

여자   뭐? 엄마한테 전화해서 뭐 하라고? "여기 근처 카페인
       데 지금 남자친구와 헤어졌어요. 근데 커피값은 없고
       전 낮술 먹고 취했어요." 이러라고?

남자   굳이 헤어졌단 말은 안 해도 되지 않을까?

여자   그레이트! 유 윈!

남자   뭐, 그 정도는 아니고. 어머니 나오시면 불편할 테니까
       난 먼저 갈까?

여자, 일어나 남자의 멱살을 잡는다. 종업원, 놀라서 쳐다본다.

여자   야! 정말 골로 가고 싶어?

남자   (기죽어) 왜 이래? 사람들 봐.

여자, 종업원 눈치를 보며 멱살을 푼다.

여자   사귀자고 한 것도 너고 헤어지자는 것도 너니까, 니네
       엄마한테 전화해.

남자   우리 집은 멀잖아.

여자   아직도 내 말뜻 모르겠냐?

남자   난 그냥 방법을 생각하다가.

여자   그 터진 입, 셔터 내려라.

남자   어? 어.

여자   (작전을 짜듯) 이렇게 해. 방금 저 종업원 놀라는 거 봤

지? 여기서 우리 싸우는 척하는 거야. 돈 때문이든, 이별이든. 소란을 피우자고. 아니, 그냥 우리 싸워. 가게가 시끄러우면 종업원이 와서 말리다가 나가라고 할거야. 저 배부른 종업원이 커피값 같은 건 생각도 안날 정도로 소란을 피우자고. 알겠어?

남자 어, 그래. (깨닫고는) 뭐? 뭘 하자고? 너, 취했어?

여자 연기를 하자고. 소란 피우는 연기.

남자 그건 네 전공이잖아. 야, 난 작가야.

여자 네가? 여자친구와 헤어지면서 엄마한테 돈 갖고 나오라는 얘기나 꾸미는 작가? 불은 어디서 났는데? (위협적으로) 할 거야, 말 거야?

남자 해, 해. 한다고. 근데 뭘 하는데?

여자 얘기를 못 짜면 잘 듣기라도 하든가. 그냥 지금 우리의 실제 상황을 크게 떠벌리라고. 지금 우리 헤어지잖아. 근데 내가 못 헤어지겠다고 하면 소리치면서 너는, 뭐라 그러나? 내 잔소리가 지겹다거나, (생각하다가) 아니면, 뭐 딴 남자 만나는 거 봐주는 것도 한두 번이다, 막 이러면서 소리치라고.

남자 너 또? 누구…… (정색하며) 누구 있었던 거야? (참다가 약간 소리치며) 나 몰래?

여자 그렇지, 그런 식으로. 지금보다 더 크게.

남자 너 진짜…… 실제 상황인 거야?

여자 연기가 다 그래. 실제를 바탕으로. 알았지? 그러니까…….

남자 그러니까, 너 나 몰래 또 남자 있었냐고!

여자 그래, 내가 요 앞 랄랄라 모텔에서 어떤 남자와 나오는 걸 봤다, 뭐 이런 걸로 소란을 피우는 거야.

남자   (놀라서) 모, 모? 텔? 내가 그걸…… 봤다고? 랄랄라?

여자   잘하네. 그렇게 하는 거야. 자, 시작한다.

남자, 갑자기 벌떡 일어나 크게 소리친다. 종업원, 놀란다. 택배 기사,
다급하게 등장. 종업원에게 다가가 말을 걸려고 한다. 종업원, 남자와
여자에게 신경을 쓰느라 대꾸하지 못한다.

남자   (화나서) 어떤 놈이야? 너하고 뭐? 랄랄라? 너하고 모
       텔에서 랄랄라를 해?

여자   (작은 목소리로) 야, 그런 건 좀 작게 말해. 여기 나름 우
       리 동네야.

남자   어쩐지 수상했어. 아그네스인지 뭔지 연습한다고 전화
       도 안 되고. 무슨 연습실이 벙커야? 왜 맨날 휴대폰이
       안 터져? 너 어떻게 사람이……. (손을 떨며 물을 다 마신
       다.) 어떻게 네가 나한테…….

여자   (종업원 쪽을 보며 화내는 척 큰 소리로) 내가 뭘? 내가 너
       한테 뭘?

남자   지금 네가 나한테 무슨 짓을 했는지 몰라? 네가 인간
       이면 할 말이 있어?

여자   내가 내 입으로 무슨 말을 못 해?

남자   네가 뭘 잘했다고 소리를 질러?

여자   넌 얼마나 잘했는데? 우리한테 너무 무책임하잖아!

남자   어떤 우리? 그 새끼랑 너? 그 터진 입, 셔터 내려라. 너
       에게 사랑이니 추억이니 떠든 내 입을 찢고 싶으니까.

여자   (종업원 눈치 보며 더 과장되게) 찢어! 잘됐네. 그 잘난 입

확 찢어라! 찢는 김에 그 소설 나부랭이들도 다 찢어버
려! 야! 네 그거 막차 떠난 지 이미 오래됐거든. 그딴 죽
은 자식 불알 부여잡고 시간 낭비하지 마.

남자   뭐? 불? 알!

종업원, 남자와 여자에게 간다. 택배 기사, 다음의 대사가 진행되는 동
안 말을 걸려고 하지만 기회를 잡지 못한다.

택배   저기, 저기요.

종업원   (못 듣고) 손님, 왜 이러세요? 여기서 이러시면 안 돼요.

여자   야, 야! 정신 차려! 너 이제 정신 차릴 나이 됐어. 아니
지났어!

종업원   자꾸 이러시면 경찰 부를 거예요.

남자   경찰? 불러!

종업원   다른 손님도 계신데 그만하세요.

남자   우리, 경찰한테 대한민국 헌법이 바람피우는 씨발것들
어떻게 주물러주는지 한번 보자고.

여자   누가 바람을 펴? 그리고 헌법이 마사지 아줌마냐? 주
무르긴 뭘 주물러?

종업원   댁의 사정은 알았으니까 여기서 이러지 마세요.

여자   무슨 사정을 이해해요? 아줌마가?

남자   물, 물 한 잔만 주세요.

여자   (종업원이 한눈파는 사이 남자에게) 야, 너 진짜 잘한다.

남자   자알한다? 너야말로 잘한다. 너 그렇게 막살지 마라.
야, 성녀 마리아처럼 순결한 아그네스 역을 해야 할 년
이 모텔 전전하면서 랄랄라?

여자　야! 같이 모텔 전전한 건 너잖아!

남자　나하고 간 건 다르잖아!

여자　그래, 너 말 잘했다. 내가 너 말고 누가 있어? 단물 진
　　　물 다 빠지니까 자꾸 이상한 말 하면서 떠나겠다는 거
　　　아냐? 누가 그 물 다 빨아먹었는데?

남자　내가 누굴 빨아? 너나 그 새끼한테 가서 빨든지, 빨리
　　　든지 맘대로 해! 걸레 같은 년.

여자　야! 걸레? 말이면 단 줄 알아? 야, 비겁한 개새끼야!

남자　뭐? 개……, 뭐? 이런 씨발년이.

여자　뭐? 씨…, 뭐? 뭐야?

택배　(종업원에게) 저기, 여기 화장실이…….

여자　그럼 이 아이는 어떻게 할 거야? 내 배 속에 있는 네 아
　　　이, 어떻게 할 거야? 너 이제 곧 아빠가 될 사람이야.

184

남자, 경악한다. 종업원과 택배 기사도 놀란다. 모두 놀라서 한동안 침
묵. 여자, 어색함을 느끼며 수습하려고

여자　그럼 내가 진짜 마리아라도 되냐? 남자도 없이 애를
　　　배게? (과장되게) "오, 하느님. 오, 나의 하느님! 제발 저
　　　를 만지지 마세요. 손대지 말아주세요. 제발! 지금 아
　　　기를 갖고 싶지 않아요. 아기를 원치 않아요. 왜 저에게 이
　　　런 짓을 하세요? (주위를 보며) 하느님! 하느님이 그랬어요!
　　　그건 하느님이었어요. 나의 하느님"•, 내가 이랬을 것 같
　　　아?

● 〈신의 아그네스〉 중에서 아그네스 대사.

남자   애! 이? 뭐래는 거야? 너, 애까지 뱄냐? 이제 아주 막사는구
      나.

종업원, 태도가 점점 험악하게 변한다.

남자   아주 연기를 해라. 그 애가 어떻게 내 애야? 그 애는 랄
      랄라 새끼한테 가서 따져! 족보가 틀렸어!

갑자기 종업원이 남자에게 물을 끼얹는다.

종업원   하느님이나 남자 새끼들, 다 똑같아!

남자와 여자, 놀란다. 남자, 말문이 막힌다. 여자, 물 묻은 남자 옷을 닦
아준다. 택배 기사, 더는 참지 못하고 끼어든다.

택배   저기, 진짜 급해서, 흡! 아줌마, 화장실이 어디예요?
종업원   나, 아줌마 아니야!
택배   (뒷걸음치며) 제가 정말 급해서.
종업원   그럼 저 새끼처럼 아무 데서나 싸!
여자   아줌마! 왜 이래요?
종업원   아줌마 아니라니까!
여자   아니, 그게 아니라.
남자   (정신을 차리며) 아, 진짜! 뭐야?

종업원, 다음의 대사를 하는 동안 쟁반으로 남자 머리를 여러 차례 휘
갈긴다. 남자, 정신을 잃을 지경이다. 여자, 말리지만 종업원의 힘이 더

세다. 임산부라 함부로 달려들지도 못한다. 택배 기사, 주춤주춤 뒷걸음치면서 퇴장.

종업원　이 새끼 회개하라고 내가 물로 세례 좀 줬다. 왜? 너 같은 새끼들 때문에 하느님이 말세를 만드신 거야!

여자　그만하세요.

종업원　그만하긴 뭘 그만해! 아가씨도 홀몸 아니면서 대낮부터 술 처먹고 그러는 거 아니야!

여자　저요?

남자　아, 진짜! 여자친구가 남의 애를 뱄는데 왜 내가!

종업원　이 새끼가 아직도! (남자를 때린다.)

여자　아줌마! 아니, 저기요. 그게 아니라.

종업원　이 악마 새끼. 죽어! (남자를 계속 때리며) "누가 우리를 그리스도의 사랑에서 끊으리오. 환란이나 곤고나 혼인빙자이랴!"●

여자　(종업원의 대사 중에) 제발, 그만해요! 다 거짓말, 연기라고요. 저희가 돈이 없어서…….

남자　(쓰러져 비명을 지르다가) 그래, 나 여자친구도 없고, 돈도 없고, 애만 있다! 다 가져! 다 가져가라고! 아, 씨발, 다 가져!

남자, "다 가져"를 외치며 주머니에서 소지품을 마구 꺼낸다. 여자의 반지도 나온다. 종업원, 여자의 반지를 집으며 냉소적으로 웃더니

───────────
● 로마서 8장 35절 변용.

종업원   너 이럴 줄 알았다. 한 여자는 임신시켜놓고 또 다른
        여자한테 가서 사기 치려고? 어쩌면 너 같은 놈들 레
        퍼토리는 똑같냐?
여자   아니, 그건.
종업원   이 반지 받고 또 좋아라, 속아 넘어갈 여자를 위해서라
        도 넌 씨를 밟아야 해!

종업원, 남자의 국부를 찬다. 남자의 비명 울리는데

종업원   세상의 모든 마리아를 위하여!

여자, 더 이상 종업원을 이길 수 없다고 생각하고 한쪽에 있는 화재경
보기를 누르러 간다. 화재경보기를 누르려는 순간, 사이렌 소리. 사이
렌 소리와 남자의 비명 함께 울리며 혼란스럽다.

암전

화점 花點

조인숙

시간

같은 날 오후

공간

같은 빌딩 2층 기원

이택수와 장기철, 바둑을 두고 있다.

장기철　11의 6.

이택수　미리 끊어놓겠다…….

장기철　끊긴 뭘 끊어. 미리 알고 두는 게 어딨다고. 혼자 따먹
　　　　게 둘 순 없지.

짧은 사이

장기철　너 자꾸 빤한 수에 시간 끌 거야?

이택수　고 입 때문에 정신 사나워.

장기철　장고 끝에 악수라고…….

이택수　(장기철의 말이 끝나기도 전에) 10의 5.

장기철　10의 6.

이택수　12의 7.

장기철　그럼 뒷맛이 안 좋지. 12의 6.

김영배와 최동욱, 들어온다.

김영배　실례합니다.

최동욱　금방 끝납니다. 움직이지 마시고 가만히 계세요.

김영배, 카운터에 몸을 기댄 채 장부들을 살핀다. 최동욱, 기원 내부를
여기저기 살핀다.

김영배　최 형사야, 야무지게 잘 봐라.

최동욱　네.

장기철, 보이지 않는 눈으로 형사의 뒤를 좇는다.

장기철　왜들 저래?
이택수　가만히 있어.
장기철　형사랬지?
이택수　가만히 있으라잖아.
장기철　바둑 두러 온 거 아니지?
이택수　당연한 걸 왜 물어.
최동욱　단속 나왔습니다.
김영배　최 형사야, 친절하게 알려줄 필요 없다.
최동욱　네.
김영배　커튼 안쪽도 잘 살펴봐. 벽도 두들겨보고.
최동욱　네.

장기철, 다시 돌아보곤

장기철　둘만 왔어?
김영배　말씀드린 대로 협조해주시면 금방 끝납니다.
장기철　뭘 찾나 본데.
이택수　냄새나는 노인들만 드나드는데.
김영배　여기 주인 어디 가셨습니까?
장기철　여기가 주인이여.

이택수, 고개를 끄덕인다.

장기철   꽃 찾아왔지?

이택수   거 입, 조동이 닫어.

김영배   네, 꽃 찾아왔습니다. 어디다 숨겼어요?

장기철   맞네. 맞지? 꽃 찾아왔대지?

최동욱   은업니까? 꽃이 뭡니까?

김영배, 최동욱의 머리를 때린다.

최동욱   여자 말씀하시는 거죠?

장기철   꽃이 꽃이지 뭐긴.

김영배   아가씨 어디 숨겼어요.

이택수   이 사람 말 믿지 마. 이 사람 원래 이래.

장기철   여긴 꽃자리는 있어도 꽃은 없어.

이택수   오랜만에 사람들이 오니까 신나서 이래.

장기철   꽃자리가 뭔지 알긴 하나 몰라.

이택수   그만해.

김영배   간판은 기원이라고 해두고 성매매 알선하셨지요?

장기철   여 바둑판에 화점이라고 있어. 꽃자리.

최동욱   장난치지 마십시오.

김영배, 최동욱을 제지한 뒤 장기철의 눈앞에서 손을 흔들어 보인다.

장기철   장난치는 게 누군데.

김영배   진짜 안 보이는 거 맞습니까?

장기철   보면 몰라. (혼자 웃으며) 보여야 말이지.

최동욱   장난치지 마십시오.

장기철   눈에 뵈는 게 없어서 그러지.

최동욱   그만하십시오.

이택수   거 그만해. 입만 살아가지고.

장기철   뵈는 건 없어도 간은 보고, 맛도 보지.

최동욱   바둑은 어떻게 두시는 거예요?

김영배, 최동욱의 머리를 때린다.

최동욱   신기하잖아요…….

장기철   바둑이 원래 수담이라고 해서 손으로 두는 건데, 나는
               입으로 둬. 입담이지. 입만 살았어. 대신 여 주인이 정
               직해. 말하는 대로 놔주니까. 꼼수는 안 부려.

192

택배 기사 들어온다.

택배   실례합니다. 저…….

장기철   오늘 번지 잘못 찾아오는 사람 많네.

김영배   뭡니까.

택배   제가 좀 급해서요.

김영배, 두 사람과 택배 기사의 관계를 의심스러워하며

김영배   신분증 주십시오.

택배   네? (주머니를 뒤지더니) 차에 두고 온 거 같은데요…….
          저기…….

김영배   아가씨 찾아요?

택배   네?

김영배   그거 뜯어봐.

택배   저기요!

최동욱, 택배 기사가 들고 있는 박스를 뺏는다.

최동욱   김 형사님……. 다 콘돔인데요.

택배   저기……. (무시당한다.)

김영배   노인네들만 드나든다는 기원에, 이게 왜 이렇게 많이
         필요한 겁니까?

택배   자…… 잠깐……. (다시 무시당한다.)

김영배   증거품으로 압수합니다.

장기철   거 칼 들었다고 살인범 취급하는 거랑 뭐가 달라.

이택수   거 좀 조용히 있으라니까. 분위기 좀 봐.

장기철   보여야 말이지.

김영배   나온 거 있어?

최동욱   깨끗한데요.

김영배   너무 깨끗해도 이상한 거야.

택배 기사, 화장실이 점점 더 급해진다.

택배   잠시만요! 그…… 그거 3층으로 가야 하는 건데…….

최동욱   (박스의 주소를 확인하곤) 맞는데요. 3층. 여긴 2층.

택배   이거 어떻게 하실 거예요? 아……! (다급하게) 여기 화
         장실 어디예요?

장기철   화장실 급해서 왔구먼.

이택수   반 층 내려가면 복도에 있어.

택배 기사, 배를 움켜쥐고 나가려는데

이택수   근데 가봐야 소용없어.

장기철   막혔어. 아주 꽉.

택배 기사, 기절할 것 같다.

택배   아…… 살려주세요…….

최동욱   김 형사님…… 보내주시죠.

김영배   가봐.

택배 기사, 겨우겨우 퇴장한다.

최동욱   (김영배에게) 아닌 거 같은데요…….

장기철   저 구사거리로 가봐. 꽃 감춰둔 기원.

이택수   거 가만히 있으래도. 애가 오늘 왜 이래. 괜히 불똥 튀
        어.

장기철   내가 거기서 잃은 게 얼만데. 거기 가면 꽃도 있고 꾼
        도 있어.

최동욱   꾼이요?

장기철   한 집당 만 원. 바둑 한 판 잘못 됐다간 진짜 집 잃고 길
        바닥에 나앉는 거야.

최동욱   확실한 거죠?

장기철 귀도 막혔을라고.

최동욱 어떻게 할까요?

김영배, 이택수와 장기철을 본다.

김영배 신분증 확인해.

최동욱 신분증 주십시오.

최동욱, 이택수와 장기철의 신분증을 확인한다. 김영배, 신분증을 돌려
주려는 최동욱을 제지한 뒤 이택수의 신분증을 장기철에게 준다.

장기철 이거 내 거 아닌데. (장기철, 눈을 크게 뜨며) 거기엔 내가
        이렇게 눈을 뜨고 있어. (다시 원래의 모습으로 돌아와)
        지금하고 많이 다르지.

짧은 사이

김영배 앞으로 제가 지켜봅니다.

장기철 가려고?

이택수 바쁜 분들이야.

김영배 곧 또 뵙겠습니다.

장기철 응. 또 와.

김영배와 최동욱, 퇴장한다.

사이렌 울린다. 잠시 뒤 이화연이 들어온다.

이화연	다 갔지?
장기철	다 갔어.
이택수	왜 벌써 나왔어.
이화연	저기 진짜 어떻게 좀 해봐. (자신의 몸에 밴 냄새를 맡으며) 냄새 밴 거 같아.
장기철	난다. 냄새. 난다, 나.
이화연	정말?
장기철	꽃 냄새.
이화연	난 또 뭐라고.
이택수	좀 더 있다 나오지.
장기철	괜찮아. 갔어. 오늘은 안 와.
이화연	아까 누가 문이 부서져라 손잡이를 막 돌리는데, 진짜 식겁했잖아.
장기철	택배. (이택수에게) 넜을까?
이택수	누긴.
장기철	옥상 문 잠겼나?
이택수	오늘 간판 단다고 열어뒀던데.
장기철	(살짝 웃으며) 죽으라는 법은 없지. (이화연이 있는 방향으로 고개를 살짝 기울이며) 조마조마했지?
이택수	신나서 떠들더만.
장기철	아깐 진짜 단수에 몰렸어.
이화연	단수?
장기철	죽기 일보 직전.
이화연	우리 걸릴 뻔했어?
장기철	택배 왔잖아. 화장실 쓴다고.

이택수   너 악수를 둔 거야. 거긴 왜 알려줘.

장기철   악수가 묘수가 될지 누가 알아. 거기 없어지면 좋지 뭐.

장기철, 품속에서 장부를 꺼낸다.

장기철   우리 장부는 절대 걸릴 일이 없어. 봐봐.

이화연   점자네. 진짜 걸릴 일 없겠다.

이택수   그래도 너 조심해.

장기철   꽃 하나 살렸음 됐지 뭐.

이화연   근데 오빠 제대로 적은 거 맞지? 내가 이거 못 읽는다
         고 속이고 그러면 안 돼.

장기철, 희미하게 웃으며 손끝으로 장부를 읽는다.

장기철   꽃은 꺾음 언젠간 시드는 거야.

이화연, 장기철을 바라본다.

암전

마사지

김태형

등장인물

여자   이십대 초반, 한국인 아버지와 베트남인 어머니 사이에서
         태어난 코시안

남자   이십대 초반, 한국인 어머니와 베트남인 아버지 사이에서
         태어난 코시안

소년   17세

손님   사십대 후반 남자, 같은 빌딩 피시방 사장

택배   택배 기사

시간

같은 날 오후

공간

같은 빌딩 2층에 자리한 태국 마사지숍

무대

다섯 평 남짓한 공간 입구에 카운터가 있고 벽을 따라 발 마사지 의자가 여럿 놓여 있다. 가게 한구석에는 전신 마사지용 매트가 쌓여 있고 그 앞으로 여행용 캐리어가 세워져 있다. 벽에는 가격표가 붙어 있고 곳곳에 동남아 분위기가 풍기는 조잡한 그림과 소품들. 짙은 커튼이 드리워진 실내는 어두운 편이다.

무대 밝아지면 중년 남자의 웃음소리. 여자가 무표정한 얼굴로 손님의
발을 마사지하고 있다.

손님   콧노래가 절로 나오더라니까. 베트남 처녀한테 마사지
        받을 생각에. 마누라가 그렇게 잔소리를 해대도 안 씻
        던 사타구니까지 박박 씻고 나왔거든? 어라, 근데 아
        무도 없네. 아차 싶어 지갑을 봤지. 이야, 돈을 싹 빼갔
        더라고. 이 새끼들 잘 걸렸다, 방문을 박차고 나갔는
        데…… 그년은 코빼기도 안 보이고 삐쩍 곯은 젊은 놈
        몇이 실실 쪼개며 서 있더라고. 그놈들이 덩치는 작아
        도 포스가 있거든. 이야, 순간 후달리데.

여자, 마사지를 멈춘다.

손님   왜?
여자   힘 좀.
손님   힘?
여자   힘 좀 빼세요.
손님   아.

손님, 자세를 고쳐 잡는다.

손님   별수 있나 뭐. 낯선 데서 무슨 험한 꼴을 당하려고. 내
        가 용가리 통뼈도 아니고. 나중에 가이드가 그러더라
        고. 그냥 오길 잘했다고. 베트남 애들이 그렇게 무섭다
        네. 왜 걔네가 유일하게 미국을 이긴 나라잖아. 자부심

이 엄청 세다더라고. 피를 무서워하지 않는 민족이라
나? 그 뭐냐, 마피아 중에서도 베트남 마피아가 최고로
악질이래요.

여자　　입 다무세요.

손님　　뭐?

여자　　말 그만하시라고요. 마사지 중에 자꾸 말하면 효과 없
　　　　어요.

손님　　진짜?

여자　　말 많이 하면 기가 빠져나가거든요.

손님　　아, 그래?

여전히 무표정으로 마사지에 열중하는 여자.

손님　　여긴 그런 거 안 하지?

여자　　네?

손님　　아냐, 아냐. 이 코딱지만 한 데서 무슨. 자기, 베트남 가
　　　　봤어?

여자　　아뇨.

손님　　고향인데 안 가봤어?

여자　　대구예요, 내 고향. 대구서 나고 중학교까지 나왔는데
　　　　요.

손님　　그럼 베트남은 한 번도 못 가봤어?

여자　　제주도도 못 가봤어요.

손님　　엄마가 베트남 사람이라고 하지 않았어?

여자　　어렸을 때 헤어져서 기억도 안 나요.

손님　　그럼 거기서 살고 있겠네. 언제 신랑 손잡고 한번 가라.

자기네도 반은 그쪽 사람인데.

여자　　베트남이 무슨 교통카드 찍고 가는 덴가요.

손님　　자기야, 그럼 못쓴다. 부모자식 간은 하늘이 내린 천륜
　　　　이라는데 그깟 비행기값이 대수야? 요샌 저가 비행기
　　　　도 많이 생겨서 그렇게 비싸지도 않아요.

여자, 마사지를 멈추고 남자를 쳐다본다.

손님　　어, 그래그래. 말 안 할게.

여자, 다시 마사지를 하다가 배를 잡고 인상을 찡그린다.

손님　　왜.

여자　　오늘따라 많이 뭉치네요.

손님　　애 나오는 거 아냐?

여자　　그냥 좀 뭉쳐요.

손님　　그 배를 하고 쪼그려 앉아 종일 남의 다리나 주무르고
　　　　있으니 성할 리가 있나. 자기도 고생이 많다, 남의 나라
　　　　에서. 신랑은. 어디 갔어?

여자　　요 앞에 잠깐.

손님　　이제 손님 그만 받아라. 나중에 애 낳고 고생해요.

수건으로 손님의 발을 닦아준 뒤 일어선다.

손님　　벌써 끝났어?

여자　　네.

손님	어깨랑 머리는 안 해줘?
여자	나중에 오시면 해드릴게요.
손님	그런 게 어딨어? 하던 건 마저 해야지. 찜찜하게.
여자	오늘은 일찍 들어가 쉬려고요. 죄송해요.
손님	몇 분이나 더 걸린다고. 그러지 말고 해줘.
여자	죄송해요.
손님	동네 장사 하면서 이러면 안 되지.
여자	3천 원 빼드릴게요.
손님	(지갑을 열며) 야박하다.
여자	다음에 잘해드릴게요.
손님	(지갑 안에 손을 넣고 지폐를 세며) 그럼 다음에는 오일 마사지로 해주라.
여자	저흰 오일은 안 해요.

202

그때 교복 차림의 소년이 들어온다. 소년, 가방을 아무렇게나 내던지고 발 마사지 의자에 드러눕는다.

소년	마사지!
손님	뭐야, 손님 더 안 받는다며.
여자	(소년에게) 오늘 영업 끝났어요.
손님	(혼잣말) 세상 좋아졌다. 고삐리가 땡땡이치고 마사지 나 받으러 다니고.

소년, 손님을 노려본다.

| 손님 | (돈을 꺼내며) 에이, 이것밖에 없다. 빼주는 김에 5천 원 |

빼줘.

손님, 돈을 쥐여주고 도망치듯 나간다.

여자   (나지막하게) 개새끼.

여자, 주변을 정리한다.

소년   (맨발을 허공에 뻗으며) 아, 마사지!
여자   오늘 영업 끝났다니까.
소년   고삐리는 손님도 아니냐?
여자   또 왜?
소년   전환 왜 안 받아. 어디 갔어?
여자   없어.
소년   기다리면 기어들어오겠지.
여자   그러든지.

소년, 자리에서 일어나 캐리어 앞에 선다. 캐리어를 끌며 여자 주위를
빙빙 도는 소년.

소년   왜, 니네 나라로 튀게?
여자   넌 학교도 안 가니?
소년   지금 남 걱정하냐? (사이, 동작을 멈추고) 미정이 오늘
           퇴원했다.

소년, 다시 마사지 의자에 눕는다.

여자	(혼잣말처럼) 이름이 미정이구나.
소년	그것도 몰랐냐? 하긴 강간할 때 이름 묻고 하진 않으니까.
여자	내가 그랬어?
소년	니 서방.
여자	너 정말 똘아이구나.
소년	니 서방은 똘아이 여친을 강간한 범죄자고.
여자	아냐. 아니라고. 경찰도 아니라고 했는데 대체 왜 이러는 거야.
소년	경찰이 당했냐? 미정이가 똑똑히 봤다고!
여자	진술이 엇갈린다잖아. 그리고 결정적으로 범인은 외국인 노동자라며. 베트남 말을 썼다며.
소년	너희도 외국인이잖아. 너희 베트공 아냐?
여자	아냐.
소년	아냐?
여자	한국 사람이야, 우린.
소년	웃기네. 거울은 보고 사냐?
여자	여기서 나고 여기서 자랐어.
소년	그러면 다 한국 사람이냐?
여자	우린 베트남은커녕 제주도도 못 가봤어.
소년	자랑이다. 그렇다고 너희가 베트공이 아니게 되는 건 아냐.
여자	원하는 게 뭐야?
소년	자수해. 자수해서 벌 받고 너네 나라로 꺼져.
여자	죄가 없는데 무슨 자수를 해. (사이) 그런데 너 왜 자꾸

반말이야. 내가 니 친구야?

소년   니가 내 친구면 넌 벌써 다구리 당했어.

여자   대체 우리한테 왜 이러니.

소년   죄를 지었으니까.

여자   그래, 니 마음은 알겠어. 그래서 그냥 당하고만 있었는데 이젠 안 되겠어. 도대체 살 수가 없다고.

소년   죄를 지었으면 벌을 받아야지.

여자   그 사람은 범인이 아니라고. 왜 엄한 사람한테 그래.

소년   내가 끝까지 밝혀낼 거야. 진실은 반드시 승리한다.

여자   (전화기를 꺼내 들고) 경찰 부를까?

소년   협박하냐?

여자   난 임산부야. 그래, 내 남편이 범인이든 아니든 임산부한테 이러는 거, 그것도 범죄야. 알아?

소년   좆나 사기 치고 있네.

소년, 자리에서 일어나 가방을 챙겨 든다.

소년   그 새끼 들어오면 전해라. 밤길 조심하라고. 걸리면 뒤진다.

소년, 나가려다 카운터에 놓인 코끼리 조각상을 보고는 집어 든다. 무게를 가늠하는 듯 들었다 놨다를 반복하다 조각품 바닥을 확인한다.

소년   완전 사기꾼 부부. 고향은 베트남, 사는 곳은 한국, 마사지는 태국, 코끼리는 중국. (사이) 대체 너희 정체가 뭐냐?

소년 나간다. 여자가 어딘가로 전화를 건다.

여자   대체 왜 전화를 안 받니! 얼른 들어와. 나 몸이 좀 안 좋은 거 같아. 병원 가봐야 할 것 같단 말이야. 이거 들으면 당장 전화부터 해. 가게 문 닫고 준비하고 있을 테니까.

잠시 뒤 유리창 깨지는 소리. 창문 쪽으로 달려 나가는 여자.

여자   (커튼을 젖히며 큰 소리로) 개새끼, 죽여버릴 거야!

여자, 배를 잡고 마사지 의자에 앉는다. 잠시 뒤 남자가 들어온다.

여자   못 봤어?

남자   연락이 안 돼.

여자   못 봤냐고.

남자   (깨진 유리창을 보며) 또 왔어? (사이) 미친 새끼.

여자   차라리 내가 범인이다, 거짓말이라도 해. 더 이상 이렇겐 못 살겠어.

남자   설마 너도 날 의심하는 거야? (사이) 내가 베트남 사람이냐? 우리가 외국인이야?

여자   연락이 안 된다는 건 무슨 소리야?

남자   김 실장, 아침부터 전화가 꺼져 있어.

여자   만나러 나간 거 아니었어?

남자   약속 시간이 지나도 안 오길래 사무실로 찾아 갔더니 문이 잠겨 있어.

여자 아무래도 너, 당한 거 같다.

남자 그런 소리 하지 마. 이 바닥에선 꽤 알아주는 사람이야.

여자 알아주는? 그래봤자 국제결혼 알선해주고 뒷돈 받아먹는 브로커!

남자 별일 아니겠지?

여자 처음부터 어이없었어. 두 살 때 떠난 아버지를 찾아준다는 사람이나 그런 사람 믿고 베트남을 가겠다는 너나.

남자 사진도 보고 통화도 했어.

여자 그래, 사진 보니까 딱 니 아버지디? 목소리 들으니까 널 낳은 아버지가 맞아?

남자 그렇게 말하지 마.

여자 아직도 상황 파악이 안 돼? 너, 제대로 당했어.

남자 내가 돈을 얼마나 쓴지 알아? 자그마치 세 달치 월세야.

여자 미친개한테 물렸다고 생각해.

남자 (유리창을 가리키며) 넌 저걸 보고도 느끼는 게 없냐?

여자 거기 가면 뭐가 나아지니?

남자 적어도 여기보단 나을걸.

여자 난 내 아이를 나조차 가보지 못한 나라에서 키울 생각 조금도 없어. 다들 한국으로 오지 못해 안달인데, 넌 어떻게……. 설사 니가 아버지를 찾는다 하더라도 난 안 가. 내 아기하고 여기서 살 거야. 여기서 제대로 키울 거야.

남자 외국인 노동자로? 불법 체류자로 오해나 받으면서?

여자	세상이 바뀌고 있어. 외국인도 국회의원이 되는 세상이라고.
남자	순진한 거야, 멍청한 거야.
여자	니 여편네 멍청해서 펴이나 좋겠다.
남자	우리가…… 남의 나라에서 불법 체류 하고 있는 거야? 그럼 내 나라는 어디야. 여기가 아니면…… 거기겠지.
여자	거기 가면 인생이 달라지니? 그래, 니 아버질 만난다 치자. 새로운 세상이 펼쳐질 거 같아?
남자	정착하는 데 도움을 줄 거야.
여자	멍청한 건 너야.

남자, 어딘가로 전화를 건다. 받지 않자 신경질적으로 끊는다.

208

남자	잠깐 나갔다가 올게.
여자	또 어디 가.
남자	마냥 이렇게 기다릴 순 없잖아. 내일 오전 비행기로 떠나기로 했는데. 사무실에 한 번 더 가보게.
여자	야, 이 새끼야. 난 지금……. 아냐, 그래, 나가라. 나가서 들어오지 마. 그길로 그냥 가버려. 베트남이든 어디든. 너 낳아놓고 떠나버린 아버지처럼 너도 가서 돌아오지 마.

남자, 여자를 노려보다 아무 말 없이 나간다. 여자, 마사지 의자에 눕는다. 손으로 얼굴을 가린 채 한참을 누워 있다. 잠시 뒤 택배 기사가 들어온다. 누워 있는 여자를 보고는 깨우려다 말고 화장실이 없는지 두리번거린다. 실내에 화장실이 없다는 것을 알고는 다시 조심조심 나간

다. 휴대폰 벨소리. 여자가 손을 더듬어 전화를 집어 든다.

여자 여보세요? (사이) 아, 안녕하세요. 네. 아, 네. (사이) 정말
    다행이네요. 아뇨, 저흰 괜찮아요. 미정인 좀 어때요?
    네. 그럼요. 네네. 그럼 그 애는……. 네, 아니에요. 네,
    들어가세요.

잠시 뒤, 남자가 뒤통수를 부여잡고 들어온다. 그런 남자를 보고 놀라
일어나는 여자.

여자 무슨 일이야?
남자 계단 내려가는데 갑자기.

남자, 손에 들고 있던 코끼리 조각상을 내민다.

남자 이거.
여자 걔구나.
남자 비상구 문 뒤에 숨어 있었나 봐. 잡을 수 있었는데.

여자, 남자를 의자에 앉히고 수건으로 지혈을 한다.

여자 찢어진 거 같아. 피가 많이 나. 병원 가야겠다. 너도 가
    고, 나도 가고.
남자 이래도 내가 여기서 살아야 해?
여자 범인, 잡혔대.
남자 뭐?

여자   길 건너 공단에서 일하던 사람이래.

남자   …….

여자   너랑 되게 닮긴 했대.

남자   …….

여자   괜찮을 거야, 이젠. (사이) 베트남, 가지 말자.

남자, 웃는다. 웃다가 운다. 여자가 남자를 안아주고는 물통을 가져와
남자 앞에 앉는다.

남자   (발을 빼며) 됐어.

여자   가만있어봐.

천천히, 정성스럽게 남자의 발을 씻기는 여자.

여자   나 산부인과 바꾸려고.

남자   갑자기 왜.

여자   지금 다니는 병원엔 외국 사람이 너무 많아. 특히 동남
      아. 우리나라로 시집온 여자들은 죄다 그 병원에 다니
      나 봐. 그래서 그런지 간호사들도 좀 불친절해. 의사도
      건성으로 봐주는 거 같고. 왠지 나까지 그런 취급을 받
      는 거 같아서.

남자, 천천히 몸을 일으켜 앉는다.

여자   길 건너 쇼핑몰 생겼잖아. 그 건물에 산부인과 들어왔
      거든. 아줌마들이 그러는데 거기가 시설이 좋대.

남자   그렇게 해.

여자   응, 그렇게 할래.

여자의 머리를 쓰다듬는 남자. 사이

남자   물 엎질렀어?

여자   아니?

여자의 치마 아래로 서서히 퍼져 나가는 물. 말없이 서로를 바라보는
두 사람.

사이렌 소리.

암전

더 좋은 날

김현우

등장인물

태연　여자, 이십대 중반
지석　남자, 이십대 초반
수철　남자, 삼십대 중반
택배　택배 기사

시간

같은 날 오후

공간

같은 빌딩 3층, 원룸

무대

8평짜리 원룸. 누추하다. 침대 하나, 그리고 화장실.

태연이 이삿짐을 싸고 있다. 박스에 짐들을 챙겨 넣고 테이핑을 한다. 이삿짐은 단출하다. 박스 세 개뿐. 두 박스째 테이핑을 끝내고 세 번째 박스에 짐들을 넣는다. 책장에서 책을 몇 권 골라내 박스에 넣는다. 그러다 책갈피에 끼어 있던 사진들을 발견한다. 사진을 설핏 넘겨 보면서 더러는 웃고 더러는 표정 굳는 태연. 그때 지석이 문을 열고 들어온다. 신발을 신은 채로 태연하게 집 안으로 들어서는 지석.

태연	신발 벗어.
지석	어차피 나갈 집인데 뭐.
태연	벗으라고.
지석	알겠어.

지석, 현관으로 가서 신발을 벗는다.

태연	차에 있으라니까 왜 올라왔어?
지석	아, 화장실 좀 가려고.
태연	1층에도 있고 카페에도 있잖아.
지석	1층 화장실 갔는데 완전 더러워. 이 동네가 그렇지 뭐.
태연	여긴 안 찝찝해?
지석	덜하지. 그리고 밖에 유세니 뭐니 해서 너무 시끄러워. 집중이 안 돼, 집중이.

지석, 말하면서 집 안 이곳저곳을 둘러보더니 태연 옆으로 온다. 태연이 보다가 떨어뜨린 사진들을 줍는다. 태연, 뺏으려다가 그만둔다.

태연	거의 다 쌌어. 이게 마지막이야.

지석   이게 다야? 여기 오래 있지 않았나?

태연   1년쯤.

지석   (사진들을 보며) 좋았어?

태연   그럴 때도 있었지.

지석   (사진들을 태연에게 넘겨주며) 후회돼?

태연   더 좋은 데로 가는 거잖아. 아니야?

지석, 태연을 안는다.

지석   응. 이런 냄새나는 원룸 말고.

태연   더 좋은 데, 더 좋은 날…….

지석, 태연에게 키스하려고 한다. 태연, 몸을 뺀다.

태연   화장실 급하다며.

지석   아, 맞다. 누나를 보면 항상 누나가 제일 급해져서 큰일
       이야.

태연   아, 그렇구나. 지금 네 방광에는 내가 가득 차 있구나.

태연이 장난스럽게 지석의 방광을 지그시 누른다. 사색이 되는 지석.

지석   아니, 거긴 아니지만, 그래도…… 이건…….

태연   저쪽이야. 현관 옆. 일 보고 내려가 있어. 금방 갈게.

지석이 화장실로 가다가 멈춰 서서, 돌아보지는 않고

지석   버릴 거야?

태연   응.

지석, 화장실로 들어간다. 태연, 보던 사진들을 베개 밑에 넣어둔다. 그
리고 나머지 짐들을 넣고 세 번째 박스를 꾸린다. 그때 열쇠 돌리는 소
리. 당황하는 태연. 다시 열쇠 돌리는 소리가 들리고 수철이 들어온다.
수철, 태연을 보고 아주 살짝 놀라지만 당연하다는 듯 들어오고 태연
은 어색하게 손을 들어 인사한다.

태연   안녕.

수철   새삼 안녕은 무슨. 오면 온다고 전화나 문자라도 하지.
         남들이 보면 너랑 나랑 같이 사는 줄 알겠다.

태연   아, 미안. 왜 이렇게 일찍 왔어?

수철   하긴 우리가 같이 사는 거긴 하지만. 같이 사는 건가?
         같이 사는 거지. 그럼 우리 이제부터 월세 반띵할까?

태연   조퇴했어?

수철   짤렸어.

태연   짤려?

수철   파업 끝나셨단다. 협상 타결. 타결되자마자 아주 기다
         렸다는 듯이 원래 직원들 바로 복귀하고 우리는 바로
         쫓겨나고. 이럴 줄 몰랐던 건 아니지만, 기분 더럽네.
         언제는 파업 참가한 애들 다 짜를 거라고, 그러면 정직
         원 시켜주네 어쩌네 하더니, 하여간 아, 씨발놈들.

태연   돈은?

수철   내일 입금된대. 말이 내일이지. 아, 몰라, 짜증 나. 근데
         집이 왜 이렇게 깨끗해? 청소해놨구나. 빨래도 좀 있는

데. 세탁기 돌렸어? 어젯밤에 내가 할랬는데 파업 때문에 일 밀렸다고 아주 미친 듯이 야근을 시켜. 우리, 돈 받으면 어디 모텔이나 가자.

수철, 다가가서 태연을 안으려고 하는데 태연이 밀친다.

수철   왜 이러실까. 해고당한 애인이 쓰라린 마음 좀 달래겠다는데.
태연   이제, 아니니까.
수철   뭐가 아니야?
태연   니 애인. 그런 거 안 한다고, 이제.
수철   왜?
태연   그냥, 답답해. 여기.

수철   무슨 소리야, 갑자기?
태연   갑자기야?
수철   왜 이렇게 여기저기 오늘 나를 다 짜르냐?
태연   짤리고 싶다고 노래를 하던 게 누군데?

수철, 잠깐 고개를 숙이다가 이내 환한 얼굴로 고개를 든다. 그러고는 태연을 와락 안는다.

수철   잘 가라. 고마웠다.

태연도 수철을 안는다. 울 듯한 표정의 태연. 두 사람 여전히 안은 채로

수철   아프고 슬프겠지만 금방 지나갈 거야. 언제 아팠냐는

듯. 원래 다 그런 거야.

태연, 수철 품에서 빠져나온다. 눈물을 닦는다.

수철   어? 울어?
태연   닥쳐.
수철   짐 벌써 다 쌌네. 가자, 내가 옮겨줄게.
태연   됐어.

태연, 박스를 들고 황급히 나간다. 혼자 남겨진 수철, 어쩔까 잠깐 망설
이다 남은 박스를 들고 현관 쪽으로 나선다. 그때 화장실 문을 빼꼼 열
고 나오는 지석, 수철과 딱 마주친다. 지석, 애매하게 웃는다.

수철   누구야!
지석   아, 안녕……하세요?
수철   누구시냐구요.
지석   제가 화장실이 좀 급해서. 그런데 그게…….
수철   여기가 무슨 공중화장실이야? 당신…….
지석   공중화장실이라니요! 자기 화장실에 대한 자부심이 그
       렇게 없습니까!

수철, 박스를 든 채 뒤로 물러선다. 지석이 성큼 앞으로 나가더니 수철
이 들고 있던 박스를 뺏으려 든다. 수철과 지석, 서로 박스를 놓지 않고
대치한다.

지석   이삿짐 센터에서 왔습니다.

그제야 안도하는 수철. 박스를 지석에게 넘겨준다. 하지만 곧 다시 의심의 눈초리.

수철   짐이 얼마나 된다고 이삿짐 센터를 불러?

지석   짐이 얼마가 되건! 태연 씨가, 그 가녀린 태연 씨가 어떻게…….

수철   어라? 이름은 어떻게 알아?

지석   저희 회사는 아무리 작은 이삿짐이라도 철저하게 계약서를 쓰고 일을 하는 신뢰와 정직의 이삿짐…….

수철   그래서 그렇게 주관적으로 고객의 몸매를 분석하나? 걔가 가녀리긴 어디가 가녀려?

지석   여자를 모르시는구나.

수철   여자는 몰라도 걔는 아는데요?

지석   딱 보면 호리호리해 보이는 게.

수철   어디가 호리호리해?

지석   ……머리카락?

수철과 지석, 다시 어색한 침묵. 지석, 서둘러 박스 가지고 나가는데

수철   잠깐만요.

지석   네?

수철   짐 내려놔요.

지석   왜요?

수철   내가 가지고 내려갈 테니까 그 짐 내려놓으라구요.

지석   아니, 이 짐을 왜 그쪽이 가지고 내려갑니까?

수철   왜? 안 돼요?

지석   안 되죠. 남의 일을 막 뺏고 그러면 되겠습니까?

수철   안 되지. 남의 걸 막 뺏고 그러면 안 되는 거지?

수철과 지석이 서로를 본다. 태연이 들어온다. 태연, 수철과 지석의 대치 상황에 당황한다.

지석   박스 밑으로 내리겠습니다. 아니, 짐도 얼마 안 되는데 뭐 이삿짐 센터를 부르고 그러세요. 일당 받기도 미안하네.

태연   네? 네…….

수철, 그 광경을 이상하게 바라본다.

219

지석   (태연 옆을 지나가다가 귓속말로) 근데 물이 안 내려가.

태연, 놀라서 지석을 바라본다.

지석   큰 거였는데.

태연, 한숨을 푹 쉰다. 지석, 박스를 들고 나간다.

수철   뭐 두고 갔어?

태연   아니, 짐 아직 남았으니까.

수철   좋아 보이네.

태연, 대답하지 못한다.

수철   연기가 너무 어설퍼.
태연   그래도 노력했잖아.
수철   노력 같은 게 중요한 세상이 아니잖아.
태연   나한테는 중요했어. 중요해, 지금도.
수철   가라. 나 지금 무지 노력하고 있거든. 열 받은 거 티 안
        내려고.
태연   난 그 노력, 1년 동안 했어.

태연이 나간다. 수철, 맥없이 침대에 걸터앉는다. 베개에 얼굴을 묻는
수철. 누워서 데굴데굴 구르다가 베개 밑에 있는 사진들을 발견한다.
사진들을 보면서 울먹거리는 수철. 잠시 뒤 초인종 소리. 수철, 후다닥
나간다. 묻지도 않고 문을 연다. 문 밖에 있던 택배 기사, 수철이 하도
세게 문을 열자 놀란다. 수철은 실망한다.

택배   택배 왔는데요. 김수철 씨?
수철   주세요.

택배 기사, 박스를 건네고 수철의 눈치를 본다. 수철은 박스를 살펴보
고는 택배 기사한테 도로 건넨다.

수철   이거 반품 처리해주세요.
택배   네? 그건 저한테 말씀하실 게 아니라…….
수철   그냥 수취인 없다고 하세요.
택배   네, 그게 원래는 안 되는 건데 제가 해드릴게요. 그러니

까 저기, 화장실 좀 쓸 수 없을까요?

수철, 어이없다.

택배   제가 좀 급해서요.
수철   쓰세요. 여기 화장실이 굉장히 너그럽거든요.
택배   감사합니다.

택배 기사가 방광을 움켜쥐고 두리번거리다가 화장실을 찾아 들어간다. 수철, 택배 박스를 여는데 화장실에서 비명이 들린다. 급하게 화장실로 들어가는 수철. 잠시 후 수철의 비명이 들린다.
거의 동시에 들려오는 사이렌 소리. 잔뜩 구겨진 표정으로 나오는 택배 기사와 수철. 둘이 마주 본다.

수철   안 지렸어요?
택배   아, 조금? 그런데 정말…… 대단하세요.
수철   내 거 아니에요!
택배   (믿지 않는 듯) 아, 네.

택배 기사, 배를 움켜쥐고 뛰어나간다. 가지고 온 택배 박스는 놔둔 채.
혼자 남은 수철. 택배 박스를 발견한다.

수철   가져가라고. 왜 이렇게 다들 여기 남겨두고 가는 게 많아!

암전

우주인

천정완

등장인물

이만리   56세, 무직
장형구   25세, 아르바이트생
우주인   64세, 우주인
택배   택배 기사, 목소리

시간

같은 날 오후

공간

같은 빌딩 3층, 원룸

조명이 들어오면, 이만리가 시계를 보고 서 있다. 장형구는 컴퓨터 모니터를 보고 있다.

이만리   벌써 이렇게 됐어? 시간이 왜 이렇게 잘 가? (시계를 보며) 이상해.

사이

이만리   (창밖을 바라보며) 저기 모여서 뭐 하는 거야?
장형구   선거 유세하는 것 같던데요?
이만리   누가?
장형구   모르겠어요.
이만리   저거 허가는 받고 하는 거야? 길 다 막고 뭐 하는 거야 저게. 저거 봐, 난리 났네, 난리 났어. 유치하게 왜들 저러냐? 저러니까 우리나라가 발전이 없는 거야.

223

사이

이만리, 장형구의 눈치를 본다.

이만리   몇 시까지 오라고 했지?
장형구   담당 직원 퇴근하기 전까지만 오래요.
이만리   그게 몇 신데?
장형구   한 대여섯 시쯤 되겠죠.
이만리   어디라고 했지?
장형구   인천이요.

이만리   인천 어디?

장형구   청라 매립지 있는 데 있다던데, 정확히 어딘지는 모르
         겠네요. 가면서 물어봐야죠.

이만리   청라 매립지는 어디야? (사이) 날은 왜 이렇게 더워. 가
         만, 빠진 거 없나?

이만리가 싸놓은 가방을 이리저리 살펴본다.

이만리   양말 넣었냐?

장형구   네. 앞주머니에 넣었어요.

이만리   (앞주머니를 열더니, 곤색 양말을 꺼내며) 곤색 양말이 뭐
         냐? 이거 말고 흰색 양말을 넣어야지. 흰색이 깔끔해
         보이는데. 어딜 가든 첫인상은 깔끔해 보여야 돼.

장형구   흰색 양말은 수명이 짧아서 싫다고 한 켤레도 안 샀잖
         아요. (사이) 대충 챙겨요. 어차피 양말 신을 일도 없을
         텐데.

이만리   양말 신을 일이 왜 없어?

장형구   병원을 그렇게 다녔으면서 몰라요? 환자복에 양말 신
         은 사람 본 적 있어요?

이만리   사람이 양말을 신어야 경우가 있어 보이지. (사이) 근
         데, 가방 이거밖에 없냐?

장형구   예.

이만리   바퀴 달린 거 있잖아. 저번에 백화점에서 산 거. 그거
         는?

장형구   엄마가 들고 갔잖아요.

이만리   니기미. 좆또. 들고 가도 꼭 젤 좋은 걸 들고 가요.

사이

이만리   (신경질 난 듯 뒤를 돌아보며) 너, 좀 안 돕냐?

장형구   이제껏 내가 다 했잖아요. 오전 내내 자다가 일어나서
                왜 갈 때 되니까 난리예요.

이만리   매정하긴. (사이) 근데 뭘 그렇게 보고 있냐?

장형구   인터넷 방송이요.

이만리   무슨 방송인데?

장형구   우주인이요.

이만리   영어로 말하는데 알아는 듣냐?

장형구   잘 모르겠지만, 무슨 말인지는 알 것 같네요.

225

우주인이 걸어 나온다.

우주인   지구를 떠나온 지도 30년이 넘었습니다. 초속 17킬로
                미터로 지구에서 벗어나 어느덧 나는 태양계의 끝부분
                에 도달했습니다. 나는 현재 시속 7만 킬로미터로 지
                구와 멀어지는 중입니다. 여기서 지구까지의 거리는
                약 150억 킬로미터, 광속 열두 시간의 거리입니다. 여
                러분이 듣고 있는 내 목소리는 열두 시간 전의 나입니
                다. 태양계의 끝부분에 도달했다고 하지만 사실 끝이
                라는 개념은 정의하기가 쉽지 않습니다. 딱 끊어서 여
                기까지가 태양계라고 하는 것은 애초에 존재하지 않았
                습니다. 다른 것과의 경계가 있을 뿐입니다. 애초에 저
                와 연구원들이 설정한 경계는 저와 지구의 통신 거리

까지였습니다. 예상대로라면 몇 달 전에 통신 거리 한
계까지 도달해야 했지만, 아직도 저와 지구는 통신을
할 수 있습니다. 태양계의 크기는 예상한 것보다 훨씬
큰 것 같습니다. 꿈이 있었다면, 태양이 영향을 미치지
않는 곳에 가는 것이었는데, 그것은 인간이 할 수 있는
것이 아닌가 봅니다. 저는 곧 죽을 것 같습니다. 저는
태양계와 우주의 경계보다 삶과 죽음의 경계에 먼저
서게 됐습니다. 왜 여기까지 왔냐구요? 나도 잘 모르겠
습니다. 가까이서 안 보이다가 멀리 가야 보이는 게 있
습니다.

우주인, 사라진다.

226

장형구 지금 태양계 끝에 있대요.

이만리 저 사람은 뭐하러 거기에 가 있다냐?

장형구 NASA에서 하는 실험에 지원했대요. 이십대에 출발해
　　　　서 지금 일흔이 다 돼간다네요. (사이) 좀 있으면 태양
　　　　계 바깥으로 밀려서 이제 교신도 끊긴대요.

이만리 꼭 그렇게까지 해야 하는 거냐?

장형구 욕심이죠. 그래도 과학에 지대한 업적을 남기고 죽잖
　　　　아요.

이만리 말고, 나 말야.

장형구 아저씨가 뭐요?

이만리 내가 꼭 가야 되는 거냐고.

장형구 얘기 끝났잖아요.

이만리 진짜로 가망 없다냐?

장형구 예.

이만리 진짜?

장형구 폐랑 간은 벌써 끝났고 척추까지 옮겨서 좀 있으면 걷
　　　　지도 못한대요.

이만리 그 의사 새끼는 왜 그런 이야기를 나한테 안 하고 너한
　　　　테 하냐?

장형구 환자의 안정이 최우선이라잖아요.

이만리 안정은 개뿔. 안정을 취하게 할 거면 의사부터 바꿨어
　　　　야지. 착하게 생겨가지고 입만 열면 준비하래. 생각할
　　　　수록 열 받네, 돼지 새끼. (사이) 거기 가면 치료는 해준
　　　　다냐?

장형구 진통제 준대요.

이만리 진통제만 줘? 항암 치료는?

장형구 항암 치료로 안 되니까 가는 거잖아요.

이만리 항암 치료를 좀 더 해봐야 되는 거 아냐? 요즘 몸도 괜
　　　　찮은데.

장형구 그만해도 돼요. 할 만큼 했잖아요. 집안 살림 다 팔아먹
　　　　고 것도 모자라서 전세도 빼고 안 한 게 뭐 있어요?

이만리 넌 죄책감 같은 건 전혀 없냐?

장형구 할 만큼 해드렸잖아요.

이만리 내가 그걸 바라는 건 아니고, 인간된 도리로서 암 걸
　　　　린 양아버지를 요양원에 버리는데 전혀 아무렇지도 않
　　　　냐? 거기다가 시신 기증하는 조건으로.

사이

이만리, 일어서서 창밖을 본다.

이만리   아 씨발. 한 5년 전에 피 토했을 때, 니 엄마 말을 듣고
        담배를 끊었어야 되는데. 폐암이 뭐야, 폐암이. 쪽팔리
        게.

장형구   엄마 말 안 들은 게 한둘이에요.

이만리   엄마는 연락 안 되나?

장형구   예.

이만리   (창밖을 보며) 저 지랄들 봐라. (사이) 넌 같이 안 가냐?

장형구   일 가야죠.

이만리   중요한 일 있다고 하루 째라.

장형구   지난달에 가불해서 안 그래도 미운털이에요.

이만리   멀어서 혼자 못 가는데.

사이

우주인이 걸어 나온다.

우주인   깜깜한 우주에 홀로 있으면 문득문득 제가 제 비참함
        에 얼마나 매달려 있는지 알게 됩니다. 제 비참함은 곧
        분노로 바뀝니다. 하지만 제가 분노를 불사르는 에너
        지는 대단합니다. 어느 순간 야수처럼 으르렁거리다가
        왜 그랬는지 잊어버리게 하는 힘이 저는 놀랍습니다.
        (장형구에게) 기분이 우울해 보이네.

장형구   뭔가를 잃었어요.

우주인   찾게 될 거야. 또 잃을 거고.

장형구   다들 어디로 가는 거죠?

우주인   몰라.

장형구   아저씨는 거기에 왜 갔어요?

우주인   안다고 생각했는데, 이제는 잘 모르겠어.

칼 세이건이 말했습니다. "멀리서 보면, 지구는 아주 작고 푸른 점 하나." 우리 태양계가 속해 있는 Milky Way Galaxy는 우주에 존재하는 수천억 개나 되는 은하 중 하나일 뿐입니다. 우리 은하에는 태양과 같이 스스로 빛을 내는 별이 수천억 개가 있습니다. 우리가 사는 지구 같은 행성도 수천억 개 이상일 겁니다. 그러나 지구는 지금 지금까지 알려진 유일한 생명의 행성입니다. 지구는 천만 종의 생명체가 진화해온, 기적 같은 생명의 도가니입니다. 우리가 사랑하는 사람, 사랑할 사람, 사랑했던 사람, 아는 사람, 알게 될 사람, 알았던 사람들이 거기 살고 있습니다. 우리의 기쁨과 슬픔, 수천 가지 종교, 이데올로기, 경제 이론, 사냥꾼과 약탈자들, 영웅과 비겁자 들, 왕과 농민 들, 썩은 정치가들, 독재자들, 슈퍼스타들, 스승들, 문명 창조자와 파괴자 들, 발명가와 개척자 들, 사랑하는 남녀들, 아버지와 어머니 들, 미래의 아이들, 성자와 죄인 들, 인류 역사의 모든 것이 거기 살고 있습니다. 시도를 해볼 의향이 있으면 다 시도해보세요. 아니면 아예 시작을 하지 말고. 당신이 얼마나 원하는지 알게 되면 그건 당신이 상상하는 무엇보다 좋습니다. 여기는 어디에도 그런 느낌은 없습니다.

이만리   무슨 생각을 그렇게 하냐?

장형구   아무 생각 안 해요.

이만리   너 다 나 때문에 이렇게 됐다고 생각하고 있지?

장형구   슬슬 준비해서 나가요.

이만리, 드러눕는다.

이만리   안 가면 안 되냐? 그냥 여기서 너랑 살면 안 돼?

장형구   보상금 받은 거 알잖아요. 임상실험 동의서에 사인했
         으면서, 안 가면 계약 위반이에요.

이만리   돈 물어주면 되잖아. 나 여기서 진짜 죽은 듯이 살 테
         니까, 같이 살자. 심심할 것 같아서 그래.

장형구   그 돈 엄마가 들고 갔어요.

이만리   아. 다 싫다. 전부 다. 이제 아빠는 지쳤다.

장형구   아저씨, 누구나 그럴 때가 있어요.

이만리   되는 일도 없고, 희망도 없었지만 오래 산다는 믿음은
         있었다. 그런데 요즘 무슨 생각이 드는지 아냐? 돈은
         없고, 날은 엄청 무더운데 꽉 막힌 고속도로 한 중간에
         엥꼬 나기 직전인 차에 올라앉아 있는 기분이다. 기름
         이 없으니까 에어컨은 무용지물이고, 길이라도 뚫려야
         주유소에 가서 사정이라도 해보지.

장형구   옆에 탄 사람은 어떻겠어요.

이만리   미안하다.

장형구   됐어요.

이만리   아 왜 이렇게 후달리냐.

장형구   죽는 게요?

이만리   아니, 심심하면 어쩌냐?

장형구   이해해요.

이만리   거짓말. 이해하는 애 표정이 그러냐?

장형구   엄마 닮아서 그래요.

이만리   네 엄마 같은 여자랑은 절대 결혼하지 마라. 착하다고
　　　　능사는 아니더라. 차라리 돌덩이를 끌어안고 살든가
　　　　아니면 차라리 혼자 살아.

장형구   그래도 우리 아빠하고 잘 사는 걸 살살 꼬셔서, 살림
　　　　차렸잖아요.

이만리   바람의 참맛을 알게 될 줄 알았냐? 네 엄마 무서운 게
　　　　뭔지 아냐? 내가 잡으러 가면 매 순간순간 진심으로
　　　　다른 사람을 사랑하고 있더라. (사이) 아. 그 씨발놈의
　　　　순정.

장형구   지금 제 앞에서 엄마 욕하시는 거예요?

이만리   됐다. 말을 말자.

231

사이

이만리   그나저나 남들 사는 만큼은 살아야 되는데. 이름값도
　　　　못하고. 내 이름이 이만린데, 2만 리는 개뿔, 백 리도
　　　　못 가봤겠네.

장형구   잘 살았잖아요. 일도 한번 안 하고.

이만리   아쉬운 건 어쩔 수가 없네. 가끔 올 거냐?

장형구   모르겠네요. 살기가 바빠서.

이만리   안 올 거지?

장형구   아무렴 어때요.

이만리   어디 먼 곳 이야기 하는 것 같구나.

우주인이 걸어 나온다.

우주인   호메로스의 『오디세이아』에는 이런 구절이 있습니다. "여신이시여. 무슨 생각을 그리도 간단히 하십니까, 어떻게 저 무섭고도 험난한 바다의 큰 물결을 한 개의 뗏목으로 헤쳐 나가라 하십니까? 오, 여신이시여, 황송하오나 그대 즐겨 나를 괴롭힐 숨은 계책이 없다는 굳은 맹세를 해주시지 않는 이상 그대에게 거역할지언정 내 뗏목에는 오르지 않겠습니다." 저는 환상에 빠져 있었습니다. 우주, 그곳에 감춰진 신비와 전율스러운 공포. 불길한 어둠의 기원. 시간의 시작, 세상의 종말 끝까지 갈 자신이 있었습니다. 선택은 제 몫이었습니다. 당신들 때문이 아니었습니다. 몇 날 며칠도 아니고 수십 년을 허비하고 나서야 비로소 저는 증오심을 거둘 수 있게 됐습니다. 결국에 태양계 바깥으로 인간이 가지고 갈 것은 껍데기가 된 제 몸과 이 우주선뿐이겠지요. 우리가 서 있는 이곳에서 우주의 끝까지. (사이) 거기 내 말 들려요?

이만리   그래도 우리 아직도 가족이겠지?

바깥에서 현관문을 두드리는 소리가 들린다.

이만리   누구요?
택배   (목소리만, 계속해서) 저기 택…… 배……입니다.

이만리   너 택배 올 것 있냐?

장형구   아뇨.

이만리   우리 택배 안 시켰어요.

택배   선생님. 제가 실례지만 똥이 마려워서.

이만리   근데요?

택배   댁에서 똥을 좀……. (사이) 살려주십시오.

이만리   별 이상한 사람 다 보겠네. 1층에 화장실 있으니까 거
         기로 가요.

택배   선생님. 1층에는 화장실이 꽉 차서……. (사이) 아……
         선생님, 제발 살려주십시오. 아량을 좀 베풀어주십시
         오.

다급하게 문을 두드리는 소리.

이만리   나 선생 아니올시다. 남을 집으로 함부로 들여서 똥 누
         게 할 아량도 없는 잡배요. 가요.

다급하게 문을 두드리는 소리.

택배   선생님. 저 지금 나옵니다. 제발, 사…… 살려주세요.
         제발.

이만리   이봐요. 당신이 나보다 더 급해요?

택배   아…… 선생님. 제발. 지금 선생님! (문을 다급하게 두드
         리며) 선생님! 형님! 제발.

이만리   가요. 옆집으로 가든가.

택배   문만 열어주시면 제가 뭐든 다 해드리겠습니다. 진짜

뭐든 다 들어드리겠습니다. 제발. 살려주세요. 아. 선생님. (문을 다급하게 두드리며)

이만리   진짜 다 들어줄 수 있어?

택배   예. 지금으로서는 다 들어드릴 수 있는 기분입니다.

이만리   나 폐암 말기 환자야. 살려줄 수 있어?

침묵.

택배   (나직하게) 양심상 그 약속은 못 들어드리겠습니다. 그렇지만 제발 문 좀 열어주세요.

이만리   가.

택배   후회하실 겁니다.

234

발걸음 소리. 옆집 문을 두드리는 소리가 들린다. 잠시 후 아무런 소리도 들리지 않는다.

이만리   별 병신 같은 새끼를 다 보겠네.

이만리, 못마땅한 듯 가방을 이리저리 본다.

사이

이만리   남들 사는 만큼은 살아야 되는데.

장형구   잘 살았잖아요.

이만리   답답하다.

장형구   답답하긴 나도 마찬가지예요.

이만리   니가 답답할 일이 뭐가 있냐?

장형구 됐어요.

이만리 뭐가 답답한데.

장형구 아니에요. 아저씨 말이 맞아요.

사이

이만리 넌 왜 자꾸 말을 하다가 말아?

장형구 사실 할 말이 별로 없어요.

이만리 가야겠다.

이만리, 가방을 들다가 장형구를 바라본다.

이만리 진짜 가?

장형구, 이만리를 보지 않는다.

이만리 그래도 우리 가족이지?

사이렌이 길게 울린다.

암전

철수와 민수

고재귀

등장인물

철수   남자, 37세, 탈북자, 옥외간판 설치기사
민수   남자, 34세, 탈북자, 옥외간판 설치보조기사
주경   여자, 43세, 개척교회 목사
택배   택배 기사

시간

같은 날 해 질 무렵

공간

같은 빌딩 옥상

무대

옥상 한쪽에는 철제 구조물이 있고, 부러진 십자가가 그 아래 비스듬히 놓여 있다. 반대편에는 커다란 스카이라이프 원형 안테나가 설치되어 있다.

해 질 무렵 건물 옥상. 택배 기사, 원형 안테나 뒤에서 바지를 내리고 앉아 있다. 철수와 민수, LED 십자가를 양쪽에서 들쳐 메고 옥상 출입구로 등장한다. 사람이 올라오는 소리에 당황하는 택배 기사.

철수   (인상 쓰며) 힘 안 주네?

민수   (버거워하며) 니미, 바지에 똥 지리겠구만.

철수와 민수, 철제 구조물 근처까지 힘겹게 걸어온 후 십자가를 내려놓는다.

철수   조심조심. 깨지지 않게.

민수, 힘에 부쳐 십자가를 바닥에 털썩 놓아버린다. 택배 기사, 급히 뒤처리를 하고 바지를 끌어 올린다.

민수   염병하게 무겁네.

철수   (민수를 노려보며) 조심하라지 않네. 애새끼 개당치 못하게.[*]

민수   (발로 툭 십자가를 건들며) 안 깨져요, 안 깨져. 빌어먹을. 사다리차 얼마나 한다고. 7층까지 이게 무슨 좆뺑이야.

철수   (놀라) 너 지금 뭐하는 기야. 십자가를 발로 차는 놈이 어데 있어.

민수   얼씨구. 십자가 설치하더니 그새 예수쟁이라도 됐수?

---

[*] 깔끔하지 못하게.

철수   뭐이 어드래? (코웃음 치며) 이 엇절이● 같은 새끼. 내래
                 예수쟁이 될 때까지만 살라우.

민수   일없수다. 지금도 죽지 못해 사는구만.

사람 소리에 귀를 기울이며 일어날 때를 살피는 택배 기사. 민수, 장갑
을 벗으며 옥상 담 벽에 기대어 앉는다.

철수   뭐 했다고 주저앉네. 해 떨어졌는데 얼른 매달고 가야
                 지.

민수   (주머니에서 담배를 꺼내며) 진소리● 좀 그만하쇼. (불붙이
                 며) 그리고 형도 그러는 거 아냐.

철수   뭐가?

민수   그렇게 사장에게 잘 보이고 싶어?

철수   내가 뭘.

민수   아니, 필요한 건 필요하다고 말을 해야지. 매번 이게 뭐
                 야. 사다리차만 있었어도 쉽게 끝날 일을 왜 사서 고생
                 이냐고. 사람들이 형하고 같이 일 안 하려고 하는 이유
                 가 다 있다고.

철수   그딴 소리 집어치우라우. 북에서 왔다고 그 자식들 머
                 물새● 부리는 거 하루 이틀이간.

민수   텃새가 아니라니까 그러네. 형이 사장에게 비위 맞추
                 는 게 아니꼬워서 그러는 거지.

철수   야시꼽기는 뭐가 야시꼬와. 누가 뒷말하는 기야. 상태

● 얼간이.
● 잔소리.
● 텃새.

　　　　　그 새끼간?

민수　　됐수다. 어디 상태뿐이겠어.

철수　　그 발딱코˙ 새끼. 날 잡아서 박산˙ 내버리든지 해야지.

민수　　퍽이나 그러시겠수.

철수, 장갑을 벗으며 천천히 민수 옆자리에 앉는다.

철수　　(슬쩍 눈치 본 후) 내 담당하는 국정원 직원이 제발 그만
　　　　　좀 찾아오라고 우는소리를 하더라. 더는 소개해줄 데
　　　　　도 없다는데 우이 하겠니?

민수　　우는소리 나도 지긋지긋하니까, 나한테 푸념하지 마
　　　　　쇼.

침묵.

그때 택배 기사, 원형 안테나 뒤에서 아무 일 없었다는 듯 작은 상자 하
나를 들고 천천히 걸어 나온다. 철수와 민수, 의아한 눈길로 택배 기사
를 바라본다.

택배　　수고들 하십니다.

철수와 민수 앞을 지나쳐 옥상 출입구 쪽으로 향하는 택배 기사.

택배　　(딴청 피우며) 이상하네. 8층이 없는데 8층이라고 적혀

● 들창코.
● 박살.

있네.

옥상 출입구로 내려가는 택배 기사.

민수   뭐야, 저거.

철수   왜 접시 뒤에서 기어 나와.

담벼락에 기대어 앉아 한참 동안 말없이 땀을 식히는 두 사람. 어두워
져가는 하늘을 올려다보는 민수, 땅바닥을 쳐다보는 철수.

철수   끝나고 소주나 한잔할래?

민수   싫어. 재미없어.

철수   술이 왜 재미없니?

민수   술 말고 형.

철수   (넌지시) 꽃마차 황 마담 잘 있으려나.

민수   마담은 무슨 얼어 죽을. 어떻게든 양주 딸 생각만 하지,
      우리한테 관심이나 있을 줄 알아?

철수   그래도, ……양주 바닥날 동안이라도 말 상대는 해주
      잖네.

다시 침묵.

민수   (담배를 바닥에 비벼 끄며) 어젯밤, 주안시장에 불난 것
      봤어?

철수   사이렌 소리만 들었지.

민수   하도 시끄럽기에 나가서 봤더니 장난 아니더라.

철수   누가 일부러 불 놓은 거라면서.

민수   CCTV에 찍혔다니까 그런 거겠지.

철수   배도 커라. 그런 탁없는* 짓을 왜 한다니. 잡혀서 과녁받
      이* 될라고.

민수   불 보고 희열을 느끼는 거라니깐. 그런 놈들은 뇌가 달
      라.

철수   희열?

민수   그래. 분명히 불이 번져가는 걸 어디선가 쳐다보고 있
      었을 거야. 생각해봐. 사람들이 자기 때문에 난리법석
      떠는 게 얼마나 재미있겠어. 아마, 자지가 빨딱 설 만큼
      흥분한 얼굴로 불을 쳐다보고 있었을걸.

철수   미친 종자. 별짓거리를 다 하고 자빠졌네.

사이

민수   근데 나도 불 보고 있으니까 기분이 이상하더라.

철수   뭐?

민수   불길이 막 타오르는 걸 보고 있으니까 사타구니가 찌
      릿찌릿하더라고.

철수   미친 소리 그만하라우.

민수   형이 직접 못 봐서 그래. 소방관이 와서 불 끄는데 다
      행이다 싶으면서도 너무 빨리 꺼버리니까 서운하더라
      고. (사이, 장난스럽게) 나도 오늘 밤부터 불이나 지르고

● 터무니없는.

● 총알받이.

다닐까? 어때, 같이할래?

철수   간나 새끼. 입쌀밥[•] 먹고 탁없는 소리 말라우.

자리에서 일어나며 엉덩이를 터는 철수.

민수   (낄낄거리며 놀리듯) 저렇게 겁이 많은 사람이 어떻게 철책선을 넘었을까?

철수   (내려다보며 화내듯이) 너는 겁이 없어서 어망결에[•] 얼음 강을 헤엄쳐 건넜니? 그것도 인민학교 다니던 나이에.

민수   부모 죽는 것도 봤는데 겁날게 뭐 있다고. 잘 죽기 아니면 못 죽기지.

242

자리에서 일어나는 민수. 말없이 장갑을 끼는 두 사람.

철수   빨리 끝내고 가자.

민수   그럽시다. 오래 있는다고 돈 더 줄 것도 아니고.

십자가를 줄에 매다는 두 사람.

옥상 출입구에 주경이 나타난다.

주경   어머, 아직도 안 끝났어요?

철수   이제 달기만 하면 됩니다.

주경   어두워지는데. 좀 일찍들 오시지.

• 흰쌀밥.
• 얼떨결에.

민수   (까칠하게) 늦어도 오늘 꼭 오라면서요.

주경   …….

철수   선거철이라 현수막 달아야 할 게 좀 많아서 늦었습니다.

주경   (십자가를 만지며) 이게 LED인가요?

철수   네, 좀 이따 설치하고 나서 보시면 아시겠지만 형광등하고는 완전히 다릅니다. 불빛이 강렬하고 선명한 게 더 멀리 뚜렷하게 보일 겁니다.

주경   전기는 많이 안 먹나 모르겠네.

철수   형광등보다 훨씬 적어요. 1년만 지나면 설치비 뽑고도 남습니다.

주경   (고개 끄덕이며) 아무튼 잘 좀 해주세요.

철수   걱정하지 마세요. (민수에게) 거기 끈 잘 묶었어?

민수   (퉁명스럽게) 아, 그쪽이나 잘 묶어요. 이쪽은 걱정하지 말고.

주경, 건너편 민수를 쳐다보고 난 후

주경   근데 말투만 봐서는 전혀 모르겠네요.

철수   네?

주경   오 사장님 이야기론 두 분이 다 새터민이라고 하던데.

철수   …….

주경   괜찮아요. 부담 갖지 마세요. 나는 그런 거에 전혀 민감한 사람이 아니니까. 이북 사투리가 하나도 없어서서 전혀 몰라보겠어요. 생긴 것도 똑같고.

민수   (끈을 묶던 손을 내려놓으며) 이북 사람은 어떻게 생겨야

	⠂ 하는데요?
주경	(당황하며) 아니 그게 아니라, 여기에 정착 잘하시겠다고요. (웃으며 수다스럽게) 나는 이북분들은 사투리 못 버리시는 줄 알았어요. 왜 있잖아요. 그 재미있고, 웃기는 말투.
철수	저 녀석은 열세 살 때 넘어와서 전혀 그런 거 없습니다.
주경	형제님은요?
철수	저는 이제 10년 좀 넘었습니다.
주경	같이 내려오신 줄 알았더니 여기 내려와서 만나셨나보다.
철수	몇 년 전에 섬에서 염전 일 하다 만났습니다.
주경	어머, 소금 만드셨구나. 성경 말씀에 너희는 나아가 빛과 소금이 되라 하셨는데 두 분은 소금도 만들고 이렇게 빛도 만들고 계시니 우리 예수님이 말씀하신 복된 삶을 실천하며 살고 계시네요. 호호.
민수	(기가 막힌다는 듯이) 저기, 목사님. 염전에 가보신 적 있으세요?
주경	아니요, 아직.
민수	그럼 소금 독이 올라 퉁퉁 부은 발 본 적 없으시죠? 땡볕에 새까맣게 허물 벗겨진 등짝도?
주경	…….
민수	내가 그 일 했다고 유세 떠는 게 아니라, 그 사람들 일하는 것 단 1분만 쳐다봤어도 복된 삶이니 어쩌니 말씀 못 하실 겁니다.
주경	…….

민수　지나가던 개도 염전 일 하는 사람들 보면 가던 길 멈추고 불쌍해서 운답디다. 그게 그런 일입니다, 목사님.

주경　(무안해하며) 그런가요? (사이) 아휴, 우리 형제님 보기보다 굉장히 까칠하시네.

철수　(애써 수습하듯) 저 녀석 성격이 원래 저렇게 퉁명스럽습니다. 뭔 뜻이 있는 건 아니고요.

주경　……네에. 두 분 이 근처 사세요?

철수　(끈을 잡아당기며) 네, 멀지 않습니다.

주경　잘됐다. 그럼 두 분 저희 교회 나오세요. 주 안에서 살 때만이 모든 고통과 시름에서 벗어날 수 있습니다. 어디 다니시는 데 없죠?

철수　…….

민수　(끈을 매달다가 장난스럽게) 정말 주안에서 살기만 하면 모든 고통과 시름에서 벗어날 수 있나요, 목사님?

주경　(반갑게) 그럼요. 주 안에서 모든 근심이 사라집니다.

민수　그래요? 그런데 왜 저는 옛날부터 주안에 사는데 전혀 나아지는 게 없을까요?

주경　(걱정스럽게) 그래요? 어느 교회 다니시는데요?

민수　교회 안 다니는데요.

주경　……?

민수　교회는 안 다니지만 주안에 살아요. 인천 주안동.

철수　(웃음을 참으려 헛기침을 한다.) …….

주경　(철수를 한번 쳐다본 후에 무표정한 얼굴로) 좋으시겠어요. 재미있는 분이랑 같이 일하셔서. (코를 킁킁대며 신경질적으로) 근데, 이게 무슨 냄새야?

그때 원형 안테나 뒤에서 휴대폰 벨소리가 들린다. 주경, 소리 나는 곳을 돌아본 후 천천히 원형 안테나 쪽으로 발걸음을 옮긴다.

주경   (놀라며) 어머, 이게 뭐야. 세상에.

한참을 망설이다가 바닥에 떨어져 있는 휴대폰을 집어 드는 주경.

주경   여보세요? (사이) 전화 주인이세요? (사이) 여기 수정교
       회 옥상이요. (사이) 뭐요, 10분이요? (사이) 아니, 제가
       왜 아저씨를 기다려야 하죠. (사이) 됐어요. 저는 그냥
       여기다 두고 갈 테니까 아저씨가 와서 가져가시든지
       마시든지 알아서 하세요. (사이) 근데 아저씨. 아저씨가
       여기다 똥 싸셨어요? (사이) 말씀드리긴 무슨 말씀을
       드려요. (사이) 됐으니까 얼른 와서 치우세요. 고발하기
       전에. (사이) 여보세요? 여보세요?

휴대폰을 가지고 철수와 민수에게 다가오는 주경.

주경   저기…… 십자가 설치 얼마나 걸릴까요?
철수   (뒤돌아보며) 일단 오늘은 매달아놓고 불 켜보는 거니
       까 곧 끝날 겁니다. 내일 아침에 와서 튼튼하게 땜질해
       드릴게요.
민수   (퉁명스럽게) 피뢰침도 달아야 할 거 아냐. 선 뽑아서 접
       지 동봉 하려면 시간 좀 걸려.
주경   아무튼 더 어두워지기 전에 끝내주세요. 전에 십자가
       보다 좀 더 높이 달아주시고요. 멀리서도 볼 수 있게

최대한 높이.

철수   네, 걱정하지 마십시오.

주경   (작업 상자 위에 휴대폰을 놓아두며) 그리고 이 휴대폰 주
인 오거든 저기 뒤에 똥 치우고 찾아가라고 말 좀 해주
세요. 사람들이 양심이 있어야지. 똥오줌 못 가리는 개
들도 아니고.

주경, 옥상 출입구로 사라진다.

민수   (주경이 사라진 걸 확인한 후) 젠장, 사람 일하는 거 보면
서도 주스 한잔 안 갖다 주네. 일 끝나도 밥값 얻어내
기는 틀렸수다.

철수   말을 예쁘게 해야 냉수라도 얻어먹지.

민수   내가 뭐 없는 말 했어?

철수   됐다. 일이나 해.

말없이 작업에 열중하는 두 사람.

철수   연결 다 됐으면 올라가 잡아.

민수, 철탑 위로 올라간다. 철수, 십자가 양쪽 끝에 연결된 줄을 잡아당
겨 십자가를 들어올린다. 도르래를 타고 천천히 올라가는 십자가. 허공
에 떠오른 십자가를 민수가 붙잡아 철탑에 고정시킨다.

철수   (위를 올려다보며) 왼쪽으로 흐른 것 같으니 면바로* 치
켜들어.

작업에 열중하는 민수.

철수   연결 다 됐간?
민수   오케이. 불 켜봐.
철수   피뢰침 달아야지.
민수   아 참. 피뢰침 안 가지고 올라왔네.
철수   저런, 정신머리하고는.

철수, 옥상 바닥에서 피뢰침을 챙겨 들고 철탑으로 올라간다. 철탑 위
에 앉아 십자가 끝에 피뢰침을 매다는 두 사람.

248

민수   ……형.
철수   왜?
민수   기가 막히지 않아?
철수   뭐이?
민수   압록강 철책선 뛰어넘을 때 우리가 이럴 줄 알았을까?
철수   어떨 줄?
민수   남조선 건물 옥상 꼭대기에 올라서서 십자가에 피뢰침
매달 줄.
철수   (헛웃음 지어 보인 후) ……그래도 밥은 먹지 않네.

● 정면으로.

말 없는 두 사람.

철수   내가 마무리할 테니 내려가서 불 달아봐.
민수   알았수다.

민수, 철탑 위에서 내려온다. 철수, 홀로 철탑 위에 앉아 거리를 바라본다. 무대 뒤로 수많은 십자가 불빛들이 보인다.

철수   (작게 한숨을 내 쉰 후) 공동묘지가 따로 없네.

철수, 멍하니 거리를 살피다 팔등으로 이마의 땀을 닦아낸다.

민수   (음성으로만) 불 단다. 오케이?
철수   달어.

장갑에 침을 묻혀 십자가 한쪽 끝의 얼룩을 천천히 닦아내는 철수. LED 십자가에 불이 들어온다. 철탑 위에 앉아 십자가를 한쪽 팔로 껴안고 멀리 도시의 풍경을 다시금 바라보는 철수.

철수   어떻게, ……밥은 먹고들 있으려나.

짧은 숨을 내뱉는 철수.
잠시 후, 어딘가 먼 곳에서 소방차 사이렌 소리가 들려온다.

암전

3 부

터미널

은하철도 999*

박춘근

등장인물

메텔   여자, 삼십대 초반, 남루한 행색
철이   남자, 십대 중후반, 남루한 행색
역무원   남자, 오십대 초반, 전철 역무원, 비정규직, 심한 결벽증

시간

현재, 오전 1시경

공간

전철역 플랫폼

무대

막차도 지나간 전철역 풍경. 벤치들, 표지판, 전광판 등이 있다.
바닥이 다소 지저분하다.

● 희곡의 제목, 인물, 주제가 등은 만화영화 〈은하철도 999〉에서 모티프를 얻었음을밝힌다.

메텔과 철이, 주위를 두리번거리며 들어온다. 메텔, 주변을 찬찬히 살핀다.

철이   메텔. (메텔, 듣지 못하는데) 메텔!

메텔   어, 철이야.

철이   무슨 생각을 그렇게 해요?

메텔   드디어 우리가 이 행성을 떠날 수 있게 됐어. (감격에 겨워) 드디어…….

철이   이 터미널이 맞는 걸까요?

메텔   은하 기지에 이곳이라고 신호를 보냈으니까. 곧 은하철도 999를 타고 차장님이 오셔서 우리를……. (말을 잇지 못하더니) 철아, 많이 힘들었지?

철이   아니에요. 메텔이야말로 정말 많이 힘드셨죠?

메텔   60년! 니미랄 60년이야! 철아, 이곳에서 있었던 나쁜 일들은 다 잊어버려. 이 행성은 더 이상 희망이 없어. 생선 한 마리 살 때도 방사능 측정기가 필요한 별이라고. 이제 우리는 은하철도 999를 타고 프로메슘 행성으로 가게 될 거야. 그곳에서 너는 네가 꿈꾸던 유물론적 기계인간이 되는 거야.

철이   메텔……. 내가 꿈꾸던……, (골똘해지더니) 그게 뭘까요?

메텔   철아, 나쁜 생각 하지 마. 지금의 나쁜 우리 환경이 나쁜 생각을 만드는 거야. 내가 항상 얘기했잖아. 의식은?

철이   예? 아, 의식은 위치가 결정한다.

메텔   그래. 너의 위치가 너의 의식을 결정하지. 우리의 우주

적 좌표에 따라 너의 의지가 발생하는 거야. 은하철도 999가 우리의 우주적 좌표를 이동시켜줄 거야. 이 행성과는 영원히 안녕이야, 안녕!

메텔과 철이, 감격에 겨워 서로를 안으려고 하는데 전철역 안내방송이 들린다.

방송	역내에 계신 승객 여러분께 안내 말씀 드립니다. 오늘 우리 역 열차의 운행이 모두 종료되었습니다. 승객 여러분께서는 모두 안전하게 역사 밖으로 나가주시기 바랍니다.
철이	메텔! 들었어요? 전철이 끊겼대요.
메텔	철아, 걱정하지 마. 저건 이 행성 사람들에게 하는 방송이야. 은하철도 999를 관리하는 은하 기지가 그렇게 허술하지는 않단다.
철이	아니, 그래도. 막차가 지나갔다면.
메텔	철아, 네가 이곳에 너무 오래 있더니 이곳 사람처럼 말하는구나.
철이	혹시 변증법적인 오류가 생긴 게 아닐까요?
메텔	안타깝게도 모든 은하계의 질서를 규정하는 변증법이 이 별에서는 통하지 않아.

철이, 한쪽에서 다가오는 사람을 발견하고는

철이   어? 저기…….

역무원, 물티슈 등으로 자신의 몸을 닦으며 메텔과 철이 쪽으로 다가
온다. 한 손에는 야광봉을 들고 있다. 야광봉은 꺼져 있다. 큰 소리로

역무원　열차 끝났습니다. 모두 나가주세요.

메텔, 역무원을 보고는 반가워한다. 철이도 반갑다.

메텔　철아, 은하철도 999 차장님이 오셨어! 어? 은하철도
　　　999는 아직 오지 않았는데……. (역무원을 향해) 차장
　　　님! 여기예요.
역무원　저건 또 뭐야? (무시하며) 다른 교통편을 이용해주세요.
　　　문 닫습니다.
메텔　아, 이게 얼마 만인가요?

255

메텔, 역무원에게 다가가려고 한다. 역무원, 메텔을 노숙자라 생각하고
다가서다 뒷걸음친다.

역무원　(사무적으로) 나가시는 문은 저쪽입니다.

철이, 다음의 대사를 하는 동안 역무원의 야광봉을 신기한 듯 만져본
다. 역무원, 불쾌하다. 물티슈로 철이가 만진 부분을 닦는다. 주위의 쓰
레기들이 신경 쓰인다.

메텔　저쪽이요? 타는 곳이 바뀌었나요? 그렇겠죠. 아무래도
　　　보안이 생명이니까. 은하철도는 벌써 도착했군요?
역무원　(관심 없다.) 예, 예. 막차는 예전에 도착했죠. 빨리 나가

주세요.

메텔　　그래요. 빨리 타야죠. (시계를 보며) 시간이 벌써.

역무원　잘 아시는 분께서 이 시간에 이러시면 안 되죠.

철이, 역무원을 의심스럽게 보던 중에

철이　　메텔, 차장님이 이상해요.

메텔　　자기 일을 하시는 거야. 차장님, 여전하시군요.

역무원　예? 예, 예. (혼잣말) 이 시간에 애까지 데리고……, 취한
　　　　거야? (다시 메텔에게) 자, 빨리 나가주세요.

메텔　　예, 그래야죠. 저쪽인가요? 기차가 도착한 곳이?

역무원　도착이 아니라 끝! 전철은 끝났다니까요! 나가시는 문
　　　　이 저쪽이라고요.

철이　　차장님! 은하철도 999요!

역무원　뭐야? 애까지 왜 이래? 은하, 뭐?

철이　　저, 모르시겠어요? 저예요. 철이.

역무원　누구요? (혼잣말) 에이, 오늘따라 술 취한 손님이 왜 이
　　　　렇게 많아? 철이는 또 뭐야?

메텔　　차장님, 왜 이러세요. 철이를 잊으셨어요?

역무원　아줌마, 제가 어떻게 철이를 알아요?

메텔　　어머! 왜 이러세요?

역무원　아, 오늘 짜증 나게 나한테 왜들 이래? 애 엄마가 이 시
　　　　간까지 여기서 이러시면 안 되죠. 자, 자.

메텔　　어머머! 기가 막혀. 애 엄마라니요! 저예요, 저. (간절하
　　　　게) 메―텔. 모르시겠어요, 차장님?

역무원　차장? 뭔 차장? 난 역무원이에요. 비정규직! 다음 주면

　　　　짤리는!

메텔　　(과장되게 낙담하며) 아, 아.

철이　　차장님, 저희예요. 은하철도 999의 철이와 메텔.

역무원　(무시하며 메텔에게) 아줌마, 아니 저기요. 은하인지 누
　　　　군지를 찾으시려면 위층 사무실로 가보시고요. 여기는
　　　　빨리 비워야 해요. 곧 문 닫혀요.

메텔과 철이, 서로를 난감하게 본다. 역무원도 난감하다.

메텔　　시간이…… 너무 많이 흘러버린 걸까?

역무원　예, 예. 너무 늦었습니다.

메텔, 역무원 가슴에 붙은 명찰을 본다.

메텔　　아, 차장님 이름도 바꾸셨어. 철아, 차장님도 우리처
　　　　럼 이 행성에 갇혀 있었나 봐. 그래서 이곳 사람들처
　　　　럼……. 아니야, 그럴 리 없어. 잠깐만.

메텔, 뭔가 생각났다는 듯이 가방을 뒤진다. 더러운 종이 두 장을 찾아
내어 철이에게 보여주며

메텔　　그래도 우리의 은하철도 티켓을 보여드리면 우리를 알
　　　　아보실 거야.

메텔, 의기양양한 표정으로 역무원 손을 덥석 잡아 종이를 건네는데

역무원   아악! 더러워! 이게 뭐야?

역무원, 물티슈를 꺼내 신경질적으로 자신의 손과 몸을 닦는다. 메텔이 건넨 종이는 바닥에 떨어진다. 메텔과 철이, 떨어진 종이를 보며 좌절하는데

역무원   아, 씨발! 왜 혼자 야간 설 때마다 이런 손님들뿐이야! 아까는 벤치에다 어떤 놈이 오바이트를 하더니! 아, 씨발! 내가 일주일만 참는다.

메텔, 바닥에 떨어진 종이를 천천히 줍는다. 슬프다.

메텔   철아, 아, 철아. 차장님은 아무래도…… (비장하게) 이 행성의 자본에 세뇌 당했나 봐. 은하철도 999를 타고 오신 게 아니야.
철이   메텔, 아, 메텔.
메텔   티켓조차 알아보지 못하다니. 방사능 때문인가? (역무원을 물끄러미 보다가) 차장님, 불쌍한 차장님…….

메텔, 역무원이 방심한 사이 다가가 끌어안는다. 역무원, 온몸으로 놀라며

역무원   아아악! 아악! 뭐야? 아악! 아줌마! (겨우 빠져나와서) 왜 이래? 왜 이러는 거야? 나한테 왜? 저…… 저기, 원하는 게 뭐야? 뭐……, 뭐예요?
메텔   이해해요. 이 행성엔 희망이 없어요.

역무원, 몸을 피하다가 주머니에 있던 휴대폰이 떨어진다. 부서진다.
휴대폰을 주우며

역무원   아, 씨발! 할부도 안 끝났는데. 왜! 왜 나한테?
메텔   차장님, 많이 힘드셨죠?
역무원   아줌마 때문에 힘들어요!

역무원, 휴대폰을 작동해보려고 하지만 잘 되지 않는다. 물티슈로 닦아
보기도 한다.

역무원   제발 좀 나가요!
메텔   아이 씨, 아줌마 아니라니까.

역무원, 휴대폰이 작동하지 않자 물티슈 등을 바닥에 내던진다. 자신의
상황과 휴대폰 때문에 미칠 지경. 모습이 코믹하다.

역무원   난 차장 아니라니까!
메텔   아, 위치가 의식을 구속해버렸구나. 철아, 어떡하지?
        차장님이 기억을 되찾지 못하면 은하철도 999는 터미
        널에 진입할 수가 없어. (역무원의 야광봉을 가리키며) 모
        든 은하철도는 차장님의 저 광선검으로 유도를 해줘야
        하거든.
철이   아, 광선검.

역무원, 자신의 야광봉을 쳐다본다. 어이가 없다. 휴대폰으로 연락을

하려다가 망가진 것을 보고 포기한다. 화도 나고 기도 찬다.

철이   메텔! 은하 기지에서 보낸 신호! 비록 세뇌를 당하셨지
만 신호는 받으셨을 거예요. 그 신호를 다시 들으시면
우리를 기억해내실지도 몰라요.

메텔   그래, 그렇구나. 차장님께 그 신호를 들려드리자꾸나.

역무원   (한숨) 아주 쌍으로 미쳤어.

메텔   (의연한 모습으로 철이에게) 그럼 신호를 불러볼까?

철이   예!

메텔과 철이, 의연한 모습으로 무대 앞으로 가며

메텔   (노래) 기차가 어둠을 헤치고

철이   (노래) 은하수를 건너면

함께   우―주 정거장에―.

역무원   그만, 그만! 지금 노래가 나와요?

철이   기억나시는 거예요?

역무원   됐고요. (한숨, 휴대폰으로 시계를 확인하려다 포기하고) 그
러니까, 여기가 우주 정거장인지 터미널이고 당신네들
은 은하수 건너고 뭐 그런 거요?

메텔   맞아요, 차장님. 얼른 이 별을 떠나야죠. 시간이 없어
요.

역무원   에이 씨, 차장……, (뭔가 결심하는 듯) 오케이, 그래요.
저기, 뭐라 그랬죠? 메밀? 철이?

메텔   메텔. (철이에게) 조금씩 기억나시나 봐.

역무원   저기, 메텔……, (다시 혼잣말) 미치겠네. 아니다, 세상이

미쳤는데 뭐. (헛기침) 메텔, 음, 그러니까, 전철 시간을
잘못 아셨어요.

메텔   예? 그럴 리가 없는데……. 차장님은 세뇌를 당하셨는
데 은하철도 999 시간마저?

역무원   누가 세뇌를 당했다고 그래요! (다시 차분해지려고 애쓰
며) 아, 아니지. 이게 아니고. 그게……, 착오가 있었던
것 같아요. 그렇죠, 연착! 연착되는 거예요.

메텔   은하철도는 은하 계시에 따른 은하 시계에 맞춰 운행
되기 때문에 연착될 리가 없어요. 아시잖아요. 은하 계
시가 은하 시계를…….

역무원   은하…… 계…… 시계…… (혼잣말) 씨발, 뭐요?

메텔   은하 시계의 투쟁을 결정하는 계시에 따르면, (분연히
일어나) 국가 기반 시설이 마트에서 사고파는 상품이
되어 더 이상 내란의 타깃조차 되지 못하며, 국가의 모
든 권력이 댓글에서 나올지라도, 도시 한복판에 백만
개의 불꽃이 타오르면, 그때!

철이   그때! 은하철도 999가 온다고 했어요.

역무원   아, 정말…… (기가 차다.) 정말 나한테 왜 이러는 거예
요? 나도! 나도 힘들다고요.

메텔   알아요.

역무원   예?

메텔   차장님이 이 별에서 얼마나 힘드셨는지. 자기 자신이
누구인지도 모르시고.

역무원   아악! 아니야! 이건 아니야! 아니지. 아니, 아니 됐고요.
내란이니 댓글이니 됐고요. 그 은하, 계 이씨……, (겨우
참으며) 그 은하철도 999는 오늘 안 와요. 시간이 바뀌

었다니까요.

철이 왜요?

역무원 왜? 왜냐고? 그러니까, 그건……. 불꽃이 백만 개가 안 됐잖아. 그래서 다음 주에, 그래! 다음 주에 온단 말이야!

메텔 아니에요. 분명히 백만 개였어요.

역무원 누가 셌어요?

메텔 제가 하나하나 다 셌잖아요. 그게 제 일인데. 경찰 추산 60만이긴 했지만 제가 카운트 한 건…….

역무원 백만 개였다고요?

메텔 999,999까지 세긴 했는데…….

역무원 거봐! 한 개가 모자라네! 백만 개가 안 됐으니까 안 오는 거예요. (야광봉을 흔들며) 불꽃이 한 개라도 모자라면 안 온다니까요! (혼잣말) 아, 씨발 내가 뭐라는 거야?

메텔 한 개를 더 본 것 같기도 하고…….

철이 음모를 조작하지 마요!

역무원 뭐? 뭐를 조작해? (욱해서) 어디 그런 불꽃이 있었어요? 아니, 처음부터 말이 돼요? 기반 시설? 마트? (한숨) 아, 내가 지금 뭐하는 거냐.

메텔 국내선 공항은 편의점에서도 살 수 있어요. 인천공항은 다음 달 바겐세일 한다고.

철이 외곽순환도로 세일은 지난주 끝났는데.

메텔 아니야. 원 플러스 원으로 바뀐대. 외곽순환 하나 하면 내부순환 끼워주는.

철이 아.

역무원 아아? 어떤 술을 처드시면 이렇게 우아하게 헛소리를 하실까? 파세요. 막 팔면 되겠네. 하하하. 은행도 팔고, 공장도 팔고. 여기 전철도 팔지, 왜 안 팔아? 하하하. 이 사람들이 정말!

철이　은하철도 999도 팔린 건가요?

역무원　아아, 어지러워.

메텔　어쩌면, 혹시?

역무원　제발 좀! 예?

메텔　(철이에게) 은하 계시에 의한 은하 시계가 오작동을 일으킨 걸까? 그것 때문에?

역무원　또! 또 그 계……, 이씨!

철이　그것 때문이라니요?

메텔, 천천히 역무원에게 다가간다. 역무원, 움찔한다.

메텔　차창님, 혹시…….

역무원　제발 가까이 좀 오지 마요!

메텔　방사능 때문인가요?

역무원　예? 정말 미치겠…… (머리를 쥐어뜯다가 횡설수설) 아, 아니죠. 예, 맞아요. 그러네요. 방사능. 맞네, 그것 때문이네. 딱 그거네. 방사능. 빙고!

메텔　아, 역시 그것 때문이었어. 이 모든 오류가 전부……. 차창님, 우리는 이제 어쩌죠?

역무원　메텔, 맞죠? 그래, 메텔과 철이는 오늘 집에 가시고요, 정확히 일주일 후 이 시간에 다시 오시면 돼요.

철이　다음 주라는 건 어떻게 알아요? 은하 계시에 의한 은하 시계…….

역무원 그만! (달래듯) 내가 왜 몰라요? 내가 알 수밖에 없지.

철이 왜요?

역무원 그게…… 왜냐하면 내가! 내가 차장이니까! 차장이라며? 나, 은하철도 999 차장? 아니야? 내가 은하철도 차장이잖아. 하하하. (혼잣말) 아, 미치겠다.

메텔 아, 드디어 차장님이 누구신지 아셨군요!

철이 차장님!

메텔과 철이, 역무원에게 달려들려고 한다. 역무원, 야광봉으로 막아서며

역무원 아셨으면 됐고요. 오늘은 일단 집으로 돌아가세요.

철이 우리는 집이 없잖아요. 사적 재산은 폐지해야 한다고 하셨잖아요.

역무원 누가?

메텔 차장님이.

역무원 내가? 내가 뭘? 폐지? 내가? 그런 말을?

메텔 만국의 유물론적 기계인간을 대표해서 은하 선언을 하셨잖아요.

메텔, 누군가의 흉내를 내듯 앞에 나서서

메텔 "하나의 유령이 온 은하를 떠돌고 있다."

메텔, 역무원을 슬쩍 본다. 역무원, 뭔가를 억지로 참고 있는 황당한 얼굴로 메텔을 본다. 메텔, 역무원이 안쓰럽지만 계속하며

메텔	"만국의 기계인간이여! 단……(결하라)."
역무원	(말을 끊으며) 못 하겠다. 더 이상은 못 해. 당신네들 정
	말……. 애도 있고 해서 곱게 보내드리려고 했는데, 이
	건 신고해야 해. 경찰에다…….

역무원, 전화하려고 휴대폰을 꺼낸다. 휴대폰은 이미 박살 나 있다. 역무원, 표정이 점점 일그러진다. 차츰차츰 무너진다.

역무원	아아악! 가! 제발 좀 가!
철이	가게 해줘요. 제발 우리 좀 가게 해줘요.
역무원	가라니까! 아아.

역무원, 낙담하며 자리에 앉아 고개를 파묻는다. 메텔, 역무원이 안타깝다.

철이	차장님!

메텔, 쓸쓸히 자리에서 떠나 한쪽 구석에 선다. 사이

메텔	철아, 차장님 좀 놔두렴.
철이	메텔, 이제 은하철도 999 시간도 얼마 안 남았잖아요.
	이번 기차를 놓치면 또 언제 올지 몰라요.
메텔	혼란스러우실 거야. 철아, 너도 봤잖니? 차장님은 지금
	까지 다른 사람의 이름으로 수십 년을 살아오셨어. 철
	아, 나도 알아. 우리가 얼마나 오랜 세월을 견디며 이

순간을 기다려왔는지. (낙담하고 있는 역무원을 보다가) 철아, 나는 지금까지 셀 수도 없을 만큼 많은 별을 여행하며 많은 사람을 만났단다. 그런데, 여기 이 행성처럼 불길한 기운이 감도는 별은 처음이었어. 내란을 저지른 사람들이 내란을 흉내 내는 사람들을 잡아가고, 그 어느 별의 사람들보다 기계인간이 되고 싶어 하면서 동시에 기계인간을 저주했어. 맨 처음 은하 기지에서 신호를 보냈을 때, 난 믿지 않았지. 이 행성이 나의 마지막 별일지도 모른다고 생각했을 정도니까. 도시 한복판에 컨테이너 산성이 쌓이는 별에 백만 개의 불꽃이라니. 그런데 어떻게 은하철도 999가 와서 '행복 찾는 나그네의 눈동자'를 불타오르게 한다는 거야? 있을 수 없는 일이라고 생각했었지. 그런데 불꽃은 피어올랐어. (눈물을 훔치고는) 한 개가 모자랐던 걸까? 나도 이 행성이 지긋지긋해. 그래도 우리는 이 희망 없는 방사능 행성에서 차장님을 다시 만나지 않았니? 우리는 이 행성에 버려진 게 아니야. 그리고 우리에게는 (감정을 누르려고 하지만 잘 되지 않는다.) 기다릴 게 남았잖니. 오지 않았지만 올 거라고 믿는 것이 남았어. (격정적으로) 아, 은하철도 999! 오늘 우리에게 기차는 오지 않았어. 그러나 우리에게는 그리움이 남아 있어. 그 그리움은…….

철이   메텔…….

메텔, 하늘의 별을 보는 것처럼 주위를 보다가 느리게 노래를 부른다. 재즈풍으로.

메텔   기차가 어둠을 헤치고 은하수를 건너면 우주 정거장에
        햇빛이 쏟아지네.

철이가 따라 부르기 시작한다.

메텔/철이 행복 찾는 나그네의 눈동자는 불타오르고. 엄마 잃은
        소년의 가슴에 그리움이…….

둘은 차마 노래를 잇지 못한다.

철이   메텔…….
메텔   가슴에 그리움이…….

역무원, 갑자기 벌떡 일어나더니 노래를 부른다. 오페라풍으로. 조명
등이 전환된다.

역무원   솟아오르네.

메텔과 철이, 깜짝 놀라며 역무원을 바라본다. 역무원, 의연한 표정으
로 노래를 부른다.

역무원   힘차게 달려라, 은하철도 999!
메텔   차장님!
역무원   힘차게 달려라, 은하철도 999!

이때, 역무원의 야광봉이 점멸한다. 메텔과 철이, 놀란다. 야광봉에 불이 들어온다.

메텔   아, 백만 개째.

모두 함께 마지막 후렴 부분을 다시 부른다.

모두   힘차게 달려라, 은하철도 999. 힘차게 달려라, 은하철도 999.

노래에 맞춰 전철 진입 시그널이 울린다. 메텔과 철이, 놀란 얼굴로 전철 들어오는 방향을 쳐다보며 감격한다. 안내방송이 들린다. 역무원, 다음 안내방송이 나오는 동안 야광봉으로 비행기를 유도하듯 동작을 취한다.

방송   열차가 승강장으로 진입하고 있습니다. 승객 여러분께서는 안전선 뒤로 한 걸음 물러나주시기 바랍니다.

메텔과 철이, 역무원을 향해 웃는다. 역무원, 표정이 없다. 자신의 일을 하느라 여념이 없다.

철이   메텔, 차장님이…….
메텔   자기 일을 하시는 거야. (혼잣말처럼) 차장님, 여전하시군요.

메텔, 마치 모든 것을 이해한다는 표정으로 전철 들어오는 방향을 바라본다. 메텔과 철이, 서로 손을 잡고 플랫폼 주위를 둘러본다. 그런데 왠지 쓸쓸하다. 역무원, 점점 더 분주하게 야광봉을 흔들며 동작을 취한다.

메텔   안녕…….

전철 들어오는 소리 요란하게 들린다.

암전

망각이 진화를 결정한다

고재귀

등장인물

서윤지 여자, 36세, 절반 이하의 사이보그(Less Than Half Cyborg),
　　　　월면 기상관측소 연구원

강일호 남자, 37세, 절반 이상의 사이보그(More Than Half Cyborg),
　　　　행성광물채취 다국적기업 직원

시간

A.D. 2165년

공간

달, 월면(月面)의 동부, 적도의 약간 북쪽인 동경 18도에서 43도 부근에 펼쳐져 있는 평탄한 지역, 일명 고요의 바다, 그곳의 우주선착장 대합실 어둠. 극이 시작되면 무대 후면에 달에서 바라본 지구의 모습이 보인다.

고요의 바다. 우주선착장 대합실. 낡은 헬멧을 쓴 서윤지, 3인용 벤치에 앉아 있다. 벤치 옆에는 'Space Safety NGO / Free'라고 적혀 있는 리플릿 거치대가 놓여 있다. 서윤지, 말없이 창밖의 월면을 바라보다 시선을 돌려 자신의 무릎 앞에 놓인 금속 캐리어를 내려다본다.

서윤지   춥고 어둡지? 미안해, 마루야.

서윤지, 다정한 손길로 캐리어를 쓸어내린다.

서윤지   그렇지만 여기도 춥고 어두워. 조금만, 조금만 참아. 곧
          꺼내줄게. 그리고 예전처럼…….

서윤지, 복도 저편에서 인기척이 들리자 말을 멈춘다. 날렵한 금속성 헬멧을 쓴 강일호, 대합실로 들어온다. 그의 오른손에는 하드케이스 서류 가방이 들려 있다. 강일호, 주위를 잠시 둘러보다 서윤지가 앉아 있는 벤치의 끝자리에 앉는다.

강일호   (서윤지를 슬쩍 쳐다본 후) 니하오!
서윤지   ……Hi!

서류 가방을 무릎 위에 올려놓고 가방 속에서 카탈로그를 꺼내는 강일호. 카탈로그를 펼쳐 보다가 어느 장에선가 의문스러운 표정으로 시선을 멈춘다. 강일호, 잠시 무엇인가를 생각하다 헬멧의 파란 통화 버튼을 누른다. 서윤지, 벤치 옆에 놓인 리플릿 거치대에서 엽서 크기의 전

단을 집어 든다. 전단을 천천히 읽어 내려가는 서윤지.

강일호   (신호를 기다리다가) 아, 사무장님. 저 강일호입니다. 예,
         잘 지내셨어요?

서윤지, 슬쩍 강일호를 한번 쳐다본 후 전단에 부착된 마이크로 칩을
자신의 헬멧 슬롯에 집어넣고 플레이 버튼을 누른다. 눈을 감고 천천
히 '타인의 삶'을 읽어내는 서윤지.

강일호   아닙니다. 아직 승선 못 했습니다. (사이) 아니요. 우주
         선에 문제가 있는 건 아니고, 갑자기 태양흑점이 폭발
         하는 바람에……. (사이) 네, 수속은 끝났으니까 태양풍
         만 지나가면 출발할 수 있을 겁니다.

눈을 감고 있는 서윤지, 얼굴 위로 작고 미묘한 표정이 빠르게 지나간
다.

강일호   저기, 근데 다른 게 아니라……. (급히 카탈로그를 펼치
         며) 음……, 카탈로그를 보니까 제가 이번에 교체할
         EDR 티타늄 심장의 생산지 표기가 안 적혀 있네요.
         (사이) 알죠. 아는데 혹시나 해서 물어보는 거예요. 요
         즘 하도 남미 쪽 OEM이 많다고 하니까.

서윤지, 미간을 살짝 찌푸린다.

강일호   네, 그렇죠. 네. 네. 아니까 제가 매번 부탁드리잖아요.

(사이, 웃으며) 고맙습니다. 사무장님. 잘 부탁드릴게요.
(사이) 아, 그리고 제 뇌파에 연결된 콘솔에 약간 잡음
이 있는데 이번에 이것도 좀 봐주실 수 있을까요? (사
이) 단기기억상실 장치는 잘 작동하는데, 기억유전자
메모리칩을 넣으면 이상하게 잡음이 좀 들리네요. 연
결회로를 너무 많이 달아서 그런가? (옆에 앉아 있는 서
윤지를 슬쩍 쳐다본 후 목소리를 낮춰) 혹시 정품이 아니
라 부틀렉 칩을 가동시켜 그런가요? (사이) 아닙니다.
달에서 구할 수 있는 부틀렉이 얼마나 되겠어요. 이번
에 들어가는 김에 암시장에서 왕창 사다 놔야지 맨날
본 거 또 보고, 본 거 또 보고 지겨워 죽겠습니다. (사이)
그럼요. 알죠. 걱정 마세요. (사이) 네, 그럼 사흘 후에
뵙겠습니다.

헬멧의 버튼을 눌러 통화를 종료하는 강일호. 카탈로그를 서류 가방에
집어넣은 후 기내식 봉투를 열어 작은 캡슐을 꺼내어 든다. 강일호, 캡
슐 하나를 입에 넣고는 눈을 감고 있는 서윤지를 쳐다본다. 서윤지, 어
두운 표정으로 입술을 깨물고 있다. 그런 서윤지를 한참 동안 바라보
는 강일호. 서윤지, 고통스러운 표정으로 점점 얼굴이 일그러진다.

강일호   (서윤지를 향해) Hey?
서윤지   …….
강일호   (서윤지를 향해 손을 뻗어 어깨를 치며) Hey?

서윤지, 눈을 떠 강일호를 바라본다.

강일호　Are You Okay?

서윤지　(깊게 숨을 내쉬고 난 후) ……괜찮아요.

강일호　어, 한국분이시네요?

서윤지　(헬멧의 스톱 버튼을 누르며) 그쪽도요.

강일호　아, 기억메모리 체험 중이셨나 보네요. 죄송해요. 제가
　　　　방해한 모양이네요. (사이) 그렇지만 얼굴 표정이 너무
　　　　힘들어 보이셔서…….

서윤지　제가 그랬나요?

강일호　네. 굉장히 어두웠어요. (손가락으로 창밖을 가리키며) 저
　　　　기 바깥처럼.

서윤지, 말없이 창밖에 펼쳐진 우주의 어둠을 바라본다.

274

강일호　(호기심 어린 표정으로) 무슨 메모리칩인데 그렇게 심각
　　　　한 표정이셨나요? 연쇄 살인마? 20세기 학살자 시리
　　　　즈?

서윤지, 손에 들고 있던 전단을 강일호에게 내민다. 전단을 받아 읽어
보는 강일호.

강일호　'21세기 회고전. 100년 전 보통 사람들이 잃어버린 삶
　　　　의 초상.' (흥미를 잃은 얼굴로) 난 또 뭐라고. NGO에서
　　　　나누어 주는 홍보용 무료 메모리칩이네요.

서윤지　(손가락으로 리플릿 거치대를 가리키며) 네. 저기에 있길
　　　　래.

강일호　이거 다 NGO 상술이에요. 사람 울적하게 만들어서 돈

내게 만드는. 보지 마세요.

서윤지   마땅히 시간 때울 것도 없고 해서.

강일호   괜찮으시면 제가 재미있는 메모리 칩 좀 빌려드릴까
        요? (주위를 슬쩍 둘러본 후) 부틀렉도 있는데.

서윤지   부틀렉이요?

강일호   네, 죽은 지 얼마 안 된 사람들 유전자 기억이요.

서윤지   그거 불법 아닌가요? 인권 침해 소지로 죽은 지 100년 넘은
        사람들 것만 팔 수 있게 법으로 정했잖아요.

강일호   에이, 법이 욕망을 어떻게 이겨요. 이미 죽은 사람들 기
        억 좀 훔쳐보는 건데. 100년 전은 괜찮고, 10년 전은
        안 된다는 것도 좀 우습지 않아요? (가방을 열려는 자세
        를 취하며) 생각 있으세요? 연쇄 살인마들 기억만 모은
        전집도 있는데. 이거 한번 보면 다른 거 못 봐요. 장난
        없다니까요.

서윤지   ……아뇨. 그냥 심심한 게 좋을 것 같아요.

머쓱해하는 강일호.

강일호   네, 그러시다면. (사이) 암튼 반갑습니다. 달에서 1년 6
        개월 만에 처음 만났네요. 한국 사람. (손에 들고 있던 캡
        슐을 내밀며) 하나 드셔보실래요? 기내식으로 제공되는
        캡슐인데 똠얌꿍 맛이네요.

서윤지, 망설이다 강일호가 내민 캡슐을 받는다.

서윤지   고맙습니다.

서윤지, 먹지 않고 손바닥 위에 캡슐을 그대로 올려둔다.

강일호   그런데 달에는 무슨 일로?

서윤지   여기서 일하고 있어요. 월면 기상관측소에서.

강일호   아, 고요의 바다 끝에 무인도처럼 떨어져 있는 건물?

서윤지   네.

강일호   (혼잣말하듯이) 거기 한국분이 계셨구나.

침묵. 두 사람, 어색하게 서로를 바라보고 있다.

강일호   안 물어보세요?

서윤지   네?

강일호   저는 무슨 일 하는지?

서윤지   ……무슨 일 하시는데요?

강일호   팸에서 일해요. 행성광물채취 다국적기업.

서윤지   아, 중국인들 많은?

강일호   네. 거기서 로봇 엔지니어로 일하고 있어요. 제가 관리
          하는 로봇이 400대가 넘죠.

서윤지   ……네.

강일호   위난의 바다에 있는 헬륨스리 채취 광산 보신 적 있
          죠? 달에서 가장 큰 탑이 세워져 있는……. 제가 만든
          로봇들이 거기서 일해요.

서윤지   ……네.

침묵.

강일호   태국 음식 싫어하시나 봐요?

서윤지   네?

강일호, 손가락으로 서윤지의 손바닥을 가리킨다.

서윤지   아, 언제 승선하게 될지 몰라서. (변명하듯) 공복이 아니
         면 중력장에 멀미를 좀 하거든요.

강일호   그러시구나. 그럼 제가 먹어도 될까요?

서윤지   네, 그러세요.

서윤지, 손바닥을 내민다. 캡슐을 입에 넣는 강일호.

강일호   달에 와서 식욕만 늘어난 것 같아요. 하긴 뭐, 할 게 있
         어야지. (사이) 중력장 멀미를 하시는 걸 보니 순정 휴
         먼이신가 보네요?

서윤지   …….

강일호   아, 초면에 이런 거 물어보면 실례인가?

서윤지   아뇨. 괜찮아요. 순정 휴먼은 아니고 Less Than Half
         예요. 10퍼센트 정도.

강일호   그러시구나. 저도 아직은 LC예요. 48퍼센트. 그렇지
         만 사흘 후면 드디어 MC가 되죠. (감격스럽다는 듯이)
         More Than Half Cyborg.

서윤지   (조심스럽게) 어디 몸이 안 좋으세요?

강일호   네? (바보 같은 질문을 받은 기분으로) 아니요. 요즘 추세
         잖아요. 사람 몸이라는 게, 음…… 거추장스럽기도 하

고. 늙기를 기다리는 것도 바보 같고. 미리미리 바꿔두는 게 좋잖아요. 요즘 젊은 애들은 정말 장난 아니던데.

서윤지 ⋯⋯네.

침묵.

강일호 달에 오신 지는 얼마나 되셨어요?

서윤지 ⋯⋯11년이요.

강일호 와. 엄청나네요. 안 심심하세요? 전 이제 1년 반 정도 됐는데도 죽을 것 같은데. 아, 맞다. 심심한 거 좋아하신다고 했죠.

서윤지 ⋯⋯네.

강일호 그럼 완전히 들어가시는 거예요?

서윤지 아니요. (캐리어를 슬쩍 한번 쳐다본 후) 일이 있어 한 달 정도 휴가를 냈어요.

강일호 그러시구나.

침묵. 서윤지, 어색하게 자신의 헬멧을 만진다.

강일호 (서윤지의 헤드셋을 가리키며) 엄청 클래식한 걸 쓰시네요.

서윤지 11년 전에 달로 올 때 마련한 거라. (변명하듯) 버튼도 잘 안 눌러지고, 충전도 오래 걸리지만, 이제 제 몸처럼 편하게 느껴져서 딴 게 눈에 잘 안 들어오네요. 하나하나 손때가 묻었다고나 할까.

강일호 작동만 되면 되죠. 뭐, 빈티지 느낌도 나고 나쁘지 않은데요.

서윤지　네. 초기 모델이라 가끔씩 끊기기는 하지만 정품 메모리칩은 다 읽어낼 수 있어요.

강일호　그래도 이번에 들어가시면 면세점에서 새 모델 한번 구경해보세요. 굉장한 모델들이 많이 나와 있으니까. (자신의 헬멧을 가리키며) 제품에 따라서 체험 수준이 완전히 달라지더라고요.

서윤지　네, 좋아 보이네요.

강일호　에이, 이것도 이제 한물간 모델이에요.

서윤지　……뒤쪽에 있는 검은 버튼은 뭔가요?

강일호　아, LOST 버튼이요?

서윤지　LOST?

강일호　네, Short-term Memory Loss System이라고 단기기억상실 장치예요. 좀 비싸기는 하지만 요즘 나오는 제품들은 옵션으로 추가할 수 있어요.

서윤지　……그게 왜 필요하죠?

강일호　(웃으며) 제가 좀 예민해서요. 불필요하게 감정 낭비하는 것도 싫고, 머릿속에 원치 않는 기억이 남아 있는 것도 여간 불쾌한 게 아니라서.

서윤지　…….

강일호　그러니까 실수를 해서 다른 사람에게 핀잔을 들었거나, 의도치 않게 불쾌한 일을 당했다거나, 낯설고 감당하기 힘든 감정이 생기려고 할 때 이 버튼을 누르면 30분 전의 모든 기억이 깨끗이 사라져요. 퍼펙트 클리어! 완전히 내 머릿속 밖으로 모든 기억을 날려버리는 거죠. 그러면 당연히 기분도 한결 나아져요. 기억이 사라

지니까 우울하거나 칙칙했던 감정도 30분 전의 맑은
상태로 돌아가는 거죠. 하하.

서윤지, 멍하니 강일호를 바라본다.

강일호　'망각이 진화를 결정한다!' 생태인류학자들이 그러는
데 지구상에 존재했던 수많은 생물들의 진화 과정을
살펴보면, 이전의 기억을 쉽게 망각하는 유전자가 강
한 생물들이 오히려 탈피를 거듭하면서 고등생물로 발
전할 가능성이 높았다고 해요. 말 그대로 망각이 진화
에 유리하다는 것이죠.

서윤지　일반적으로 우리가 생각하는 것과는 많이 다르네요.

강일호　네, 물론 여기서 말하는 기억은 학습으로 만든 유익한
경험이 아니라 감정을 만들어내는 불필요한 경험을 뜻
하는 것이겠죠. 감정의 소비라는 게 사실 생산적인 건
아니잖아요. 울고, 불고, 짜고, 주저앉고. (한심하다는 듯
이 고개를 흔들고 난 후) 과거를 그리워하는 감정이 대표
적이죠. 그런 감정은 앞으로 나가야 하는 진화의 과정
에 걸림돌일 뿐 인간을 새로운 곳으로 데리고 가지 못
하니까. 말 그대로 진화에 방해만 될 뿐이죠.

서윤지, 강일호의 말을 듣다 고개를 돌려 자신의 캐리어를 바라본다.

서윤지　(캐리어를 매만지며 나지막이) …… '망각이, 진화를, 결정
한다!'

강일호, 피식 웃음을 짓는다.

강일호 심각할 것 하나 없어요. 쉽게 이야기해서 만약 지금 제
가 이 버튼을 누르면 저는 30분 전의 기억으로 돌아가
고, 우리는 만난 적 없는 사람이 되는 거죠. 하하.

서윤지 ……네.

강일호 걱정 마세요. 지금 제 기분은 아주 좋으니까. 이 버튼을
누를 일은 없을 겁니다.

서윤지 ……다행이네요.

강일호 아무튼 이번에 지구에 가시면 면세점에 꼭 들려보세
요. 며칠 전 뉴스 보니까 중국에서는 기억유전자 칩을
뇌파에 간접 투사하는 방식이 아니라 이제는 뇌신경에
직접 연결하는 방식의 제품도 나왔다고 하던데.

서윤지 ……그럼 타인의 삶을 훔쳐보는 수준이 아니라, 거의
그 사람이 되어볼 수 있겠네요.

강일호 그렇죠. 이제 대리 체험이 아니라 완전히 그 사람이 될
수 있는 거죠. 중국 애들 참 대단해. 그죠?

서윤지 ……네. 무서워요.

강일호, 말없이 서윤지를 바라본다.

서윤지 죽었다고는 하지만 한때 우리처럼 먹고, 마시고, 노래
하고, 사랑하는 사람의 이름을 부르던 사람들의 기억
을 훔쳐본다는 게. 훔쳐보는 것뿐만이 아니라, 그들이
살면서 순간순간 느꼈던 모든 감정을 대리 체험 해볼
수 있다는 게.

강일호   그렇죠. 너무 재미있으면 무섭기도 하죠. (사이) 아니,
        무서우니까 재미있는 건가? 뭐, 아무렴 어때요. 심심하
        지만 않으면 되지.
서윤지   …….

침묵. 두 사람 창밖 어둠을 바라본다.

강일호   오늘 중으로 출발할 수 있겠죠?
서윤지   ……아마도.
강일호   (초조한 표정으로) 어렵게 예약해놓은 거라서 펑크 나면
        안 되는데.

침묵. 서윤지, 무의식처럼 캐리어를 쓰다듬는다.

서윤지   (혼잣말) 괜찮아, 괜찮아. 착하지.

강일호, 고개를 돌려 캐리어를 쓸어내리는 서윤지를 바라본다.

강일호   (캐리어를 가리키며) 중요한 물건이 들어 있나 봐요?
서윤지   네, 저한테 가장 소중한 거예요. 물건은 아니지만.
강일호   물건은 아니지만 가장 소중한 거라?
서윤지   (천천히 캐리어를 쓸어내리며) 네. 제 친구요.

강일호, 뜨악한 표정으로 서윤지를 바라본다.

서윤지   30년 동안 제 옆에 있었죠. 어떤 불평불만도 없이 언제

나 옆에 있어준 건 오직 이 친구밖에 없어요.

강일호　스무고개인가요?

서윤지　(고개를 가로저으며) 아니요. 스무 개씩이나 질문할 필요
　　　　없어요.

서윤지, 고개를 돌려 강일호를 바라본다.

서윤지　강아지예요. 2135년 일본 애니멀오토사(社)에서 만든
　　　　로봇 반려견.

강일호　아!

서윤지　출시 직후 회사가 망해버려서, 갑작스럽게 단종된 모
　　　　델이죠.

강일호　…….

서윤지　여섯 살 때 생일 선물로 아버지에게 받았어요. 그리고
　　　　한 달 전까지 제 옆에서 꼬리를 흔들며 얼굴을 핥아주
　　　　었죠.

강일호　고장?

서윤지　네, 많이 아파요. 하긴 너무 늙었으니까.

강일호　회사가 사라져버려 부품 구하기가 쉽지 않을 텐데요.

서윤지　네, 그래서 직접 가보려고요. 누구든 치료해줄 만한 사
　　　　람이 있겠죠.

강일호　11년 만에 지구로 가는 이유가 이거였군요. 멋지네요.

서윤지　내 옆에 있어줬으니까요. 쳐다만 봐도 달려오고, 가라
　　　　고 밀어내면 더 세게 꼬리 흔들고, 내 목소리의 데시벨
　　　　이 너무 높거나 낮아지면 앞발을 들고 달려와 빙글빙
　　　　글 배터리가 방전될 때까지 애교를 부렸으니까.

서윤지, 고개를 숙이고 캐리어를 쓰다듬는다.

서윤지　괜찮아, 괜찮아. 착하지.

강일호, 창밖의 어둠을 바라본다.

강일호　……추억이 있는 거군요.
서윤지　……아마도.

강일호, 어깨가 뭉친 사람처럼 고개를 한번 크게 돌린다.

서윤지　(천천히) '망각이, 진화를, 결정한다!' ……그렇다면 나
　　　　는 진화하지 않을래요.
강일호　(한참 동안 대꾸할 말을 찾다가) 뭐, 좋으실 대로.

강일호, 옆자리에 놓아두었던 Space Safety NGO 전단을 집어 든다.

강일호　(말을 돌리듯) 근데 아까 뭘 본 거예요? 굉장히 심각한
　　　　표정이시던데?
서윤지　글쎄요. 저도 잘 모르겠네요. 제가 뭘 본 건지.

강일호, 전단을 읽어 내려간다.

강일호　'Space Safety NGO 21세기 회고전. 100년 전 보통 사
　　　　람들이 잃어버린 삶의 초상을 찾아서.' 뭐, 별거 없어

보이는데.

서윤지　(조심스럽게) ……궁금하면 한번 체험해보시든가요.

강일호, 서윤지의 말에 대답하지 않고 전단의 뒷면을 읽어나간다.

강일호　'21세기 초 평범한 사람들에게 닥친 재난을 들여다보
　　　　고, 운명 앞에서 모든 걸 잃어버린 이들의 아픈 기억과
　　　　감정을 통해 오늘날 우리기 살아갈 방향을 모색하려
　　　　제작된 비상업용 홍보 기획물입니다. 무료로 배포하오
　　　　니 많은 관심 부탁드리며, 더 자세한 사항을 알고 싶으
　　　　신 분들은 Space Safety NGO 사이버넷으로 접속 바
　　　　랍니다.'

서윤지, 벤치 옆 리플릿 거치대에서 전단 한 장을 더 꺼내 든 후 전단에
붙은 기억유전자 메모리칩을 떼어낸다.

서윤지　칩 드릴까요? 저도 끝까지 못 봤으니 같이 보실래요?

강일호, 잠시 서윤지가 내미는 칩을 바라본다.

강일호　뭐, 그러죠. 제 취향은 아니지만 딱히 할 것도 없으니.

강일호, 칩을 받아들고 자신의 헬멧 슬롯에 집어넣는다. 주머니에서 전
자장갑을 꺼내어 착용하고는 헬멧의 플레이 버튼을 누르는 두 사람.
정면을 향해 고개를 들고 눈을 감는다.

망각이 진화를 결정한다

어두워지는 무대. 무대 후면, 달에서 바라본 지구의 모습이 사라지고 주파수 물결이 요동치기 시작한다.

강일호   (손을 허공에 뻗어 책을 넘기듯) '이순화. 1967년 충북 단양에서 태어나 2035년 경기도 안산에서 사망'. 여자네요?

서윤지   네.

침묵. 강일호, 빠르게 허공에 손짓을 한다.

강일호   유년 시절은 뭐 별거 없네요.

서윤지   …….

강일호   (허공에 손을 저으며) 땀 냄새가 진동하는 농투성이 아버지. 한글을 몰라 은행에 가는 걸 두려워하는 어머니. 언제나 나를 놀려먹지만, 내가 누군가에게 맞고 들어오면 득달같이 달려가 때려주던 오빠. 너무 평범하잖아요.

서윤지   천천히 보세요.

강일호   뭐 특별한 게 있어야 천천히 가죠.

서윤지   ……그래도 한 사람의 일생이에요.

강일호, 푸념하듯 숨을 내쉰 후 손짓의 속도를 조절한다. 침묵.

강일호   (타박하듯) 아이고, 저런 괴상한 남자를 좋아하다니.

서윤지   왜요, 그래도 순수하고 착하잖아요.

강일호   말도 안 돼. 저건 착한 게 아니라 멍청한 겁니다.

두 사람, 손짓이 점점 빨라진다.

강일호　세상에, 저게 뭐야?

서윤지　중국 식당이잖아요.

강일호　아니, 저렇게 시키면 국수를 어떻게 먹는 거죠? 그것도
　　　　맛있다고 하면서.

서윤지　저 사람들은 우리가 먹는 우주 식량을 보면 기겁할지
　　　　도 몰라요.

침묵.

강일호　(기겁하며) 뭐야, 저 남자.

서윤지　왜요?.

강일호　좌표 213.35.72.

서윤지, 빠르게 손짓을 한다.

강일호　저 남자 지금 프러포즈하고 있는 거죠? 저 시커먼 국
　　　　수를 앞에 두고.

서윤지　……그러네요. 자기가 처음으로 만든 짜장면이라는데
　　　　요.

강일호　어머, 이 여자 감동해서 우네. 말도 안 돼.

서윤지　……1995년 9월 13일 23시 12분. 프러포즈를 승낙하
　　　　는 순간 세로토닌 수치가 가장 높게 나오네요.

강일호　(스스로가 한심하다는 듯이) 이거 계속 봐야 해요? 아까

전단에서 말한 재난이란 게 도대체 뭐죠?

서윤지   조금만, 조금만 더 기다려보세요.

침묵. 무료한 표정으로 허공에 손짓을 하는 강일호.

강일호   두 번째도 딸이네요.

서윤지   아유, 예뻐라.

강일호   첫째보다는 좀 낫네.

침묵. 허공 속 손짓들.

강일호   남편 식당이 망했네요.

서윤지   ……은행 차압 딱지가 집에도 붙어 있어요.

강일호   그러게 보증을 왜 서서는. 여자 말을 듣지. 얼씨구, 자기가 뭘 잘했다고 소리를 질러.

서윤지   어린 딸을 껴안고 우네요. (왼손으로 가슴을 만지며) 가여워라.

강일호   설마 이게 재난이라는 건 아니겠죠?

침묵. 허공 속 손짓들.

강일호   저게 150년 전 대형 마트인가 보네요. 무지하게 우악스럽게 생겼네.

서윤지   하루 종일 서 있어서 다리가 엄청 부었어요.

강일호   캐셔 일이라는 게 다 그렇죠. 요즘도 마트에서 근무하는 로봇이 가장 쉽게 망가져요.

서윤지   남편은 하루 일하고 하루 쉬네요.

강일호   아무튼 보증이 문제야, 문제.

침묵. 허공 속 손짓들.

서윤지   그래도 딸들은 참 예쁘게 컸네요. 특히 둘째 딸.

강일호   다이어트만 좀 하면 더 괜찮을 것 같은데.

서윤지   저 나이 때는 저 정도가 딱 좋은 거예요.

강일호   수학여행을 가나 본데요.

서윤지   설레 하는 딸을 보며, 이 여자가 더 좋아하네요.

강일호   남편도 푸드코트에서 일하게 됐고, 이제 좀 살 만해진
         모양이네.

무대 뒤, 주파수 물결이 급격하게 요동치기 시작한다. 서윤지와 강일
호. 허공에 움직이던 손짓을 멈춘다. 급격히 어두워지는 서윤지의 표
정. 무대 위로 엄마와 딸의 목소리가 들려온다.

"엄마, 나 갔다 올게."

"너, 멀미약 챙겼어? 배 타고 간다면서."

"괜찮아. 배가 엄청 커서 멀미도 안 한대."

"그래도 모르니까, 가지고 가."

"알았어, 알았어. 어휴 그놈의 잔소리."

"선화야, 조심히 잘 다녀와. 선생님 말씀 잘 듣고."

"그렇게 걱정되면 용돈이나 좀 더 주든가."

"10만 원이면 엄마 이틀 동안 온종일 서 있어야 해."

"알아. 그냥 농담한 거야. 고마워서 그래, 엄마."

"고맙기는. 엄마가 미안하지. 운동화는 세일할 때 꼭 사줄게."

"뒤끝 작렬. 나 정말 하나도 안 서운하다니까 그러네."

"……"

"아이고 나 늦겠다. 엄마, 나 정말 간다. 나 혼자 놀러 가서 미안해."

"쓸데없는 소리 하지 말고, 친구들과 재미있게 놀다 와. 차 조심하고."

"(웃으며) 바보, 배 타고 간다니까 그러네. 정말 안녕."

"그래. 잘 다녀와, 선화야. ……우리 귀여운 강아지."

무대 뒤 주파수 물결이 멈춘다. 두 사람 말없이 눈을 감고 있다. 잠시 후 힘없이 팔을 뻗어 허공에 얇게 손짓을 하는 강일호.

강일호   이 다음은……, 온통 바다네요.

서윤지   (크게 숨을 들이마신 후) 네, 새파랗게 물결치는 바다뿐이에요. 2014년 4월 16일을 기점으로 이후 죽을 때까지 새롭게 입력된 기억이나 감정은 하나도 없어요. 그저 바다만 있어요. 이 여자 기억 속에는……. 그저 새파랗게 어두운 바다만.

강일호   …….

강일호, 복잡한 표정으로 눈을 뜬 후 헬멧의 스톱 버튼을 누른다. 잠시 후, 서윤지도 눈을 뜬다. 무대 뒤 주파수 물결 사라지고, 처음처럼 달에서 본 지구의 모습이 보인다.

서윤지   ……어떻게, 어떻게 그럴 수가 있을까요?

강일호   글쎄요. 제가 뭘 알겠어요.

서윤지, 고개를 숙이고 손을 뻗어 캐리어를 천천히 쓸어내린다.

서윤지　(숨을 참아내듯이) 괜찮아, 괜찮아. 우리 귀여운 강아지. 내가 곧 꺼내줄게. 내가 꺼내줄게. 지구에 돌아가기만 하면……, 지구에 가기만 하면……, 내가 너를……, 반드시, 반드시 꺼내줄게.

강일호, 어깨가 뭉친 사람처럼 고개를 크게 한 바퀴 돌리고 난 후 얼굴을 찡그린다.

강일호　저기, 나한테 거짓말했죠?

서윤지　네?

강일호　아까 처음에 봤을 때도 끝까지 봤잖아요. 아니에요?

291

서윤지　무슨 말씀인지.

강일호　모른 척하지 마요. 끝까지 봤으니까 그렇게 괴로운 표정을 지은 거잖아요.

서윤지　그게 그렇게 중요한 건가요?

강일호　당연히 중요하죠. 지금 내 감정이 엉망이 됐으니까.

서윤지　…….

강일호　아이 씨발. 기분 좆같네. (전단을 집어 들며) NGO 씨발 새끼들. 어쩌자고 이런 걸 공공장소에 막 뿌리는 거야.

강일호, 욕설을 내뱉으며 전단을 찢어 바닥에 내던진다. 서윤지, 무표정한 얼굴로 강일호를 말없이 쳐다본다.

강일호　(자신의 헬멧을 가리키며) 아까 이 버튼이 뭐냐고 물었죠?

서윤지 ……네.

강일호 내가 이제 보여줄게요. 잘 봐요. 이 씨발년아.

강일호, 욕설을 내뱉고 난 후 신경질적으로 헬멧의 LOST 버튼을 누른다.

무대 뒤, 달에서 바라본 지구의 모습이 사라지고 암흑의 우주 공간이 보인다. 약한 전류가 몸을 통과하는 사람처럼 눈을 감고 미세하게 몸을 떠는 강일호. 잠시 후 흔들리는 몸을 멈추고, 천천히 눈을 뜬다. 강일호, 처음 무대에 등장했을 때의 표정으로, 고개를 든다.

서윤지 …….

서윤지와 눈이 마주치는 강일호.

강일호 (눈인사를 하듯 살짝 고개를 숙이며) 니하오!

서윤지 (한참을 망설이다가) ……Hi.

강일호 (고개를 한번 갸웃거리며) 저기 혹시, 한국인이신가요?

서윤지 ……What?

강일호 (당황하며) I'm sorry. I think I got the wrong person.

강일호, 잠시 주위를 둘러보다 자리에서 일어난다. 밖으로 나가려는 듯 발걸음을 옮기는 강일호.

서윤지 (나지막이 그러나 또박또박) You will regret this

someday.

강일호, 서윤지의 말을 잘 알아듣지 못했다는 표정으로 뒤를 돌아본다.

강일호   Sorry?
서윤지   (고개를 저으며) ……Nothing.

강일호, 알 수 없다는 표정으로 몸을 돌려 밖으로 퇴장한다. 홀로 남은
서윤지. 천천히 손을 뻗어 캐리어를 매만지고 난 후 다시 헬멧의 플레
이 버튼을 누른다.

무대 뒤로 우주의 암흑 영상이 사라지고, 팽목항의 파란 바다가 보인
다. 아무 일도 없었다는 듯이 잔잔하게 물결치는 바다.

293

정면을 한참 동안 응시하는 서윤지. 입술을 깨물며 천천히 눈을 감는
다. 잔잔한 파도 소리만이 무대에 눈처럼 흩날린다.

암전

펭귄

조정일

등장인물

미래   29세, 여자, 생물학 전공 대학원생
석기   34세, 남자, 세종기지 조리담당대원
펭귄   바다로 가는 무리에서 떨어져 홀로 남은 젠투펭귄

시간

어느 해 2월, 남극의 여름이 끝나고 겨울이 시작될 무렵

공간

남극 세종기지. 파란 하늘 아래 눈 덮인 흰 언덕. 언덕 몇 군데는 눈이 녹아 내려 검은 암석들이 드러나 보이고, 그 언덕 아래로 빨간색 기지 건물들이 옹기종기 모여 있다. 여름 기운이 남아 있지만 세종기지 앞 바닷물은 벌써 얼었다.

무대

부둣가. 얼어붙은 바다 앞에 벤치 하나. 벤치 옆에는 화살표 여러 개가 매 달린 이정표가 서 있다. 화살표 바탕에는 서울 17,240KM 등 몇몇 곳의 거 리가 쓰여 있다. 왼쪽은 얼어붙은 땅, 오른쪽은 세종기지로 통한다.

작가 노트

- 펭귄의 독백은 체호프의 작품 『갈매기』에서 가져와 고쳐 활용하였다.
- 극에 나오는 남극의 환경과 대원들의 생활은 실제와 다른 점이 많다. 추운 곳, 세상 끝이라는 강한 느낌을 취하여 가지면 될 것이다.

센 바람 소리. 눈보라. 펭귄이 무대를 가로질러 나와 독백한다.

펭귄   나는 고독하다. 백 년에 한 번 나는 말하기 위해 입을
         연다. 내 목소리는 이 공허 속에서 쓸쓸히 울리지만 아
         무도 듣는 자는 없다. 나는 내가 있는 곳도 모르고 미
         래에 대해서도 모른다. 내가 알고 있는 것은 다만 모든
         영혼이 언젠가 아름다운 조화 속에 살아가리라는 것
         뿐. 그러나 그것은 천년, 만년, 길고 긴 세월이 조금씩
         흘러서 저 달도, 별자리도, 이 지구도, 모두 먼지로 변
         한 뒤에 오는 것이다. 그때까지는 무서운 일뿐이다.

맞은편에서 미래가 카메라를 들고 나타난다. 펭귄을 보고 사진을 찍는
다. 펭귄, 독백을 끝내고 옆에 떨어져 있는 돌을 주워 든다. 미래를 힐
끔힐끔 보다가 "꺄꺄꺄" 소리를 내며 나간다. 미래, 펭귄이 사라진 쪽
을 한참 보다가 이윽고 녹음기를 켜서 벤치에 놓아둔다.

295

미래   (바르르 떨면서) 안 춥다, 안 춥다, 시원하다, 시원하
         다…….

석기, 들어온다. 펭귄이 사라진 쪽을 보고 그쪽으로 돌을 집어 던진다.
그리고 썩 내키지 않아 하면서 미래에게 다가간다.

석기   앗앗앗앗!
미래   (일어나며) 우아, 선배님!
석기   혼자 뭐해? 보트 기다려? 꽁꽁 얼음바다에서.
미래   아뇨. 고래 울음소리 들리나 나와봤어요.

석기　미안, 녹음 중이구나.

미래　아니요. 바람 때문에 녹음이 잘 안 될 것 같아요. (녹음기를 끈다.)

석기　역시 우리 박사님. 끝까지 연구 활동.

미래　근처에 고래 없는 것 같아요. 선배님은요?

석기　사랑하는 후배가 혼자 추운 바다에서 떨고 있다기에 내가 지켜줄까 하고.

미래　(박수 치며) 정말요? 선배님, 멋있어요.

석기　안 춥냐? 들어가자.

미래　이제 가니까 눈보라도 좀 맞고, 좋은데요. 남극 언제 또 올지 모르잖아요.

석기　바다 이거 어떡할 거야. 언제 녹아? 어떻게 좀 해봐.

미래　그냥 반년 더 있다가 선배님이랑 같이 한국 갈까요?

석기　됐어. 빨리 가. 창고에 김치밖에 없다.

미래　정말요? 아, 어떡해.

석기　연구원들이 안 가고 있으니까 식량 펑펑 없어져.

미래　죄송해요. 환송식 해놓고 일주일째 떠나지도 못하고.

석기　내일은 또 뭐 먹냐? 우리 전부 고립돼서 죽겠는데.

미래　정말요? 어떡해요?

석기　어떡하긴. 같이 죽는 거지.

미래　죽고 나서 우리 발견되는 거예요? 우아, 재밌겠다. 손잡고 죽으면 더 재밌겠죠?

석기　내가 왜 너하고 손잡고 죽냐?

미래　"남극 세종기지에서 마지막까지 체온을 나누며 죽어간 한국인 남녀 발견!"

석기　로미오와 줄리엣 같은데.

미래　　우아, 좋아요. 저 줄리엣 연기하는 거 꿈이었는데. 선배
　　　　님이 로미오 하시는 거예요?

석기　　너랑 나랑 같이 죽잖아? 우리 아는 애들이 그럴 거야.
　　　　쟤들 왜 저기서 죽었지? 같이 손잡고?

미래　　(박수 치며) 우아, 좋아요!

석기　　(같이 박수 치며) 우아, 우아. 넌 맨날 뭐가 그렇게 신기
　　　　하냐?

미래　　신기하죠. 다.

석기　　신기하다. 남극에서 아는 사람 만난 게.

미래　　실망이에요. 저 기억도 못 하시고. 억울해요. 나만 다
　　　　기억해.

석기　　야, 솔직히 난 너랑 학교 같이 다닌 것도 아니지. 몇 번
　　　　봤다고. 너 거기서 살았다며, 뭐지? 무슨 박물관?

미래　　자연사박물관.

석기　　그래. 수업 다 빼먹고 자연사박물관에서 살았다며. 현
　　　　재도 너 잘 모르더라.

미래　　현재 선배님, 졸업하고 한 번도 못 봤는데.

석기　　여기서 너 봤다니까 안 믿더라.

미래　　계속 사업한대요? 아쉽다. 선배님 연출 잘했는데.

석기　　걔는 장사가 딱이야. 연출은 현우 같은 애가 해야지.

미래　　현우 선배님 잘나가죠. 인기 연출. 대학로 가면 맨날 포
　　　　스터에 이름 있어. 정완 선배님도 같이 공연하던데.

석기　　정완이?

미래　　네. 정완 선배님 연기 잘하죠. 연기상도 탔잖아요.

석기　　상도 탔어? 난 걔 연기 잘 모르겠던데.

미래　　왜요?

석기	걔는 딕션도 문제 많고 소리도 더 키워야 돼.
미래	정말요?
석기	배우한테 기본이지.
미래	우아, 맞아요. 연기는 선배님이 최곤데!
석기	야, 됐어. 하지 마.
미래	갈매기! 트레블레프! 저 학원 다닐 때 선배님 나오는 〈갈매기〉 보고 뿅 갔다니까요. 학원 애들이 전부 선배님 때문에 이 학교 들어가야지 그랬다니까요, 정말. 1년밖에 못 보고 선배님 졸업해서 진짜 아쉬웠어요. 저 선배님 대학로 공연할 때 다 봤어요.
석기	그만. 오늘은 거기까지.
미래	왜요? 얼마나 좋았는데. 무대 위에서 정말 멋있었는데.
석기	뭐? 그럼 지금은 어떤데? 세상 끝에 왔더니 내가 아는 사람이 주방장을 하고 있네?
미래	아니에요. 선배님 요리도 최고!
석기	잘난 인간 쌔고 쌨어. 난 티도 안 나. 좋은 대학 나온 것도 아니고 빽도 없고 연기 알아주지도 않고. 그런데 군대는 잘 갔어. 조리병 안 했으면 어쩔 뻔했냐. 서른 넘어갈 때 연기 때려치우고 이제부터 난 요리사다, 내가 선택 잘했다 지금도 생각하거든.
미래	후회 안 해요?
석기	후회하지. 요리나 일찍 배울걸. 그래도 우린 빨리 정신 차리고 자기 길 잘 찾은 케이스야. 안 그래? 너는 생물학자, 나는 요리사.
미래	요리사 멋져요. 여자들한테 인기 많잖아요.
석기	지금 나한테 남극이 얼마나 좋은 스펙이냐! 나 겨울 제

일 싫거든. 내가 남극을 왔다니까! 지구에서 제일 추운 곳으로! 돈 나갈 데 없으니까 통장에 돈 쌓여, 잡생각 안 나, 돌아가서 가게 딱 내면 게임 끝.

미래   우아, 좋아요! 가게 이름은요?

석기   '남극에서 온 셰프'. 한번에 빡 들어오지?

미래   네!

석기   간판 그림도 정했다. 뭘 그릴지.

미래   정말요? 뭔데요?

석기   펭귄. 남극은 펭귄이잖아. 펭귄이 요리 모자 쓰고 한 손에는 국자 들고. 그 밑에 '남극에서 온 셰프'.

미래   선배님, 멋있어요. 사진!

석기   하지 마, 하지 마.

석기, 카메라 앞에서 습관적으로 자세를 취한다. 펭귄이 큰 돌을 쥐고 들어온다. 석기가 던진 돌을 맞고 앙갚음을 하려는 듯이.

석기   괜찮지? 가게 이름.

미래   네! 남극에서 온 셰프, 빨리 오픈하는 거 보고 싶어요. (카메라를 석기에게 건네며) 선배님, 저두요!

석기, 미래가 이런저런 자세를 취하면 사진을 찍는다.

미래   (수첩에 뭔가를 기록하는 모습) 펭귄 군집의 개체수를 기록하고 있는 생물학자! 또 있어요. (바닥에서 무언가를 줍는 모습) 펭귄 배설물을 채집해 먹이 활동 상태를 관찰하는 생물학자. 좋아, 영양 상태 양호!

석기   너 지금 연기하냐?

미래   네. 학교 다닐 때 연기 못한다고 욕 더럽게 먹었는데요.
       지금은 제가 생각해도 연기 좀 되는 거 같아요.

석기   너 활동해? 그런 말 안 했잖아. 어디서? 학교 동아리?

미래   무대 말고 삶 속에서! 조명 말고 햇살을 받으면서!

석기   넌 사는 게 연극이구나.

미래, 석기한테 카메라를 받아 펭귄에게 들려준다. 펭귄은 카메라를 받
아 들고 두 사람의 사진을 찍는다.

미래   저는 사람들이 전부 배우라고 생각하는데요. 살아가
       는 모두가요. 선배님은 셰프, 난 생물학자. 쟤는 펭귄.
       자기 삶을 연기하는 배우죠. (펭귄에게, 고맙다는 뜻으로)
       꺄꺄꺄.

300

펭귄   (카메라를 돌려주며) 꺄꺄꺄.

석기   난 펭귄 볼 때마다 펭귄이 사람 같다.

미래   정말요? 왜요?

석기   연극할 때 이벤트 알바 많이 했거든. 명동에서 팥빙수
       시식 행사하는데, 그때 펭귄 탈 쓰고 명동을 돌아다녔
       어. 사람들한테 팥빙수 떠먹이면서.

미래   우아, 재밌었겠다.

석기   한여름에 죽는 줄 알았다. 남극 와서 펭귄 보는데 펭귄
       들이 나처럼 알바하는 거 같았어.

미래   (펭귄에게) 너 알바하는 거야?

석기   (펭귄에게) 일당 얼마 받고 하냐?

펭귄, 나간다.

석기   너무 몰입해서 자기가 진짜 펭귄인 줄 아나 봐.

미래   우아, 펭귄 연기 정말 잘한다. (펭귄에게 박수를 보내다가 석기를 보고 박수를 친다.) 선배님도 진짜 요리사 같아요.

석기   난 진짜 요리사야. 연기 아니고 진짜다.

미래   네. 진짜 멋있어요. 진짜 셰프 같아요.

석기   진짜지, 그럼. 사는 거 가짜 아니잖아. 봐봐. 여기가 세트 같냐? 진짜 남극이다. 동상 걸리면 발가락 다 잘라야 돼. 진짜 춥고 잘못하면 진짜 죽어. 말해봐. 너 지금 추워, 안 추워? 추워, 안 추워?

미래   저 추운 거 좋아해요.

석기   아니. 니 취향 물어본 거 아니잖아. 추워, 안 추워?

미래   추워요.

석기   그래. 진짜 추워. 들어가자. (앞장서 가려고 몸을 움직인다.)

미래   선배님, 그런데요. 캐릭터가 흔들릴 때는 어떡해요?

석기   캐릭터?

미래   가끔 자기 캐릭터가 흔들릴 때 있잖아요. 선배님도 그럴 때 있죠? 그럴 때는 어떻게 해요?

석기   복잡할 거 없는데. 너 박사과정. 그 다음에 교수 하면서 살 거고. 나는 셰프, 요리사. 캐릭터 명확하지.

미래   우아.

석기   욕망 확실하잖아. 먹이 생활. 넌 평생 펭귄 뜯어먹고 살고, 난 스펙 쌓아 나가서 남극 팔아먹는 거고. 그래서 지금 남극 와 있는 거고. 캐릭터 단순하지.

미래 정말요? 그렇게 살다가 멸종하는 거예요?

석기 멸종?

미래 네. 결국 모두 그렇게 멸종하는 거예요?

석기 누가?

미래 전부요. 선배님도 저도.

석기 내가 왜 멸종해. 넌 가끔 보면 잘 안 쓰는 말을 잘 쓰더
       라.

미래 죽는다, 이런 말보다 신선하잖아요.

석기 죽기는 또 왜 죽냐. 나 안 죽어.

미래 선배님은 안 죽어요? 다 죽는데. 지금도 죽을 수 있는
       데. 갑자기 넘어져서 뇌진탕 올 수도 있고, 심장이 얼어
       서 급사할 수도 있고, (두 팔을 석기에게 뻗으며) 제가 선
       배님 목을 꽉 졸라서 죽을 수도 있고.

석기 (물러서며) 하지 마. 너는 참 사람 깜짝깜짝 놀래켜.

미래 정말요?

석기 미래야. 정말요? 정말요? 그런 말 안 쓰면 안 돼?

미래 왜요? 목소리 이상해요?

석기 왜요? 왜요? 그 말도.

미래 어…… 왜요?

석기 리액션이 좀 지나쳐. 과장됐어. 그래서 부자연스러워.

미래 진짜요?

석기 응. 처음 듣는 말 아니지?

미래 선배님 보기에도 그래요?

석기 오버 하는 거 같아.

미래 진짜요?

석기 미래야.

미래   네, 선배님. 왜요?

석기   나 너랑 석 달 동안 같이 지냈잖아. 너 보면서 해주고
      싶은 말이 생겼는데…….

미래   네. 좋아요! 말씀해주세요.

석기   (마음을 바꿔서) 아냐. 들어가. 추워. 들어가자.

미래   저 많이 이상하죠?

석기   아니, 그건 아니고.

미래   조금 이상해요?

석기   아니라니까.

미래   선배님 저 피했잖아요.

석기   내가 언제?

미래   어, 느낌이 그랬는데…….

석기   피한 적 없고. 미래야……. 그래, 내가 선배는 선배니까
      충고하는 건데, 너 그러다가 정말 멸종한다.

미래   제가 멸종해요? 선배님도 멸종하고 다 멸종하는데.

석기   못 알아듣는구나. 내 말은 매장 당한다고.

미래   우아, 매장. 매장 당한대. 우아, 저 매장 당해요? 선배
      님, 정말요? 왜요?

석기   연구팀 떠나기로 한 날, 너 갑자기 사라졌어. 바다가 얼
      어서 결국 못 가긴 했지만. 그랬지? 말도 없이, 무전기
      도 안 가지고 사라졌어. 기지 난리난 거 봤지? 너 여기
      오기 얼마 전에도 아르헨티나 대원 두 명, 크레바스 빠
      져서 못 나왔다. 여기서 가까워. 네가 무사해서 잘 넘어
      갔는데, 심각한 일이다. 사람이 죽어. 죽는데, 혼자 죽
      는 문제로 끝나는 거 아니야. 다른 사람한테 피해를 주
      거든. 누구한테? 대장님, 대원들, 나까지 전부. 지금도

너 여기 나와 있잖아. 사람들이 무슨 생각 할 거 같아? 애 또 어디 사고 치러 나간 거 아냐? 그러지 않을까? 네가 계속 나보고 선배님, 선배님, 그러고 다녔잖아. 대장님이 나보고 뭐란 줄 알아? 후배 관리 잘하래.

미래 　정말요? 그래서 저 관리하러 나오신 거예요? 우아.

석기 　그건 아닌데. 솔직히 말하면 네가 선배님, 그러잖아? 난 그것도 별로야. 남극에 나 아는 사람이 누가 있겠어. 상상도 못 하지. 그런데 네가 와서 선배님, 그랬을 때 진짜 반가웠다. 너랑 옛날얘기 연극할 때 얘기 해서 진짜 좋았어. 정말 좋았어. 그런데 추억은 뭐야? 잠깐 꺼내서 즐기다가 집어넣는 거거든. 왜? 술 먹고 자꾸 같은 얘기 하면 뭐야? 주정이지? 술도 안 먹고 그러면 뭐다? 주접이잖아. 난 네가 자꾸 학교 얘기 하는 거, 나 배우 할 때 얘기 꺼내는 거 하나도 안 반가워. 왜? 자랑 아니거든.

미래 　왜요? 하영이도 선배님 멋있다고 그랬는데. 우리 팀 하영이요.

석기 　내가 왜 멋있는데? 아니야. 나 안 멋있어.

미래 　하영이가 뭐라고 안 해요? 하영이 되게 귀엽죠? 나한테 선배님 어떤 사람이냐고 자꾸 물어보고 그래서 선배님 좋은 사람이라고, 진짜 연기 잘하는 배우라고 제가…….

석기 　지금 그 사람이 왜 튀어나와? 네 얘기 하고 있는데.

미래 　죄송합니다, 선배님.

석기 　선배님, 선배님, 선배님, 선배님. 듣기 싫다니까 왜 그래? 일부러 그래? 왜!

미래   어…… 저는 선배님 만나서 좋은데 선배님은 싫으세
      요?

석기   (갑자기 노려보며) 너 연애는 해봤냐?

미래   네? 연애요…….

석기   하영 씨가 나한테 뭐라고 하긴 하더라. 너 학교 다닐
      때 그때도 이상했냐고. 있는 그대로 얘기했어. 잘 모르
      는 사람이라고.

미래   우아……. 저는 선배님한테 기마 자세도 배웠는데. (사
      이) 1학년 때, 잔디밭에서 혼자 발성 연습 하는데 선배
      님이 지나가다 그랬어요. 나 따라서 하라고. (기마 자세
      로) 기마 자세 앗. 허리 곧추세우고 앗앗. 등선 일직선.
      엉덩이 내리고 앗앗앗앗.

석기   (외면하며 바다 앞으로 나아가) 엉덩이를 올려야 하면 올
      리고 내려야 하면 내리고, 맘대로, 하고 싶은 대로 하
      세요……. 다 뭔 소용 있냐. 됐다. 미안하다. 내가 더 딱
      한 놈이지. 알아서 해야지, 알아서. 각자 제 인생 알아
      서 사는 거지. 남이 사는 거 왜 참견하고 있냐. 제 앞
      가림이나 잘하고 제 인생이나 알뜰히 챙기고 사는 거
      지……. 나 여기 왜 있냐? 남극 갔다 오면 뭐 남극 갔다
      온 거지, 뭐 대단한 거라고. 남극에서 무슨 헛소리를 하
      고 있냐. 딱하다 딱해, 아주. 춥다, 추워, 춥다…….

미래, 석기의 모습을 카메라에 담는다.

석기   왜 찍어?

미래   (킥킥 웃으며) 선배님이요.

석기   왜? 왜 웃어?

미래   지금 펭귄 같아서요.

석기   펭귄?

미래   저 없어져서 난리 났던 날이요. 딱 10분만 산책하려고
      나간 건데. 언덕에서 저 펭귄을 만났어요. (무대 바깥, 펭
      귄 쪽을 가리킨다.) 젠투펭귄. 어, 겨울나러 다 떠났는데
      얘는 뭐지? 따라가다가 나레브스키 포인트까지 갔어
      요. 펭귄 마을. 달랑 쟤 혼자 마을에 있었어요.

석기   그래서 뭐? 펭귄이 어쨌다고?

미래   둥지를 만들고 있었어요. 돌멩이를 주워 와서 그 위에
      깔고 앉아 바다를 봤어요. 무너지는 빙벽과 빙산을 쳐
      다보는데, 정말 지금 선배님 모습 같았어요. 이 세상 마
      지막 풍경을 보는 사람처럼.

석기   이 세상 마지막 풍경?

미래   갑자기 그 독백이 막 생각났어요. 뭐지 그거. 선배님,
      그거 있잖아요? 아! (벤치 위에 올라서서) "인간도, 사자
      도, 독수리도, 물속에 사는 말 없는 물고기, 바다에 사
      는 불가사리도, 사람의 눈으론 볼 수 없던 것들도, 한마
      디로 말해서 모든 생물, 모든 생명, 생명이라는 생명은
      모두 슬픈 순환을 마치고 사라져버렸다." 이거요! 막
      떠올랐다니까요. 너무 자연스럽게. 정말 제 대사처럼.

석기   네 대사?

미래   제가 생각해낸 말처럼 저절로 나왔어요! 선배님. 이 독
      백, 꼭 남극에 사는 사람이 쓴 독백 같지 않아요?

석기   (미래를 등진 채 바다를 보며) 네 대사, 어딘지 모르게 너
      하고 어울린다. 그래. 남극이 무대 같네……. 그게 다

야?

미래   아뇨. 더 있는데, 뭐더라…….

석기   "춥다, 춥다, 춥다, 허무하다, 허무하다, 허무하다, 두렵
다, 두렵다, 두렵다."

미래   우아!

석기   "나는 자신이 있는 곳도 모르고 미래에 대해서도 모른
다. 내가 알고 있는 것은 다만 모든 영혼이 언젠가 아
름다운 조화 속에 살아가리라는 것뿐. 그러나 그것은
천년, 만년, 길고 긴 세월이 조금씩 흘러서……."

함께   "저 달도, 별자리도, 이 지구도, 모두 먼지로 변한 뒤에
오는 것이다."

미래   (박수를 치며) 우아, 선배님. 멋있어요!

석기   추운데 춥다, 춥다, 그러니까 더 춥다.

미래   정말요? 그럼 안 춥다, 안 춥다, 안 춥다.

석기   얼겠다, 얼겠다, 얼겠다.

미래   녹는다, 녹는다, 녹는다.

석기   뭐해? 얼었다가 녹았다가 대관령 명태 말리니?

미래   녹는다, 녹는다, 녹는다.

석기   내가 세상 끝에서, 잘 알지도 못하는 후배 만나서, 지금
뭐하고 있냐?

얼어붙은 바다가 빠작빠작 소리를 내며 녹기 시작한다. 그리고 고래
소리.

미래   어, 선배님!

석기   널 보내려고 바다가 녹는다.

307

미래   정말요?고맙습니다. 우아, 고래가 울어요!

잠깐 동안 둘은 얼음 갈라지는 소리와 고래 소리를 듣는다.

석기   (녹음기를 집어 미래에게 건넨다.) 녹음 안 해?

미래   바다가 녹는다고 가서 말해줘야죠.

석기   가자.

미래   선배님. 선배님 연기, 좋아요.

석기   나 배우 아니라니까. 나 연기 안 해.

미래   선배 역할.

석기   야……. 추워. 빨리 가자.

미래   제가 안아드릴까요?

석기   아니.

308

미래, 석기를 꼭 껴안는다.

미래   제 캐릭터 별로예요?

석기   넌 리액션이 지나쳐.

미래   정말요?

석기   남극은 너무 춥고 너는 너무 이상하고…….

미래   꺄꺄꺄꺄.

펭귄, 잰걸음으로 들어오다가 넘어진다. 석기와 미래, 포옹을 풀고 펭
귄에게 다가간다.

미래   앗앗앗앗. 엉덩이 내리고. 등선 일직선. 앗앗앗앗.

석기   허리 곧추세우고. 앗앗앗앗.

펭귄, 버둥거리다가 일어난다. 미래와 석기를 피해 달아나다가 멈춰 돌아본다. 미래와 석기, 펭귄을 보다가 나간다.
고래 울음소리를 배경으로 펭귄이 독백한다.

펭귄   펭귄도, 사람도, 혹등고래도, 춥다, 춥다, 춥다. 도둑갈매기도, 삿갓조개도, 유령멍게도, 두렵다, 두렵다, 두렵다. 크릴새우도, 말미잘도, 불가사리도, 허무하다, 허무하다, 허무하다. 그러나 나는 알고 있다. 언젠가 모든 영혼이 아름다운 조화 속에 살아가리라는 것을. 그리움 속에 그날을 기다리며 사는 영혼들은, 안 춥다, 안 춥다, 안 춥다. 저 달도, 별자리도, 이 지구도, 모두 먼지로 변하는 그날까지, 안 춥다, 안 춥다, 안 춥다.

암전

거짓말

김현우

등장인물

효주   사십대 중반, 여자
태현   사십대 초반, 남자

시간

평일 저녁 6시 40분경

공간

서울역 플랫폼

1

무대 안쪽으로 지나가는 선로. 무대 바깥으로 지나가는 선로. 그 사이에 있는 효주와 태현.

효주는 무대 전면에 있는(무대에서는 선로가 보이지 않는다. 가상의 선로는 객석 쪽으로, 또 다른 가상의 선로는 무대 안쪽으로 놓여 있다.) 선로를 바라보며 서 있고, 태현은 효주를 등진 채 반대편 무대 안쪽 선로를 바라보며 서 있다.

효주   나는 서울역으로 가요. 벌써 늦었어요. 꼭 퇴근 시간 다 돼서 나를 부르는 부장이 있다고 했잖아요. 대체 왜 그러는지 모르겠어요. 아니, 알아요. 혼자 있기 싫은데 술 사기는 싫고 아니, 술 마시자고 해도 따라나설 사람도 없고. 휴가 날짜를 자기랑 바꿔달래요. 그런데 난 그럴 수가 없잖아요. 남편이랑 휴가 날짜 다 맞춰놨는데 어떻게 바꿔요.

태현   어제까지였어요. 우리 휴가.

효주   그래요. 우리 휴가……. 서울역으로 택시를 타고 가요. 늘 그렇듯이 역 앞에는 사람들이 많아요. 난 사람들이랑 부딪치고 부딪칠 때마다 사과를 하고 어떤 사람들은 나한테 눈을 흘기고. 그래, 어떤 노숙자가 나한테 눈을 흘겨요. 나는 그 사람한테 사과를 하고 역으로 가면서도 몇 번이나 뒤를 돌아보는데……, 이상하게 낯이 익거든요. 그런데 그 사람, 나를 노려봐요. 왜 그러는지 모르겠어요. 부딪치고 나도 모르게 뭐가 묻었나 살펴봐서 그런가? 내가 사과를 성의 없이 해서 그런가? 모르겠어요. 내가 뭘 잘못했는지. 시계를 봐요. 당신이 탄 기차가 도착할 시간이에요. 당신은 전화를 받지 않고 문자를 보내도 답이 없고. 기차를 놓친 걸까. 오다가 무슨 사고가 난 걸까. 머리가 복잡한데……, 그럴수록 당신이 보고 싶어요. 여태 당신이 그렇게 보고 싶은 적은 없었을 거예요.

태현　나는 늘 그 기차를 타요. 우리에겐 시간이 별로 없으니까.

효주　한 시간. 당신은 기차를 타고 서울로 퇴근을 하고 나는 기차를 타고 서울에서 퇴근을 하고. 그 사이 한 시간. 우리에게는 그게 다였죠.

태현　우리는 매일 함께 저녁을 먹어요. 웃으면서. 당신의 기차가 도착한다는 안내방송이 나올 때까지 우리는 계속 웃으면서 이런저런 이야기를 해요. 매일 한 시간씩. 지난 반년 동안.

효주　그래요. 안내방송. 당신이 탄 기차가 도착했다는 방송이 나와요. 역 안으로 뛰어 들어가요. 그런데요. 그런데…… 아무도 없어요. 아무도. 서울역이 텅 비어 있어요. 모두 그 자리에 있는데 사람들만 없어요. 도착하는 사람이 없는데 기차가 도착한다는 안내방송이 나오고 떠나는 사람도 없는데 기차가 출발한다는 안내방송이 나와요. 아무도 없는데 커피 냄새가 나고 햄버거 냄새가 나고 국수 냄새가 나고. 텔레비전에서 앵커도 없는 텅 빈 뉴스가 나와요. 나는 미친 듯이 플랫폼으로 뛰어요. 힐을 신고 그렇게나 뛰는데 어쩜 계단에서 한번 삐끗하지도 않고 너무 잘 뛰어요. 그런데 선로에 기차가

없어요. 어떤 선로에도 기차가 없어요. 기차가 도착한
다는 방송은 계속 나오는데 기차는 보이지 않아요. 한
대도.

태현   이상한 꿈이네.

효주   이상하죠? 그런데 진짜 이상한 건 텅 빈 선로가 당연
       하게 느껴져. 원래 이랬다는 듯이. 조금 전까지 너무 이
       상하고 무서웠는데 텅 빈 선로를 보니까 마음이 놓여.
       그런데 저기 기차가 들어와요. 이제 방송도 안 나오는
       데.

태현이 효주를 한번 바라보더니 걸어 나간다. 효주는 알아차리지 못하
고 이야기를 계속한다.

효주   기차가 낯이 익어요. 당신이 타고 오는 기차인가 싶어
       보는데, 아니야. 내가 탈 기차야. 내가 타고 돌아가야
       할 기차. 그런데 나는 당신이 내릴 플랫폼에 서 있어.
       난 당신을 향해 소리쳐요. 당신은 잠깐 나를 보더니 계
       단을 올라가. 끝도 없는 계단을. 기차는 다시 떠나고.
       당신도 떠나고. 나는 옴짝달싹 못한 채 플랫폼에 남아
       요.

효주가 태현이 있던 자리를 본다. 태현은 없다.

효주   당신도 떠나고 나는 여기 남아요. 나만.

거짓말

2

잠시 뒤.

효주, 여전히 서 있다. 태현이 들어온다. 효주가 태현을 빤히 본다.

태현　　미안. 그래서 어떻게 됐어요?

효주　　꿈은 끝났고 난 잠에서 깼죠. 그리고 내 휴가도 끝났고. 아니, 우리 휴가.

태현　　약국에 좀 다녀왔어요.

효주　　또 속 안 좋아요? 잠깐만요. 위염약 챙겨놓은 게 어디 있을 텐데…….

태현　　아뇨, 소화제 좀. 아까 기차에서 도시락을 먹었는데 얹혔나 봐.

효주　　저녁 같이 먹을 줄 알았어요. 늘 그랬듯이. 와이프가 싸준 도시락 싫어하잖아요.

태현　　마지막인데 먹어는 봐야지 싶어서.

효주　　마지막?

태현　　사표 냈어요. 뻔히 사표 쓰라고 그 시골로 보낸 거, 여태 버틴 것만 해도 대단하지. 안 그래요? 칭찬해줘야 돼, 나 같은 사람은.

효주　　이제 안 와요? 여기……?

태현　　게임에서 진 사람은 떠나야지.

효주　　무슨 게임이요?

태현　　거짓말 게임. 내가 늘 하던 게임이에요. 하나의 거짓말을 놓고 정해진 시간까지 그 거짓말을 진짜로 바꿔놓는 거지. 진짜가 되면 내가 이기는 거고, 여전히 거짓말인 채 남아 있으면 내가 지는 거고. 꽤 잘했어요, 나. 전국에 있는 자동차 영업사원 중에 나처럼 꾸준하게 매년 3백 대 이상 파는 사람은 없었으니까. 그게 다 거짓말 게임 덕이에요. 거짓말은 넘쳐나니까. 이 게임에서 가장 중요한 게 뭔지 알아요? 휘슬 소리를 듣는 거예요. 언제 이 게임이 시작되는지, 언제 거짓말이 시작되는지 알아차리는 거. 가진 건 쥐뿔도 없는 인간들이 나한테 대형 세단 견적을 물어봐요. 마치 당연히 그 차를 사기라도 할 것처럼, 살 수 있는 차가 아니라 사고 싶은 차의 견적을 물어보는 거죠. 그러면 내 머릿속에 휘슬이 울려요. 게임 시작. 나는 여기저기서 그 사람이 돈을 빌릴 수 있게 해주죠. 카드론 한도 다 채우면 제2금융으로, 거기서도 리미트까지 채우면 제3금융으로. 처음에는 그냥 갖고 싶다는 바람뿐이었는데 점점 그 바람이 현실이 돼가요. 아주 빠른 속도로. 처음에 빚이라는 건 그냥 숫자일 뿐이니까. 그 숫자가 현실로 느껴지기 전에 난 모든 일을 처리해요. 어느 순간 정신을 차려보면 정말 무슨 마법처럼, 그 사람 앞에 번쩍거리는 차가 서 있어요. 트렁크에 대출 서류를 가득 싣고서. 그러면 게임은 끝나죠. 게임에서 진 사람은 진실이 된 차를 타고 떠나고 게임에서 이긴 나는 그 자리에 남아서 새로운 게임을 기다려요.

효주 　누가 그렇게 빚을 져가면서 차를 사요?

태현 　누군가는 이 차를 위해 10년을 일해요. 그래서 운이 좋으면 10년 후에 이 차를 갖게 되겠죠. 그런데 당신 인생에서 가장 빛나는 10년은 사라지지. 당신은 이 차를 갖고 10년을 일할 거예요. 당신 인생에서 가장 빛날 10

년이 이 차 덕분에 훨씬 빛날 거라고. 사람들은 이 차를 모는 당신을 신뢰할 거고 친해지고 싶어 할 거고 노력은 쉬워질 거야. 갖고 싶은 걸 갖기 위해 보내는 10년과 갖고 싶은 걸 가진 채 보내는 10년 중에 뭘 선택하시겠습니까?

효주 아, 살 뻔했어. 사기꾼…….

둘은 마주 보며 웃는다.

태현 나 이 바닥에서 나름 유명했어요. 내 이름이 돌아다니고 내 이름에 온갖 욕과 험담이 붙어서 함께 돌아다니고. 그래도 상관 안 했죠. 실적이 곧 인격인 바닥이니까요. 그런데 가끔 게임이 끝나고도 진상을 부리는 사람들이 있는데 작년에 만난 그 인간이 최악이었어요. 날마다 전화해서 괜히 샀다, 팔고 싶다, 중고차 시장에서는 가격을 잘 안 쳐준다, 어떻게 하면 좋겠냐, 상대해주는 것도 하루 이틀이지. 도저히 안 되겠더라고요. 그 사람, 안 그래도 여기저기 빚이 많던 사람이었거든요. 그 차로 마지막 사업을 해보겠다고 그랬어요. 어지간한 사업 계획서보다 제대로 된 차 한 대가 훨씬 힘이 있다고. 맞는 말이죠. 중요한 투자 미팅이 있으니까 그날까지는 어떻게든 차를 해줘야 한다 해서 엄청 뛰어줬거든요. 그런데 그 지랄이야. 고마운 줄도 모르고. 내가 수신 거부를 해놓으니까 이제 회사로 전화해서 클레임을 걸고. 나한테 속았다며. 환불 처리 안 해주면 죽어버리겠다며. 그 사람 실수한 거예요. 사람은 정에 약

할 수 있어도 회사는 안 그러니까. 그런데 그 사람 결국 나한테 산 차 안에서 번개탄을 피웠어요. 마지막까지 나한테 전화를 했더라고요. 안 받으니까 문자를 남겼는데……. "빛나는 10년이 아니라 빚지는 10년이잖아. 개새끼야."

효주　죽기 전에 마지막으로 생각난 사람이 당신이었네요.

태현　바로 죽지도 않았어요. 쭉 혼수상태로 있다가 저번 주에 죽었대요. 병원비도 없어서 집에 있다가……. 선배가 전화를 했더라고. 법적으로 책임질 일은 없을 거다. 그런데 넌 언제까지 버틸 셈이야? 언제까지 버틸 수 있을까? 왜 버티려고 할까, 나는? 와이프는 매일 지방으로 출근하는 나한테 도시락까지 싸면서 응원을 하죠. 여보, 조금만 버텨. 당신이 여태 한 게 있는데 설마 그만두라 그러겠어? 조금만 버티면 다시 서울로 부를 거야. 애 학원비가 어쩌고저쩌고 장인어른 병원비가 어쩌고저쩌고 냉장고가 오래돼서 어쩌고저쩌고. 그러니까 여보, 힘내! 그래서 힘을 냈죠. 힘을 내서 용기를 냈죠. 용기 내서 말한 거예요, 나. 우리 여행 가자고.

효주　왜 그 힘을 나한테 써요?

태현　저녁을 먹고 우리는 함께 여기 벤치에서 당신 기차가 오기를 기다렸죠. 당신 허벅지랑 내 허벅지가 닿았는데 당신도, 나도 움찔했어요. 하지만 당신도 나도 피하지는 않았죠. 버텼어요. 먼저 허벅지를 비키면 지기라도 하는 것처럼. 그러다가 당신이 다리를 기대왔고 몸을 기대왔어요. 도착 안내방송이 들렸지만 우리는 그대로 앉아 있었고 승무원이 얼른 타라고 재촉을 하자

거짓말

그제야 당신이 일어섰죠. 내 허벅지를 짚으면서. 나는 그게 그냥 앉아 있으라는 뜻인지 함께 가자는 뜻인지 알 수가 없었어요. 당장이라도 함께 여행을 떠날 것만 같았거든요. 우물쭈물하는 사이에 당신은 기차를 탔고 차창으로 나한테 손을 흔들어줬죠. 잠깐 그러다가 당신은 시선을 거뒀고. 그랬는데…… 나 그 기차를 타버렸어요.

효주 　못 봤는데…….

태현 　조금 떨어져서 당신 뒤통수를 보면서 갔어요. 역무원이 들어오면 어떻게 해야 되나, 금방 내릴 거니까 괜찮겠지. 당신은 남편이랑 통화했죠. 친근하고 따뜻하게. 나한테 말했던 그 진절머리 난다는 남편이랑 웃으면서. 와이프한테 몇 번인가 전화가 왔는데 안 받았어요. 뭐라고 변명을 할까 하다가 그냥 전화를 꺼버렸죠. 난 그렇게 집에서 점점 멀어져요. 방송이 들려요. 당신 집에 다 왔다고. 그런데 당신이 일어서지를 않아. 당신이 졸고 있나? 스윽 가서 봤는데 아니더라고. 딴생각을 하고 있나? 말해줘야 하나? 내가 몰래 이 기차에 탄 걸 알면 당신이 화를 낼 거야. 나를 안 본다고 할지도 몰라. 망설이고 있는데 기차가 떠났어요. 당신에게 들어 익숙했던 그 기차역은 뒤로 사라지고 나는 어디로 가는지도 모른 채 당신 뒤통수만 봤지. 기차가 그렇게 30분인가 더 달렸고 당신은 처음 들어보는 역에서 내렸어요. 당신을 따라가는데 어쩐지 이상해. 내가 알던 당신이 아닌 것만 같아. 당신이 누군가를 봤는지 멈춰. 아주 멀끔하게 잘생긴 남자. 내가 상상했던 것과는 딴판이라 놀랐어요.

효주　(당시의 기억을 더듬는다. 불안하다.) 화장실 갔다 갈게. 차
　　　에서 기다려.

태현　함께 붙어 앉아 있던 내 냄새를 지우고 싶어서였을까.
　　　지난 한 시간을 지우고 싶어서였을까. 당신 남편은 빙
　　　그레 웃고는 역을 나가고 나는 당신 남편을 따라갔죠.
　　　좋은 차를 가지고 있던데요, 당신 남편. 차 유리창에는
　　　지방법원 스티커가 붙어 있고. 직업이 뭔지는 모르겠
　　　지만 당신이 말한 것처럼 와이프 등 떠밀어 일 시킬 만
　　　한 사람은 아니었어요. 담배를 입에 물고 당신 남편 옆
　　　으로 갔죠. 불 좀 빌려달라고. 담배도 안 피우더라고요.
　　　게다가 혼났어요. 여기 금연 구역이라고. 좋은 차 모십
　　　니다. 이 차가 오래되긴 했어도 아직 쌩쌩할 거예요. 아
　　　유, 관리도 잘 하셨네. 2005년형 맞죠? 회사 넘어가기
　　　전에 마지막 사운을 걸고 만든 차잖아요, 이 차. 이
　　　정도로 관리하셨으면 중고로 파셔도 가격 꽤 받으시겠
　　　는데. 그런데 애는 없으신가 보다. 아니, 차 안에 있는
　　　사진이 두 분만 찍은 사진이길래요. 제가 자동차 영업
　　　을 하거든요. 그래서 습관적으로 차만 보면 가만있지
　　　를 못해요. 그러니까 당신 남편이 눈을 반짝여. 안 그래
　　　도 아이가 곧 생길 거라 차를 바꿔야 되나 생각하고 있
　　　다고. 아무래도 이 차로는 힘들겠죠? 그걸 나한테 묻더
　　　라고. 암, 바꾸셔야죠. 저한테 안 사셔도 좋으니까 언제
　　　든 연락하세요. 여기 제 명함입니다.

효주　화장실에 너무 오래 있었어. 화장을 괜히 고쳤어. 당신
　　　만 지운 채로 나갈걸.

319

태현　고맙습니다. 여쭤볼 게 많네요. 제가 차를 잘 몰라
　　서……. 차를 당장 바꿀 거는 아니고요. 아이가 언제 생
　　길지 잘 몰라서……. 지금 와이프랑 노력하고 있거든
　　요. 그런데 쉽지가 않네요. 하! 노력을 한대요. 그 사람
　　이 당신이랑 아이를 가지려고 노력을 하고 있대. 눈앞
　　에 당신이 그 남자랑 노력하는 모습이 떠올라. 그런데
　　저쪽에서 그 노력하는 당신이 걸어와. 얼굴은 같은데
　　몸도 같은데 낯선 여자. 남편이랑 있는 당신은 다른 사
　　람 같아요.

효주　다르지 않아요.

태현　여행 가기로 한 날, 여기에서 당신을 기다리는데 그때
　　당신 모습이 떠올랐어요. 내가 아니라 남편을 향해 걸
　　어오던 모습. 그제야 알겠더라. 안 오겠구나. 우리가 한
　　건 그냥 한 시간짜리 게임이었을 뿐인데. 여행 같은 건
　　이 게임에 없는 건데. 그러니까 난감하더라고요. 집에
　　다가는 출장이라고 말했고 사무실에서는 휴가로 알고
　　있고. 갈 데가 없는 거야. 그때 선배한테 전화가 온 거
　　예요. 그 진상이 죽었다고. 빈소에 갔어요. 우리 휴가
　　가서 쓸 돈을 모두 조의금으로 내고 영정에 절을 하고
　　나오는데 빈소를 지키던 노모가 자꾸 내 손을 잡아. 밥
　　이나 한 끼 하고 가라고. 별수 있나, 먹어야지. 억지로
　　밥을 먹고 고스란히 체하고 소화제를 먹어도 듣질 않
　　아서 집으로 갔어요. 게임에서 졌어. 처음으로 졌어요.
　　당신한테. 당신의 거짓말 중에 진짜가 된 건 아무것도
　　없으니까. 당신은 여전히 그 잘난 남편한테 따듯하게
　　웃어줄 거고, 밤마다 노력을 할 거고, 내가 모르는 그

어떤 역에서 기차를 타고 기차에서 내릴 거야. 언제 어떻게 게임이 시작됐는지 휘슬 소리조차 듣지 못했어. 게임에서 졌으면 떠나야지. 집에 가니까 와이프가 출장은 어떻게 하고 왔냐고 묻는데 대답도 못 하고 화장실로 가서 토했어요. 있는 거 없는 거 다 토하고 헛구역질까지 해대니까 눈물이 나더라. 속이 너무 아파서 변기를 잡고 앉아 있는데 와이프가 들어와서 무슨 일이냐고, 괜찮냐고 물어. "그만할래. 나, 모두 그만둘래." 그 말을 뱉고 나니까 편해졌어요. 거짓말처럼. 모두 그만두니까 그제야 편해졌어요.

효주 그렇게 혼자 멋대로 끝내니까 편해요? 당신 마음대로 나를 그렇게 생각하고 나를 그렇게 만들고 나니까 편해요?

태현 편했죠. 그 지긋지긋한 위염도 다 나았는지 속도 편해. 오늘 오전에 출근해서 사표 내고 나왔어요. 그리고 여기에서 여태 당신을 기다렸어.

효주 기다릴 거 뭐 있어요. 혼자 마음대로 결정해버린 거.

태현 사무실에서 간단하게 인수인계를 하는데 고객 명단이 자꾸 눈에 밟혀. 이상한 미련 같은 게 남나 봐요. 하긴 몇 년을 했던 일인데. 사무실에서 나와 서울 오는 기차를 타는데 이제는 당신이 자꾸 밟혀. 왜 그랬을까. 왜 그런 거짓말을 했을까. 고객 명단은 그래도 진짜였는데. 당신은 진짜가 아니었나. 진짜 당신은 어떤 사람인지 묻고 싶었어. 그러면……, 어쩌면 당신을 이해할 수 있을 거고 그러면…… 지난 반년 동안 우리가 만났던 시간을 원망하지 않을 테니까.

효주   우리 이제 안 볼 거죠?

태현   안 볼 거예요.

효주   그럼 나는 이제 당신한테 진짜 어떤 거짓말도 할 수 있
어요.

태현   그러지 말아요. 제발, 그러지 말아요. 나 언제나 당신
말 잘 들어줬잖아요. 당신이 어떤 말을 하건 다 들을
테니까, 오늘만은 그러지 말아요.

효주   대체 뭐가 그렇게 듣고 싶다는 건지 난 모르겠어.

태현   뭘 어디부터 어떻게 물어봐야 할지도 솔직히 모르겠어
요. 어디부터 어디까지가 거짓말인지 모르니까.

효주   당신 지금 그동안 우리 시간을 다 쓰레기통에 처박고
있어. 알아요?

태현   난 이미 그 쓰레기통에 들어가 있어요.

효주   딱하다, 정말. 쓰레기라네. 자기가 자기보고.

효주가 뜸을 들이다가 이야기를 시작한다.

효주   어느 날 그 사람이 아이를 갖자고 하더라고요. 결혼하
고 처음에는 서로 노력했던 때도 있었는데 어째 안 생
기더라고요. 주위에서 불임 클리닉이라도 다녀라, 남
편한테 문제가 있는 거 아니냐, 이런 말들을 했는데 그
사람도 나도 그렇게까지 해서 아이를 갖고 싶지는 않
았어요. 검사라는 거 웃기잖아요. 결국 잘못한 게 너인
지 나인지 가려내자, 이런 거잖아요. 나도 싫었고 그 사
람도 굳이 그럴 필요 있냐 그러더라고요. 우리는 서로
모든 걸 보이기가 싫었던 거예요. 그런데 작년에 그 사

람이 암에 걸렸어요. 아주 초기에 발견했어요. 다 그 사람이 꼼꼼했던 덕이죠. 시아버지가 암으로 돌아가셨거든요. 그러고는 종합검진을 무슨 의식처럼 치러요. 수술 받으러 들어가면서 아이를 갖자고 하더라고요. 그냥 나는 이 사람이 뭔가 불안해서 그러는구나, 싶어서 그러자라고만 했어요. 그런데 수술을 받고 나서도 완쾌되고 나서도 계속 그러더라고요. 아이를 갖자. 우리, 꼭 아이를 갖자. 처음이에요. 그 사람이 나한테 그렇게까지 부탁한 거. 검사를 받았어요. 내 나팔관에 문제가 있대요. 둘이 같이 의사한테 그 얘기를 듣는데 그 사람, 뭔가 안도하는 표정이었어요. 용서하듯 내 손을 잡더니 "괜찮아. 노력하자." 난 내가 뭘 잘못했는지 모르겠는데 나도 모르게 "고마워"라고 대답했어요. 뭐가 고맙지? 뭐가 괜찮지? 나팔관 조형술이라는 걸 받았어요. 끔찍해요, 그거. 너무 아파서 눈물이 다 나는데, 그제야 내가 뭘 잘못했구나, 생각이 들어요. 내가 뭔가 잘못하지 않았으면 이렇게 아플 리가 없잖아. 이런 벌을 받을 리가 없잖아. 과배란을 위한 약을 먹고 과배란을 위한 주사를 받고. 사무실 화장실에 앉아서 아랫배에 주사를 놔요. 시퍼렇게 멍 든 배를 보면 대체 이게 뭐하는 짓인지……. 남편은 전에 없이 잘해주고 기차역에 도착하면 한 번도 그런 적 없던 사람이 매일같이 나를 마중 나오고. 자기 곧 승진할 거 같다면서 이제 회사 그만두라고, 자기가 다 책임지겠다고 하고. 그런 남편이 너무 낯설어서 가끔 빤히 쳐다봤어요. 이 사람은 누구지? 난포가 잘 생겼나, 초음파 검사랑 소변 검사를 받았어요. 의사가 칭찬을 하더라고요. 잘해오셨다고. 내가 나이에 비해 건강해서 가능성이 높다고 용기를 내래요. 용기를 내라는데 난 그 말이 왜 슬픈지 몰라. 건강하다는데 난 왜 짜증이 날까. 난포가 왼쪽에 네 개, 오른쪽에 다섯 개가 생겼대요. 그게 뭔 얘긴지도 모르고 난 또 "고맙습니다"라고 대답했어요. 뭐가 고맙다는 거지. 그다음 주에 남편이랑 같이 인공수정을 했어요. 남편이 정액을 담아서 가지고 오는데 그 안에 아기씨가 천6백만 마리가 들어 있대요. 간호사가 이 정도면 충분하다고 남편더러 건강하다 그러더라고요. 그런데 그 말 진짜 끔찍하지 않아요? 아기씨라니. 난 그 말이 너무 싫어. 내 다리를 벌리고 그 아기씨라는 걸 넣었어요. 천6백만 마리를. 내 몸에 그 사람 아기씨가 천6백만 마리가 들어왔어요. 그걸 한 번 더 했어요. 며칠 후에. 그때는 천3백만 마리. 그러니까 며칠 새에 내 몸에 2천9백만 마리의 아기씨가 들어온 거예요. 아기는 사람인데 아기씨는 사람이 아닌가 봐요. 아기는 한 명, 두 명 셀 텐데 아기씨는 천 마리, 2천 마리 이렇게 세요. 사람 아닌 게 내 몸에 들어와서 사람이 된다 그러니……. 내 안에서 무슨 일이 벌어지고 있는 건지 속도 메슥거리고 몸도 붓고, 무서웠어요. 설핏 잠이 들었다가도 밑이 이상해 화장실을 들락거리고. 남편은 세상없이 자고 난 밤새 수십 번 옷을 벗어 확인을 하고. 태어나서 처음으로 그날이 그냥 지나갔어요. 여태 한 번도 날짜를 어긴 적이 없는데. 나 이상할 정도로 정확했거든요. 습관적으로 그걸 챙기고. 출근해서 화장실 갔는데 그제야 뭔가 이상하다는 걸 알았어요. 깨끗해요. 깨끗하면 안 되는 날인데 깨끗해요. 옷을 내리고 한참을 봤어요. 뭔가 흔적이라도 있었으면 했는데 아니야, 없어.

태현   테스트해봤어요?

효주   그길로 약국에 갔어야 했는데 안 갔어요. 다시 사무실로 가서 일했어요. 아무렇지 않은 척. 내 인생에 아무 일도 일어나지 않은 척. 그런데 아니잖아요. 그런데 아니에요. 너무 큰일이 일어나버렸어. 내가 감당할 수 없는 일이 일어난 거예요.

태현   사람은 닥치면 다 해내요.

효주   그딴 말 하지 말아요. 사람은 다⋯⋯. 사람이라면 당연히⋯⋯. 사람이 뭐요? 사람이라면 당연히 뭐요!

325

사이

효주   미안해요.

사이

효주   임신 맞더라고요. 아니었으면 했는데. 남편한테 전화를 할까 하다 그만뒀어요. 일이 눈에 안 들어와서 부장한테 조퇴하겠다니까 뭘 그리 꼬치꼬치 캐묻는지. 서울역까지 오면서 배가 많이 고팠는데 당신 오면 함께 저녁 먹어야 하니까 밥을 먹을 수는 없고. 길거리에서 파는 닭꼬치 냄새가 어찌나 좋던지, 어묵, 떡볶이 냄새가 어찌나 좋던지, 포장마차 하나 지날 때마다 매번 발걸음을 멈췄어요. 나중에는 속이 다 쓰리더라.

태현　먹지 그랬어요.

효주　못 먹겠더라고요. 웃기죠? 몇 번이나 먹으려다가 안 좋은 음식인데, 깨끗하지 않을 텐데, 초기에 조심하라고 그랬는데. 내 몸에서 일어나는 일을 그렇게 끔찍해하면서도 막상 닥치니 사람이 또 그렇더라. 쓰린 속을 안고 서울역 앞까지 왔는데 갑자기 너무 웃긴 거예요, 내가. 한참을 웃었어요. 너무 바보 같아서. 너무 병신 같아서. 지나가던 사람들이 날 힐끔힐끔 보고 담배를 빌리던 노숙자가 나를 보고는 따라서 같이 웃고. 서울역에 들어갔는데. 사람이 배가 고프니까요. 후각만 그렇게 예민해져. 사람도 눈에 안 들어오고 소리도 귀에 안 들어오고 음식 냄새, 커피 냄새, 온갖 냄새들이 다 속까지 파고들어요. 그래서 막 뛰었어요. 플랫폼까지. 음식 냄새 안 나는 데까지.

태현　그리고 날 만났고.

효주　그리고 당신을 만났죠. 아무것도 모르는 당신은 나를 보고 웃고 함께 계단을 올라가 플랫폼을 벗어나고 서울역 안으로 들어가 쓰레기통에 당신 와이프가 싸준 도시락을 버리고.

태현　그리고 우리는 카페로 갔죠. 가서 쓸데없는 이야기들을 하고.

효주　그날 우리 여행 가기로 했어요.

태현　정말…… 쓸데없는 이야기였네요.

사이

효주　당신이 기차에서 내리면서 나한테 뭐라 그랬는지 기억 나요?

태현　그렇게 예쁘게 웃지 말아요, 유부녀 주제에.

효주　그랬어요. 그리고 내 손을 잡았어요.

태현　아뇨, 당신이 잡았어요. 놀랐어요. 그런 적은 처음이었 으니까. 화장실 갔다가 손을 씻었던가, 손에 땀이 나서 축축할 텐데. 잠깐 손을 놓고 땀을 닦을까.

효주　그랬어요. 당신 손이 미끄러웠어요. 그대로 당신이 미 끄러져 달아나버릴 것만 같았어요. 당신 손을 더 꽉 잡 았어요.

태현　카페에 들어가서 우리는 샌드위치를 먹었죠.

효주　나는 오렌지주스를 시켰어요. 카페에서 오렌지주스를 시켜본 게 얼마 만인가 생각했어요. 어쩌면 고등학생 때겠다. 노란 오렌지주스를 앞에 놓고 있는데 웃겼어 요. 꼭 옛날 같아서.

태현　잘 어울렸어요. 그때 당신이 하얀 셔츠를 입고 있었거 든요. 노란색 주스를 앞에 놓고 있는데 환하고 예뻤어 요, 당신.

효주　난 당신이 미웠는데.

태현　왜요?

효주　당신은 맥주 시켰으니까. 꼭 대학생 오빠 만나는 기분 이었어요. 난 못 마시는 걸 저 사람은 저렇게 꿀꺽꿀꺽 잘도 마시네. 밉다.

태현　긴장했나 봐. 우리 손잡아서.

거짓말

효주   설렜다고 말하지.

태현   설렜어요. 노란 오렌지주스를 앞에 놓고 있는 하얀 당
       신을 보니까 여기가 서울역이 아닌 것만 같았거든요.
       어디 다른 데 같았어요. 우리 둘만 있는……. 당신 손을
       잡고 조금만 걸어 나가면 바다도 있을 것 같고 별도 쏟
       아질 것 같고……. 설렜어요. 우리, 여행 갈래요?

효주   어디로?

태현   어디든.

효주가 웃는다.

효주   그 말이 좋았어요. 어디든. 정말 당신이랑 어디든 갈 수
       있을 것만 같았으니까. 어디든 가도 괜찮을 것만 같았
       으니까. 여기저기가 떠올랐어요. 마다가스카르 섬에
       가서 바오바브나무를 볼까, 남극에 가서 오로라를 볼
       까. 먼 데만 생각나더라고요. 어디든, 우리가 갈 수 없
       는 곳들만.

태현이 효주의 손을 잡는다.

태현   갈 수 있었어요. 어디든.

효주   당신 게임은 끝났어요. 내가 이겼는지는 모르겠는데,
       당신은 졌어요. 내가 생각한 어떤 것도 진짜가 되지는
       못하니까. 우리는…… 진짜가 될 수 없어요.

태현   그러면 내 앞에서 웃지 말았어야죠. 그렇게 환하게 웃
       지 말았어야죠.

효주가 태현의 얼굴을 감싼다. 안아준다.

효주   우리 좋았잖아요. 그러면 된 거지. 좋은 꿈 꿨잖아요. 그러면 된 거예요.

태현   당신이 올 줄 알았어요.

효주   왔어요. 그날 여기에. 어디든 갈 수 있다는 말이 어디도 갈 수 없다는 말이라는 걸 그때까지는 몰랐으니까. 나, 왔어요. 그날.

태현   날 기다렸어요? 내가 조금 늦게 왔어요. 10분인가, 아니 15분인가. 위염약을 두고 와서. 중간에 약국에 들렀어요.

효주가 위염약을 가방에서 꺼내 태현에게 준다.

효주   당신 가끔 깜빡하기에 내가 당신 먹는 약 챙겼어요. 여행 짐 싸면서. 걱정 말아요. 차에서 내리자마자 다른 데로 갔으니까.

태현   왜요? 어디로요?

효주   남편한테는 휴가 동안 친정에 있겠다고 했어요. 남편이 출근길에 기차역까지 데려다주면서 차를 바꾸자고 그러대요. 더 큰 차로. 더 안전한 차로. 그러면서 하는 말이, 우리 다시 노력하자. 남편한테 그때까지 말 안 했거든요. 휴가였는데도 난 출근 시간에 기차를 탔어요. 창가 자리에 앉아서 밖을 보는데 너무 좋더라. 당신이랑 어디를 가든, 참 좋겠다 싶은 날씨였어요. 햇살도,

바람도. 그런데 그 기차에서 웃는 사람은 나 하나였어요. 다들 힘들고 지친 표정들. 지금 당장 달리는 기차에서 뛰어내려도 하나 이상할 것 없는 그런 표정의 사람들. 나는 이 아이를 행복하게 해줄 수 없겠다. 나는 이 아이를 행복하게 해줄 수 없겠다, 절대로. 당신을 기다리지 않고 나는 병원으로 갔어요. 산부인과로.

태현   그러면 안 돼요.

효주   그러면 안 될까요? 모르겠어요. 난 힘들 때마다 엄마랑 아빠를 원망했어요. 난 한 번도 이 삶을 원하지 않았어. 이런 말을 중얼거리며 살아왔어요. 아빠가 암에 걸리면 자식도 암에 걸리고 엄마가 우울하면 아이도 우울하겠지. 그 망할 유전자라는 게 그런 거잖아요. 언젠가 내 아이가 나한테 왜 멋대로 자기를 낳았냐고 물어보면 나는 뭐라고 대답해야 하나, 할 말이 없어요, 난. 그냥…… 네 아빠가 부탁했어, 라고밖에 할 수가 없어요, 난.

태현이 위염약을 꺼내 먹는다. 효주가 그 모습을 물끄러미 바라본다.

태현   됐어요. 그만 말해도 돼요.

효주   당신이 나를 포기하고 장례식장에서 육개장을 먹고 있을 때 나도 나를 포기하고 산부인과 대기실에 있었어요. 병원 대기실에는 아이를 갖기 위해 안달이 난 여자들이 있었고, 난 그 여자들 눈을 바라볼 수가 없어서 고개를 숙이고 앉아 있었어요. 간호사가 왜 왔냐고 묻는데 뭐라고 해야 할지 모르겠어요. 그러니까 그냥 앉

아서 기다리래요. 다 안다는 듯이. 모두 다 안다는 듯
이. 산부인과라는 데 되게 이상한 곳이에요. 생각할수
록.

태현　　날 기다리지 그랬어요. 여기 플랫폼에서. 나랑 지을 죄
　　　　가 더 가벼웠을 거예요.

효주　　죄요? 우리 사이가…… 죄예요? 죄라는 건요…… 어쩌
　　　　면 평생 자기 인생을 저주하면서 살 아이를 세상에 꺼
　　　　내놓는 일이에요. 어쩌면 내가 그 아이를 행복하게 해
　　　　줄 수 없는데도 그 아이에게 삶이라는 책임을 지워주
　　　　는 일이에요. 어쩌면…… 그런 게 죄예요.

태현　　누구나 자기 몫의 짐을 짊어지고 태어나요. 그 몫은 누
　　　　구도 정해주는 게 아니에요. 당신이 그 짐을 지워주는
　　　　게 아니라고요.

효주　　그러니까 당신의 그 무거운 짐 중 하나는 나였어요?
　　　　당신의 그 무거운 죄에 내가 끼어 있었던 거예요? 그
　　　　대형 세단에, 그 남자랑 대출 서류들 틈에 나도 있었던
　　　　거예요?

태현　　그래서? 지금은 좀 편해졌어요? 수술 받고 나니까 이
　　　　제 좀 편해요?

효주가 태현을 가만히 바라본다.

효주　　참 고마웠는데. 지난 반년 동안 당신을 만나서 당신한
　　　　테 참 고마웠는데. 그렇게 웃었던 적이 없는데. 우리는
　　　　서로의 민낯을 견디기 힘든가 봐요. 뭘 나눌 수가 없는
　　　　사이야. 당신은 내가 마실 수 없는 맥주를 시키고 나는

당신 위염 때문에 마실 수 없는 오렌지주스를 시키고. 보기는 좋지. 그런데 나눌 수는 없어.

효주가 탈 기차가 들어온다는 안내방송이 나온다. 태현이 일어선다. 그리고 조금 전까지 지었던 어떤 감정의 표정들을 지운 뒤 옷매무새를 만진다.

태현   돌아가요. 그 잘난 남편한테 가요. 가서 거짓말해요. 가서 거짓으로라도 다시 노력해요. 아무 말도 하지 말고. 우리가 꾼 꿈은 묻고 걷던 길을 계속 걸어요. 도망치지 말고.
효주   지금 도망치는 건 내가 아니라 당신 아니에요?
태현   당신은 나를 기다려야 했어.
효주   그 여행…… 갔으면 행복했을까?

태현은 대답하지 못한다.

효주   그랬을 거예요. 그랬을 거라고 믿자.

태현이 고개를 젓는다.

태현   끔찍했을 거예요.
효주   나, 수술 안 받았어요. 어쩌면 이 아이랑 나랑은 좋은 친구가 될 수 있을 거 같아요.
태현   거짓말.

태현이 떠난다.

잠시 뒤, 기차가 도착한다. 기차를 타기 위해 사람들이 몰려온다.

효주   당신은 떠나고 나만 여기 남아요. 나만.

암전

Love so sweet.

김태형

등장인물

오귀진   35세, 여자, 마트 캐셔
오지훈   22세, 남자, 육군 병장
강심장   44세, 남자, 무명 가수
오주환   34세, 남자, 인천국제공항 상주 직원
스윗준   24세, 여자, 팬클럽 운영자

시간

크리스마스를 앞둔 12월의 어느 날 늦은 오후 / 크리스마스이브

공간

불광동 시외버스 터미널 / 인천국제공항 출국 터미널

● 일본 5인조 그룹 아라시의 대표곡. 밝고 경쾌한 느낌의 전형적인 러브송이라 할 수 있다. 드라마 〈꽃보다 남자 리턴즈〉 OST에 수록되었으며, 2007년 2월 아라시의 열여덟 번째 싱글 앨범으로도 발매되었다.

버스 터미널 대합실. 검은색 정장 차림에 머리에는 삼베 리본을 꽂은 귀진이 대합실 의자에 앉아 있다. 옆자리에는 숄더백과 쇼핑백, 그리고 담뱃갑이 놓여 있다. 귀진, 나지막이 노래를 흥얼거리며 붉은색 털실로 목도리를 뜨고 있다. 그러다가 가끔 목에 뭐가 걸린 듯 캑캑거린다. 잠시 뒤 어깨에 기타 케이스를 맨 강심장이 대합실 안으로 들어온다. 누군가와 통화중이다. 강심장, 한 손에 든 슈트케이스를 던지듯 의자에 내려놓는다.

강심장　이게 말이 돼? 말이 된다고 생각해? 난 한 달 전부터 잡혀 있던 행사였다. 그 새끼는 그저께 섭외 들어왔다며. 근데 왜 배차를 개한테 내주는 건데! 이런 식으로 사람 무시하는 거 아니다. 꼬우면 잘나가라 이거지? 이 짐들 짊어지고 문산까지 버스로 어떻게 가냐고. 나 택시 탄다. 응? 영수증 청구해도 되지? 내 똥구멍에서 콩나물을 빼먹어라, 인간아. 진짜 택시 탄다, 응? 여보세요? 여보세요? (사이) 이런 개새…….

강심장이 주머니에서 담배를 찾다 주변을 두리번거린다. 순간 눈이 마주친 귀진, 재빨리 시선을 거둔다. 강심장, 귀진 옆에 놓인 담배를 발견하곤 은근슬쩍 옆에 가 앉는다.

강심장　색깔 참 곱다. 야, 솜씨 좋으시네.

살짝 웃는 귀진.

강심장　애인 주시려나 보다. 크리스마스 선물?

오귀진   그게요……. 그냥 손이 심심해서요.

강심장   심심풀이로 만들기엔 재능이 너무 아깝다. (망설이다)
         나한테 파실래요?

오귀진   에이, 팔려고 만드는 거 아니에요.

강심장   그럼 그냥 주시든가.

오귀진   그렇게 마음에 드세요?

강심장   진짜 색깔 죽이네.

오귀진   그게요……. 사실은 줄 사람이 있어서. 죄송해요.

강심장   농담, 농담. 이제 보니 날개 없는 천사시네. 날 언제 봤
         다고 줘요, 주길. (살짝 뜸들이다) 정 뭔가 주고 싶으시면
         담배 한 대만. (옆에 놓인 담뱃갑을 가리키며) 이거.

오귀진   그게요……. 이건……. (망설이다 담뱃갑을 통째로 건네주
         며) 여기.

336

강심장   고맙습니다!

강심장, 담배를 두 대 꺼내 양쪽 귀에 꽂더니 괜히 케이스에서 기타를
꺼내 만지작거린다.

오귀진   음악 하시나 봐요.

강심장   네, 뭐.

오귀진   어쩐지 스타일이 다르시다 했어요. 그럼 티브이에도
         나오고 그러세요?

강심장   제가 주로 언더그라운드에서 활동하는 편이라서.

오귀진   노래도 하세요?

강심장   네. 유명하진 않지만, 그래도 나름 4집까지 낸 가숩니
         다. 싱어송라이터.

오귀진 와, 가수를 이렇게 가까이서 보는 건 처음이에요.

강심장 아! 잠깐만요. (슈트케이스 안에서 CD 한 장을 꺼내 귀진에게 보여주며) 따끈따끈하죠? 나온 지 일주일 됐어요.

오귀진 (CD를 보며) 강심장! '강심장'에도 나오셨어요? 저 예전에 그거 자주 봤는데.

강심장 그러니까 그게, 제 이름. 예명이죠. (사이) 좀 웃기죠?

오귀진 근사해요. 그게요……. 이 세상 어떤 사람이 '심장'이라는 이름을 갖고 있겠어요.

강심장 그런가요? (웃음) 제가 개인적으로 애정하는 노래는 요거, 4번 트랙.

오귀진 나란 남자, 맛있게 맵다…….

강심장 타이틀곡.

오귀진 뭔가 강렬해요. 입에 침도 고이고. 그러니까 나란 남자…… 고추장인 거죠?

강심장 (크게 웃으며) 아, 재밌는 분이네.

오귀진 (가방을 열며) 얼마예요?

강심장 에이, 그냥 가져요.

오귀진 그냥요?

강심장 담배 줬잖아요. 내 마음의 선물.

오귀진 선물……. 나한테 선물을 주신 거구나. (사이) 참 다정하세요.

강심장 네?

오귀진 친절하시다고요.

강심장 아, 네. 아무래도 대중들을 상대하다 보니 마인드 자체가 일반인들과는 좀 다르죠.

오귀진 저도 뭘 드리고 싶은데.

강심장   에이, 됐어요.

오귀진   (가방에서 털실로 짠 장갑을 꺼내며) 그게요……. 실은 얘
         도 주인이 있긴 한데, 심장 씨한테 더 잘 어울릴 것 같
         아요.

강심장   아…… 정말 괜찮은데. (마지못해 장갑을 끼며) 예쁘네
         요, 아주. (귀진을 물끄러미 바라보다) 실례지만 성함이.

오귀진   귀진. 오귀진. 귀할 귀에 보배 진. 귀한 보석처럼 사랑
         받는 사람이 되란 뜻이래요.

강심장   이름도 예쁘다. (귀진 쪽으로 몸을 기울이며) 귀진 씨, 있
         잖아요. 저기…….

그때 검은 양복을 입은 지훈이 들어온다. 한 손에는 편의점 비닐봉지
가, 다른 한 손에는 먹던 아이스크림이 들려 있다. 지훈, 두 사람을 발
견하곤 다가온다.

오지훈   (귀진에게) 뭐하냐?

강심장   누구……?

오지훈   이 여자 애인. (귀진의 삼베 리본을 가리키며) 아저씨, 상
         중인 거 안 보여? 수작도 사람 봐가면서 걸어야지.

오귀진   지훈아. 있잖아, 그게…….

강심장   (자리에서 벌떡 일어나며) 죄, 죄송합니다.

강심장, 재빠르게 자기 자리로 가 주섬주섬 짐을 챙긴 다음 터미널 밖
으로 나간다.

오지훈   병신 새끼.

오귀진 이상한 사람 아니야. (CD를 보여주며) 가수래. 이것도
       선물로 줬어.

오지훈 이름하곤. 그래서 내 담배 줬냐? 게다가 장갑까지? 나
       주려고 짰다며.

오귀진 촌스럽다며.

오지훈 (귀진의 두 손을 잡으며) 그러면 안 돼. 잘해준다고 아무
       놈한테나 실실 쪼개고 그러면 안 된다고. 이제 우리 둘
       뿐이야. 앞으로는 정신 똑바로 차리고 살아야 돼. 어?

오귀진 (지훈의 양복 깃을 털어주며) 멋있다. 우리 지훈이.

오지훈 그치? (자리에서 일어나 포즈를 잡으며) 간지 작살. 역시
       비싼 게 다르긴 달라. 후들후들 몸에 착 감겨서 떨어져.
       봐, 라인이 살아 있잖아. 기분까지 섹시해.

오귀진 잘 어울려. 진짜 근사하다.

오지훈 근데 돈이 어디 있어서. 맨날 돈 없다 죽는 소리 해놓
       고. 이거 되게 비싼 브랜든데. 뭐, 덕분에 좋은 옷 입고
       아버지 보내드렸다. (손목시계를 보며) 벌써 이렇게 됐
       어?

오귀진 (쇼핑백을 들고 일어서는 지훈을 잡으며) 조금만 더 입고
       있어.

오지훈 (다시 앉는다.) 오늘 되게 이상한 거 알아? 왜 옷을 못 갈
       아입게 해. 화장터에서 갈아입고 왔으면 좋았잖아. 여
       기 화장실 장난 아니게 더러워.

오귀진 무서워서 그래. 무서워, 너 군복 입고 있으면.

오지훈 아부진 20년 넘게 군복 입고 살았어. 새삼스럽게 왜 그
       래? (시계를 보며) 이것도 휴가라고 복귀하려니까 좆나
       후달리네.

귀진이 비닐봉지에서 맥주 캔을 꺼낸다.

오지훈   갑자기 무슨 술이야. 마시지도 못하면서.
오귀진   나 술 잘 마셔. 몰랐지?

맥주 캔을 죽 들이키는 오귀진.

오지훈   어쭈.

귀진이 맥주를 마시다 배꼽을 잡고 웃는다. 웃다가 다시 가래를 뱉듯
컥컥거리더니 마른침을 뱉는다. 지훈은 그런 귀진을 힐끔힐끔 쳐다본
다.

오지훈   아부지 방, 어떡할 거야? (짧은 사이) 내가 써도 되지?

귀진, 지훈을 빤히 쳐다본다.

오지훈   어차피 누나는 안 쓸 거잖아. 쓸래? 싫잖아. 내 방은 이
          제 작아서 발도 제대로 못 뻗어. 그러니까 내가 아부지
          방 쓸게. 지금 내 방은 옷 방으로 쓰고. 그래도 되지?
          나 말년 휴가 나가기 전에 방 정리 좀 해주라. (사이) 유
          품은 어떻게 할 거야?
오귀진   유품이랄 게 뭐 있어. 입던 옷은 헌옷 수거함에 넣고,
          그 방 가구나 자잘한 것들은 스티커 붙여 내놓으면 돼.
오지훈   옷은 원래 태워야 하는 거 아닌가?

오귀진   그게…… 태울 데도 마땅치 않고.

오지훈   그래도.

오귀진   귀찮아.

오지훈   뭐라고?

오귀진   귀찮아, 지훈아.

어색한 침묵. 귀진이 생각난 듯 지훈에게 손을 내민다.

오귀진   참, 잔돈.

오지훈   (어이없다는 듯) 뭐?

오귀진   잔돈.

오지훈   (장난하듯) 아, 됐어.

오귀진   줘, 잔돈.

오지훈   달랑 만 원 줘놓고 뭔 잔돈을 달래.

오귀진   (비닐봉지 안을 들여다보고는) 5천 원도 더 남았겠다.

오지훈   이따 내무반 애들 피엑스 쏴야 돼.

오귀진   니가 왜?

오지훈   휴가 턱.

오귀진   (웃으며) 누가 들으면 포상 휴가라도 나왔다 들어가는
          줄 알겠다.

오지훈   휴가는 휴가지.

오귀진   지난주에 돈 부쳤잖아. 벌써 다 썼어?

오지훈   진짜 줘?

오귀진   진짜 줘.

오지훈   (주머니에서 돈을 꺼내 던지듯 주며) 야야, 여깄다! 드러워
          서 진짜.

지훈이 일어서려다가 옆에 놓인 귀진의 맥주를 쏟는다.

오지훈   아, 씨발…….

귀진이 가방에서 두루마리 휴지를 뜯어 급히 양복을 닦는다.

오지훈   보풀 생기잖아! 손수건 없어?

오귀진   그게…… 없는데. 어쩌지?

오지훈   무슨 여자가 손수건도 안 갖고 다녀? 그만 좀 문대! 옷
다 상하잖아.

오귀진   화장실 가서 물로 살살 비벼봐.

오지훈   그러니까 내가 화장터에서 갈아입는댔지!

오귀진   화내지 마, 지훈아.

오지훈   (귀진을 노려보며) 너 같으면 이 상황에서 화가 안 나겠
냐? 마시지도 못하는 술은 왜 처마신다고.

쇼핑백을 낚아채듯 가지고 나가는 지훈. 귀진이 스마트폰을 꺼내 무언
가를 확인한다. 잠시 뒤 조명 바뀌며 무대 뒤쪽으로 마츠모토 준 팬클
럽 운영자 스윗준이 등장한다.

스윗준   오마이준님? 오마이준님?

오귀진   네. 스윗준님.

스윗준   신청만 해놓으시고 며칠 동안 연락 안 돼서 똥줄 타는
줄 알았음.

오귀진   그게요…… 집에 일이 좀 생겨서. 돈은 아까 입금했는

데……. 확인하셨죠?

스윗준 미션 컴플릿! 티켓 구하느라 정말 힘들었어요. 당일 암표로 구할 경우 열 배로 뻥튀기된다는 건 알고 계시죠? 정통한 소식통에 따르면 마츠준이 탄 크레인이 바로 코앞으로 지나가는 명당 중의 명당. 오히려 1층 어중간한 자리보단 훨씬 메리트 있죠.

오귀진 세상에! 고맙습니다.

스윗준 밥 한번 거하게 쏘삼! 참, 지난번에 얘기하신 선물이요. 준비됐나요?

오귀진 그럼요. (목도리를 손에 들고) 오늘 중으로 완성될 거 같아요.

스윗준 사실 팬클럽 운영자로서 이번 '아라시 도쿄돔 크리스마스콘' 단관 번개에 오마이준님을 합류시킬지 고민많았어요. 우리 팬클럽이 생긴 지 얼마 안 돼서 회원님들 충성도를 제대로 파악도 못한 데다 활동도 뜸하시고 나이까지 있으셔서. 하지만 신청란에 올려주신 사연이 우리 운영진의 마음을 움직였죠. 살짝 자작 냄새가 나긴 하지만.

오귀진 6년 전이었나. 사는 게 하도 재미없어서 뭐라도 배워볼 요량으로 일본어 학원에 다녔어요. 한 6개월. 직장인반이었는데, 대학생처럼 보이는 앳된 남자애가 하나 있었어요. 그 아인 사람들하고 한마디도 안 섞었어요. 쉬는 시간에도 늘 이어폰을 꽂고 있었거든요. 궁금했어요. 늘 뭘 그렇게 열심히 듣는지. 하루는 용기내서 물어봤는데 아무 말 없이 이어폰 하나를 내 귀에 꽂아주었어요. 난 그냥 물어본 건데, 참 다정하게. 그게 아

라시의 〈Love so sweet〉이었어요. 근데 너무 좋은 거
야. 뜻도 모르면서. 나중에 그 아이가 학원 그만두면서
선물로 노랫말을 적어주었는데 그게 또 그렇게 아름
다운 거예요. 신지루고토카스베떼(信じることがすべて)
아케나이요루와나이요(明けない夜は無いよ). 믿는 것이
전부예요. 새벽 없는 밤은 없어요. 꼭 걔가 나한테 해주
는 말 같았어요. 그래서 슬프고 힘들 때마다 이 노래를
흥얼거려요. 그러면 깜깜한 마음속이 새벽처럼 환해져
요. 신지루고토카스베떼 아케나이요루와…….

스윗준   (말을 끊으며) 일정 한 번만 더 체크할게요. 일주일 뒤
인천공항 출국 터미널 E카운터 앞에서 집합. 시간은
저녁 6시. 크리스마스이브라 사람 많을 거예요. 절대
늦으시면 안 되고요. 여권 꼭 챙기시고요. 당일은 하네
다 공항 근처 숙소에서 휴식을 취한 뒤 날 밝자마자 도
쿄돔으로 이동하겠습니다. 콘서트 굿즈를 건지려면 서
둘러야 하니까요. 콘서트 다음 날엔 아라시의 메카 자
니스 스튜디오 방문, 선물 전달할 예정이고요. 나머지
이틀은 자유여행. 환상적인 코스죠.

오귀진   설레요. 꿈같아요, 모든 게.

스윗준   꿈은 이루어집니다. 믿는 것이 전부예요. 마지막으로
구호 한 번 외치고 끊겠습니다! (동시에 동작과 함께) 마
키오코세(まきおこせ, 휘몰아치자)! 마키오코세! 아라시!
아라시! 포 드림—.

스윗준 퇴장. 잠시 뒤 군복으로 갈아입은 지훈이 들어온다.

오지훈   물로 빨아도 안 돼. 허연 게 떨어지질 않아. 그러게 왜
        다짜고짜 휴지로 닦아, 닦길. 가자마자 드라이 맡겨.
        (귀진의 반응이 없자 쇼핑백을 안기며) 드라이 맡기라고!
오귀진   응.
오지훈   화내서 미안해. (잠시 망설이다가) 근데 말이야. 한 가지
        만 물어보자.

귀진 켁켁거리다가 침을 뱉는다.

오지훈   아버지 뿌린 것도 귀찮아서냐?

사이

오지훈   난 사실 묻자고 할 줄 알았다.
오귀진   물어봤잖아. 화장해도 되냐고.
오지훈   그야 누나 귀찮을까 봐 그러자고 한 거지.
오귀진   맞아, 귀찮아. 귀찮아서 그랬어. 그럼 된 거잖아, 지훈
        아.
오지훈   아니, 그래도 말을 꼭 그 따위로 해야 하냐고.
오귀진   그게…… 묻으면 찾아가야 하잖아.
오지훈   그래서 길바닥에 뿌렸냐? 누나 진짜 무서운 사람이구
        나. 아부지한테 그래도 돼?
오귀진   나한텐…… 그래도 돼?

귀진, 바닥에 침을 뱉는다.

오지훈   씨발, 더러워 죽겠네. 아까부터 뭘 그렇게 뱉어대?

오귀진   입에 뭐가 들어가서.

오지훈   아, 뭐가.

오귀진   그 사람 뼛가루.

사이

오귀진   한 줌씩 뿌리다간 날 새겠다 싶어서 통째 들어 탈탈 털
         어버리는데 내 쪽으로 바람이 훅 불잖아. 그때 입에 들
         어갔어. 근데 아무리 물을 마셔도 목 안이 텁텁해. 꼭
         생선 가시 걸린 거 같아.

오귀진, 웃는다.

346

오지훈   웃겨? 야, 그게 웃겨?

오귀진   독한 인간. 죽어서도 들러붙네.

오지훈   (벌떡 일어나며 큰 소리로) 야, 이 미친년아.

오귀진   쉿! (나직한 목소리로) 너 지금 군복 입었어.

오지훈   내가 이 말은 안 하려고 했는데, 너 아까 화장터에서
         웃었지? 아버지가 불 속에 들어가는데 웃었지? 나 다
         봤어. 아이고 아이고 입으로는 곡을 하면서도 눈은 웃
         고 있는 거 다 봤어.

오귀진   지훈아. 있잖아, 그게…… 나 떠나려고.

오지훈   뭐?

오귀진   집 내놨어. 니 짐은 정리해서 재복이한테 맡겨놓을게.
         용돈 좀 쥐여주면 그러라고 할 거야.

오지훈 지금 무슨 소리 하는 거야?

오귀진 보증금 받으면 반 나눠서 통장에 넣을 테니 확인하고. 아버지 보험금도 처리 되는 대로 넣을게.

오지훈 갑자기 왜 그래…….

오귀진 나 마트도 그만뒀어.

오지훈 에이, 누나 내가 지랄해서 삐쳤구나. 나도 욱하는 성격 고쳐야 되는데. 그냥 좀 찜찜해서 그랬어. 평생 우리 고생시킨 인간이지만, 그래도 아부지니까. 근데 난 이해한다. 누나가 그러는 거 다 이해해. 그래, 내가 이해 못하면 누가 해.

오귀진 우리 지훈이, 많이 보고 싶겠다.

오지훈 누나.

오귀진 …….

오지훈 죽어가는 아버지 앞에서 그런 계획이나 짜고 있었냐?

오귀진 세상 뜨기 며칠 전부터 의식 잃고 횡설수설했어. 배고프다고 화도 내고. 세상 온갖 욕은 다 들은 거 같아. 근데 죽기 전날, 정신이 또렷해지더라. 숨소리도 고르고. 아버지가 마지막으로 한 말이 뭔지 알아? "귀진아, 미안하다. 내가 정말 미안하다." 자꾸 미안하다고 하니까 이상하게 나도 괜히 미안해지는 거 있지. 세상에, 내가 왜. 그만하래도 자꾸 미안하대. 그래서 내가 그랬어. "한 번만 더 미안하다고 하면 죽여버린다." 근데 있잖아, 결국 나도 미안하다고 해버렸어. 사는 게 참 씨발 같아. 그치?

오지훈 나 제대하고 나면 바로 취직할 거야. 말은 안 했지만, 요새 공조냉동기계기능사 자격증 공부도 하고 있다.

붙기만 하면 100프로래. 누나 고생한 거? 이젠 내가 다 갚을게. 그동안 진 빚, 다 갚을게.

오귀진   너 나한테 빚진 거 없어. 지훈아, 나한테 넌 구원이었어. 엄마가 우리 두고 떠나던 날이 생생하게 기억나. "앞으론 네가 지훈이를 엄마처럼 잘 보살펴야 한다." 엄마처럼……. 고작 열세 살짜리한테. 근데 그 말이 참 따뜻하게 들렸어. 그때 너 진짜 예뻤는데. 빨간 두 뺨이, 오물거리던 작은 입이. 지금도 눈에 선해. 웃기지만 널 키워야지 생각했어. 그래, 엄마처럼. 넌 나한테 구원이었어. 니가 커서 날 구원해줄 거라고, 이 지옥 같은 곳에서 날 데려가줄 거라 믿었어.

오지훈   맞아, 누난 나한테 엄마였어. 그리고 이제 벗어났잖아. 다 끝났잖아. 다시 시작하자. 내가, 내가 누날 구원해줄게.

오귀진   늦었어.

오지훈   그동안 어떻게 참았냐?

오귀진   이 순간을 기다리면서.

오지훈   씨발년아.

오귀진   욕하지 마.

오지훈   넌 쌍년이야. 어디 도망가봐라. 내가 못 찾을 줄 알아? 남자 있지, 너? (목도리를 바닥에 내팽개치며) 장례 치르면서도 줄창 이것만 뜨고 앉아 있드만. 왜, 그 새끼 주려고?

오귀진   (목도리를 주우며) 버스 들어온다.

오지훈   걸레 같은 년.

오귀진   그거 아니? 너 아버지 같아. 언제부턴가 그 사람 같아졌어.

오지훈 ·······.

오귀진 (짐을 챙겨 일어나며) 가자, 지훈아.

오지훈 안 간다면? 안 간다면 어쩔 건데?

오귀진 이거 놓치면 복귀 시간 늦어. 제대 석 달 남았잖아. 몸
사려야지.

오지훈 (버스 쪽을 바라보며) 미치겠네, 정말.

오귀진 건강하게 지내다 제대해. 말년에 사고 치지 말고. 양복
은 집 앞 세탁소에 맡겨놓을게. 돈은 미리 낼 테니까
잊지 말고 찾아. 괜찮을 거야, 비싼 거잖아.

지훈, 귀진과 버스를 번갈아 바라보며 안절부절못한다.

오지훈 (울 것처럼) 이게 뭐야, 씨발.

지훈, 버스 쪽으로 걸어가다 뒤를 돌아본다.

오지훈 누나! 나한테 왜 이래. 이러지 마라, 응? (사이) 내가 잘
할게······. (사이, 다급해져서) 마지막으로 나한테 할 말
없냐!

귀진이 지훈에게로 다가간다.

오귀진 지훈아, 넌 알고 있었잖아. 그치?

오지훈 뭘······ 알아.

오귀진 그런데 눈을 감아버린 거잖아.

오지훈   하나도 못 알아먹겠네.

오귀진   내가 그 사람 방에 들어갈 때마다…….

오지훈   누나…….

오귀진   눈을 감는다고 해결되는 건 아무것도 없어. 그치?

오지훈   나도…… 어쩔 수가 없었어.

오귀진   그래, 어쩔 수가 없었어. 우린 모두 어쩔 수가 없었어. 근데 지훈아, 이러다간 앞으로 내 인생 영영 어쩔 수 없어질 거 같아. 우리 지훈이, 마지막으로 한번 안아보자.

오귀진, 기둥처럼 서 있는 지훈을 껴안는다.

오지훈   이번 주말에 면회 와. 나 누나가 만든 잡채 먹고 싶다. 올 거지? 응?

오귀진   안녕, 이 지긋지긋한 새끼야.

버스 시동 소리가 들리자 지훈이 뛰어 나간다. 귀진은 원래의 자리로 돌아가 앉는다. 잠시 뒤 버스가 출발하는 소리. 귀진, 심호흡을 하더니 고개를 숙인 채 양 손을 모으고 〈Love so sweet〉를 부른다. 마치 통성 기도라도 하듯 간절한 표정으로.

그사이 무대는 인천공항 출국 터미널로 바뀐다. 무대 뒷면으로 시시각각 변하는 출발 전광판이 보인다. 그 앞에 서서 출국 비행편을 한참 동안 바라보는 귀진. 잠시 뒤 오주환이 귀진의 캐리어를 끌고 등장한다.

오주환   여기 계셨군요. 한참 찾았습니다. (캐리어를 건네며) 이

걸 두고 가셨길래.

오귀진   그게요…… 잠깐 화장실 좀 다녀오느라. (캐리어를 받으
며) 고맙습니다.

오주환   다시 한 번 확인했지만, 21시 30분에 출발하는 도쿄행
탑승자 명단에는 없습니다. 혹시나 해서 일주일 전후
내역까지 확인했는데 역시 없었고요. 뭔가 착오가 생
긴 것 같은데요.

귀진, 말없이 오주환을 바라보고 있다.

오주환   인터넷 사이트로 알게 된 사람이라 하셨죠? 제 생각엔
우선 경찰에 신고를 하시는 게 좋을 것 같은데……. 안
내해드릴까요?

오귀진   오, 주, 환. 저랑 성이 같네요.

오주환   네?

오귀진   전 오귀진이에요. 귀할 귀에 보배 진. 귀한 보석처럼 사
랑 받으라는 의미래요.

오주환   급한 일정이시면 다른 항공편을 알아봐드릴 수도 있습
니다. 기다리시면 노쇼가 생길 수도 있고요. 어떻게 하
시겠어요?

오귀진   아뇨. 집에 갈 거예요.

오주환   그럼 제가 더 도와드릴 일이…….

오귀진   여기서 독산동 가는 버스가 있나요?

오주환   1층 입국장으로 내려가셔서 나가시면 버스 터미널이
있습니다. 아마 있을 거예요. 서울 웬만한 덴 다 가니까
요.

오귀진   고맙습니다.

귀진, 허리를 숙여 인사를 한 뒤 다시 출발 전광판을 올려다본다. 오주
환, 가려다가

오주환   저기……. (귀진이 돌아보자 티켓을 건네며) 이거 리무진
         버스 승차권인데…… 괜찮으시다면 가지세요. 전 통근
         버스 이용해서 필요 없거든요.
오귀진   저한테 이걸 주신다고요?
오주환   어쩌다 한 장 생겼어요. 뭐 별건 아니지만.
오귀진   …….
오주환   진짜 별거 아니에요.

352

귀진, 오주환을 물끄러미 바라보다가 티켓을 받는다.

오귀진   참 다정하세요.
오주환   유효기간이 올해까지라 며칠 안 남았어요. 부담 가지
         실 필요 없어요.
오귀진   잠시만요.

귀진이 캐리어를 연다. 그 안에서 옷이며 잡동사니가 쏟아져 나온다.
귀진, 개의치 않고 빨간 털목도리를 꺼낸다.

오귀진   이건 제 선물이에요.

오주환이 난감해하자 귀진이 목에 걸어준다. 다시 목도리를 귀진의 손

에 들려주는 오주환.

오주환   죄송합니다. 제가 목 주위에 피부 알러지가 있어서 겨
       울에도 이런 걸 못 해요. 마음만 받겠습니다. 정말 미안
       합니다.

오주환, 잠시 머뭇거리다가 도망치듯 자리를 떠난다. 그 모습을 바라보
던 귀진, 다시 쉴 새 없이 변하는 전광판을 올려다보다 캐리어에 짐을
쑤셔 넣은 뒤 의자로 가 앉는다. 손에 들고 있던 목도리를 자신의 목에
돌돌 감는 귀진.

오귀진   아케나이요루와나이요. (희미하게 웃으며) 메리 크리스
       마스, 오귀진.

한동안 멍하니 앉아 있던 귀진, 다시 캑캑거리며 마른침을 뱉는다.

암전

전하지 못한 인사

유희경

등장인물

노라　21세, 여자, 대학생
영춘　21세, 남자, 대학생, 노라의 동기
남자　노라의 아빠, 태극권을 하는 사람, 죽은 사람

시간

어느 가을 밤

공간

모 대학 앞 버스 정류장. 그 앞은 황량하다 할 정도의 도로로, 이따금 보이
는 차들마저 거친 속도로 지나간다. 이 버스 정류장은 시내를 거쳐 다른 도
시로 넘어가는 버스들이 서는 곳이다. 환하지도 유난히 어둡지도 않은 빛
자리 아래, 낡은 벤치 두 개가 놓여 있다. 그중 하나가 유난히 오래되어 보
인다. 자세히 들여다보면, 사람들의 손때에 반짝이기까지 한다.

작가 노트

• 남자는 실체가 없다. 그러므로 실제 노라와 영춘보다 어린 배우가
　역할을 맡아도 무방하다.

조명 들어오면 버스 정류장. 더 낡고 오래된 자리에 노라가 앉아 있다. 가방을 아무렇게나 두고, 책을 무릎에 올려놓고 있다. 깊은 생각에 빠져 있는 것 같기도 하고, 그저 멍해 보이기도 하다.

잠시 뒤 한손에 비닐봉지를 쥐고 영춘이 등장. 깔끔한 차림에 조금 취했다. 영춘, 벤치에 앉은 노라를 발견한다. 놀란 듯 잠시 멈췄다가, 슬금슬금 다가간다. 노라임을 확인하는 영춘. 노라는 영춘이 다가오는 것을 눈치 채지 못한다.

영춘   어우 깜짝이야. 귀신인 줄 알았다, 야. 뭐해? (노라를 살펴보곤) 헐 대박. 버스 정류장에서 책 읽는 여자가 있다는, 그 믿을 수 없는, 믿기 힘든 소문이 사실이었어? 노라, 너 진짜 대박이다. (휴대폰 카메라를 켜며) 야야. 웃어. 이 풍경, 사진으로 좀 남겨서 역사에 기록해야지.

노라   찍지 마라.

영춘, 노라 무릎 위의 책을 들추려 한다. 노라, 거칠게 낚아챈다.

영춘   이 가을 밤, 책과 컨버세이션은 어때? 책이 뭐래는데? 외롭대? 외로운 청춘끼리 이 밤 한번 불태워보자는 거야? 불 질러달라고? 여기 있다, 라이터. 어우야, 뜨듯하겠다.

노라   꺼져.

영춘   야. 너도 언젠간 사회라는 정글로 던져질 텐데, 말 좀 곱게 해라. 언제까지 험한 말 할래. 너 사회에선 그런 거 용납 안 해줘. 오빠가 참 걱정이다.

영춘, 노라의 옆자리에 앉으려 한다. 노라, 막는다.

노라   너랑 놀 기분 아니니까, 좀 가라고.

영춘   하! 나도 너랑 놀 생각 없거든?

노라   (옆자리를 가리키며) 그럼 좀 떨어져 앉는 게 어때?

영춘   으응. 안 돼 안 돼. 내가 이 자리에 용무가 좀 있거든.
        그러니까 니가 가라.

노라   아 진짜!

영춘   거 참, 승질은. 야, 오빠가 어련히 알아서 설명해줄까.
        귀 열어. 딱 한 번만 말해준다. 너 전설의 버스 정류장
        이라고 들어봤냐? 니가 들어봤을 리 없지……. CC만
        무려 스무 쌍! 헤어졌다가 다시 만난 커플은 이 수치에
        서 제외된다. 쩔지. 죽어. 그 전설의 자리가 바로 여기
        야! 이 자리! 여기 앉아서 고백만 하면 논스톱으로 커
        플이 된다, 이거야. 아멘. 난 지금 벤츠보다 이 벤치가
        필요하다. 중요한 건 자정! 벤치님이 행하신 그 무수한
        기적 중 최고는 바로 자정에 이루어진다 이 말이지.

노라, 영춘을 째려볼 뿐 대답하지 않는다.

영춘   야, 그렇게 감 떨어져서 어떡하니. 오빠가 이 자리를 원
        한다고. 오늘 자정에 새 역사가 이뤄지는 거지. (비닐봉
        지에서 맥주를 꺼내 야성적으로 뜯는다.) 아우 씨. 좆나 멋
        있어. (머리를 쓸어넘긴다) 나는 성이 독고여야 했어. 독
        고영준. 멋있지? 막 반하고 싶지?

노라 배영춘 학우님. 미친 건 좋은데, 여기 제가 먼저 앉았거든요. 저리 좀 가주시겠어요. 제가 지금 기분이 별로 안 좋네요.

영춘 야! 영준이라고! 이름 바꿨다고!

노라 웃기시네. 넌 딱 영춘처럼 생겼거든? (얼굴을 찌르며) 배, 영, 춘.

영춘 그래. 네 맘 안다. 근데 어떡하냐. 오빠는 나쁜 여자 별로 안 좋아하는데.

영춘, 자리에 앉아서 맥주를 한 모금 마신다.

노라 어딜 앉아!

영춘 너, 알지. 일숙이. 이름만큼 고전적인 미녀. 키 162. 몸무게가 생략된 청순한 걸.

노라 아 몰라!

영춘 질투하지 말고 들어라. 오빠가, 요즘 일숙이를 보면 심장이 바운스 바운스 한다. 심장아, 안녕? 참 오랜만이야. 지금, 바로, 그 일숙이가 도서관에서 열공 중이라고. 이제 느낌 좀 와?

틈.

영춘 아우 답답해. 내가 벽하고 얘기하지. 공부가 끝나면, 그 여린 영혼이 어떻게 하겠냐. 거기서 잘까? 그게 가능해? 집에 가야지. 집에 가려면, 글치 바로 여기야. 여기로 온다고. 막차를 타기 위해서. 근데 여기엔 뭐가 있

다? 기적의 벤치님이 계시다. 거기에 누가 있다? 바로
이 독고영준님이 계시다 말이야. 근데, 내가 뭐하고 있
어. 글치. 맥주를 먹고 있잖아. 쓸쓸히 어둠의 4차선을
응시하면서. 그때, 일숙이 등장한다. "영준 오빠 무슨
일이에요?" 나, "어 안녕." 잠시 침묵, 바람에 날리는 영
준의 칠흑 같은 머리카락. 그때 내가 이야기하지. "일
숙아, 우리 사귈까?" 그럼 귀밑머리를 넘기던 우리 일
숙이 어떻게 돼? 그냥 마법에 걸리는 거야. "네, 오빠."
그때 내가 일숙이를 확 끌어안고는, 아멘.

노라 술 얼마나 처마셨니?

영춘 5백.

노라 너 진짜 대단하다. 어떻게 5백 한 잔에 이 지랄이 가능
하니.

영춘 아 말 좀! 너 때문에 여성에 대한 나의 존경심이 무너
지잖아.

노라 너 왜 이러니. 귀찮다잖아. 생각할 게 있다고, 나 지금.
그러니까 좀 가줘. 부탁이야.

영춘 왜? 뭐? 생각? 무슨 생각?

노라 내가 너한테 왜 말해야 하는데. 그냥 그렇구나, 하고 가
면 좀 안 되니?

영춘 이야, 이건 또 뭐래니. 야. 내가 이때를 위해 투자한 정
성과 시간이 얼만지 알아? 기브 앤 테이크. 내가 말했
으면 너도 해야지. 먹었으면 뱉어내든가. 아니면 떨어
지든가. 유 노?

노라 배영춘!

영춘 배영준이라고!

노라   아! 짜증 나!

영춘   (깜짝 놀라며) 너 이 자식! (틈) 이제 알았다. 그래, 노라
       야. 나는 한 사람에게 다 주지 않는다. 언제나 10프로
       쯤 남겨두지. 가져가라. 내 마음의 3프로.

노라   야!

영춘   5프로. 더는 안 돼. 남자에겐 빈방이 하나쯤 필요하니
       까.

노라   이 새끼가!

노라가 영춘의 머리를 후려갈긴다.

영춘   그래! 이거야! '독사 노라'가 돌아왔어! 여러분, 제 친구
       '독사 노라'가 돌아왔다구요!

노라   아, 진짜 미치겠네. 넌 농담 빼곤 할 줄 아는 게 없어?
       그런 것, 상대 상태를 봐가며 하는 거 몰라? 너 말이야
       왜 앞만 보고 달려? 사람이라면 옆도 뒤도 볼 줄 알아
       야 할 거 아니야. 그러니까 애들이 널 싫어하는 거야.
       알아?

영춘   뭔데, 말해봐. 이 오빠가 다 들어줄게. 내가 우리 과 스
       위스 은행이잖냐. 한번 들어가면 국정원이 요청해도
       안 나와. 괜찮아. 누구한테 차였어? 응? 우리 과야? 그
       래서 이렇게 풀 죽어 있는 거야?

노라   아우, 이 미친 새끼야!

노라, 영춘의 맥주를 빼앗아 벌컥벌컥 마신다.

영춘   야! (비닐봉지에서 맥주를 한 캔 더 꺼내며) 또 있지롱.

노라, 맥주를 들이켠다. 한 캔이 모두 사라지자, 영춘은 한 캔 더 꺼내
노라 옆에 둔다.

노라   술도 못 마시는 게.

영춘   깡소주 두 병 기본이거든.

노라   웃기시네. 지난 개강 파티 때, 고작 맥주 몇 잔 먹고 골
       목에서 웩웩거리는 거 다 봤어! 아, 좋네. 니 이름 이걸
       로 바꿔라. 배웩웩.

영춘   누가 그래? 그, 허— 어이가 막 쓰러지고. 야……. 그날
       내가 컨디션이 좀 안 좋아서……. 너 말고 또 누가 봤
       어? ……일숙이도 봤어?

노라   내가 어떻게 알아? 걔한테 관심 없거든?

영춘   웃기네. 너네 여자들, 예쁜 애들 관심 없다면서 다 스
       캔하고 있는 거 모를 줄 알지. (여자 목소리를 흉내 내며)
       "걔 얼굴 했지? 그 가방 짝퉁이지? 끼 부리는 거 봤어?
       지가 공준 줄 알아. 막 웃겨. 대박!" 이러한, 공감강요적
       의문형을 남발하면서.

노라   아이고 여자 박사 나셨네. 아주 척척이셔. 그러면서 왜
       맨날 여자들한테 차이고 다니는 건데? 야, 그리고 애들
       그만 괴롭혀. 맨날 이리 찝쩍 저리 찝쩍. 애들이 너 출
       석부래. 과 모든 애들한테 다 껄떡댄다고.

영춘   내가 언제!

노라   이름 대봐? 영숙이, 혜숙이, 기숙이……. 그러고 보니
       다 숙이네. 너 숙에 페티시 있지?

영춘   와 진짜, 진짜, 너 완전 어이없는 애구나?

두 사람, 습관적으로 건배를 하고는 기분이 나빠져서 맥주를 들이켠다.
긴 사이.

영춘   (진지해져서는) 뭔데 그렇게 코가 쑥 빠져 있냐. 말해봐.
      말해야 속이 시원해지지. '옆에 누가 있구나.' 그렇게
      안심도 하고.
노라   난 안 그래. 너처럼 나불나불 떠들어야 속이 다 풀리
      는 건 아니라고. 말하기 싫어! 싫다고! 니가 뭔데. 세상
      사람들이 다 너 같은 줄 알아? 너처럼 하루 종일 찝쩍
      대고, 농담 따먹기나 하고, 천하태평 지 멋대로 사는 줄
      아냐고. 난 너 같은 사람이 제일 싫어! 남 속도 헤아릴
      줄 모르고 혼자 멋대로 구는 인간들!

361

긴 사이. 멀리서 버스가 오는 소리. 하지만 두 사람은 듣지 못한다.

영춘   그냥 우울해 보여서 풀어주려고 한 건데.
노라   에이 씨. 뭐 이래.

노라, 울기 시작한다. 영춘, 당황한다.

영춘   야, 그렇다고 울고 그러냐.
노라   (훌쩍이며) 너 때문 아냐. 아빠 때문이야. 그 망할 인간.
      왜 꿈에 나와서……. (눈물을 닦으며) 아빠 꿈을 꿨어. 8
      년 동안 한 번도 꿈을 꿔본 적이 없는데. 나도 그 편이

좋았고. 근데 학교 오는 버스 안에서 그 인간 꿈을 꿨
거든.

노라, 눈물을 닦고 울기를 멈추려 애쓴다.

노라   그 인간이 뭐래는 줄 알아? "딸아, 잘 지냈지?" 잘 지냈
지? 어이가 없다. '잘 지내?'도 아니고, 잘 지냈지? 나
한텐 의무가 있고, 자기한테는 권리라도 있는 것처럼!
그래서 내가 뭐랬는줄 알아? (허탈하다는 듯 웃는다) 아
—씨발. 그랬어. 아빠한테. 8년 만에. 나 못됐지?

영춘   아빠들은 다 그래 원래. 그냥 불쑥 나타나고 그런다고.
불쑥 보고 싶고 불쑥 밉고 그런 거라고. 불편하지. 어
색해. 그래도 어떡하냐. 그런다고 사라지는 것도 아니
고…….

노라   웃기시네. 넌 몰라. 그 인간이 나하고 엄마한테 어떻게
했는지. 평생 사방팔방에 빚이나 지고……. 불쌍한 우
리 엄마가 얼마나 고생했는데. 나, 아빠란 인간한테 선
물이란 걸 딱 한 번 받아봤다. 그게 뭔지 알아? 새우깡
이야, 새우깡. 엄마 지갑에서 훔친 만 원으로 생색내듯
이. 새우깡 봉지 들고 집에 들어갔더니, 엄마가 나를 두
드려 패는 거야! 아빠가 사줬대도, 막 때리는 거 있지.
아빠는 오질 않고. 그게 좆나 서럽고 억울했거든? 근
데, 좀 커서 생각해보니까, 그게 나를 때린 게 아니야.
근데, 엄마를 이해하는 게 또 싫어. 좆나 싫어.

사이

362

노라   실은 거짓말이야. 좋더라. 그런 사람도 아빠라고 좋았
      어. 아니 그랬던 것 같아. 꿈에서 깼는데 후회가 되더
      라, 그냥, 그냥 딱 한마디만 하는 건데. 아빠, 안녕. 아
      빠, 잘 가. 그러면 되는 건데. 혹시 다시 나올까 싶다가
      도. 그게 말이 안 되잖아. (사이) 넌 우리 아빠랑 똑같아.
      어우. 난 내가 제일 불쌍해. 남자 복이라곤 어디서 주워
      쓰려고 해도 쓸 데가 없어. 주위에 맨 이런 사람들 천
      지니.

영춘   기껏 이야기 들어줬더니 결론이 그거야?

노라, 자리에서 벌떡 일어나 씩씩하게 기지개를 편다.

노라   아. 내가 미쳤지. 야. 너 가방 좀 보고 있어. 화장실 좀
      다녀오게.

영춘   아 싫어. 일숙이 오면 어떡해.

노라   니가 그러니까 애인이 없는 거야. 멍충아. (퇴장하며) 가
      방 뒤지면 뒤진다.

노라, 퇴장한다.

영춘   지도 없으면서. (자신의 몸 이곳저곳의 냄새를 맡아보면서)
      아 씨발. 술 너무 많이 마셨네. 술 냄새 나는 거 아니겠
      지?

영춘, 멍하게 앉아 있다가 노라의 가방을 훔쳐본다. 책도 들춰보고 그

러다가 고개를 숙인다. 사이. 버스가 도착하는 소리. 남자, 태극권 동작을 취하면서 등장. 영춘 쪽으로 다가간다. 거침없이 영춘에게 다가가 뺨을 때려 깨운다.

영춘   아, 진짜! 안 잤어! 잠깐 생각했어. 니 가방도 안 봤어!
남자   이런 데서 자면 입 돌아간다.

영춘, 남자를 보곤 황당해한다.

남자   그리고 일숙이 남자친구 있어.
영춘   네?
남자   일숙이 남자친구 있다고.
영춘   아저씨 누구세요?

남자   걔 여우야, 여우. 그런 애한테 잘못 걸리면 5, 6년 혹 간
       다. 남자가 한둘 있는 게 아니라고. 이 버스 정류장에서
       걔를 기다린 남자가 몇 명인 줄 알아? 모르지? 쯧. 영
       춘이 너는 그래서 안 돼.

영춘, 자신의 이름까지 나오자 공포에 질린다. 남자, 아랑곳하지 않고 "일숙이는 남자친구가 있다"를 구령 삼아 태극권을 한다.

영춘   아저씨 정말 누구세요?
남자   누구긴 누구야. 니가 생각하는 바로 그 사람이지.
영춘   네?
남자   아, 노라 애비라고!
영춘   에이……. (사이) 진짜!? 그럼 귀신이세……요?

영춘, 울려 한다.

영춘   아저씨 죽었다면서요?

남자   어른한테 죽었다가 뭐냐. 버르장머리 없는 놈 같으니
       라고. 너 잤잖아.

영춘   아저씨가 깨웠잖아요.

남자   그러니까 꿈이라고.

영춘   아. 그렇구나. (사이) 근데 제 꿈에 왜 나오셨어요?

남자   내가 알아? 미친놈. 네가 내 꿈을 꿔놓고 나한테 그걸
       왜 물어?

영춘   그러니까 제가 아저씨 꿈을 꾸고 있는 중이라 이거죠?

남자   그렇지.

사이

영춘   아무래도요, 등장 순서가 잘못된 거 같은데, 노라, 지금
       화장실 갔어요. 들어갔다가 좀 이따가 다시 나오시면
       만나실 수가…….

남자   싫어.

영춘   왜요?

남자   내 맘이지.

영춘   아니 제 꿈인데 왜 아저씨 마음이에요?

남자   (태극권을 멈추고) 근데 너는 친구 애비를 만나면 먼저
       인사를 해야 하는 거 아니냐?

영춘   아. 네. 그렇죠.

영춘, 잠시 머뭇거리다가, 큰절을 두 번 한다.

남자   오냐.

남자, 다시 태극권을 한다. 멀뚱히 보고 있는 영춘. 사이

영춘   근데 뭐 하세요?
남자   태극귀언.
영춘   태극권을 왜 하시는데요?
남자   죽으면, 시간 안 가아― 심심해―. 뭣보다, 일단 적성에
       맞아. 진작 시작할걸.
영춘   딴 것도 많을 텐데.

남자   이게 세상의 이치다. 오면, 가고, 받으면, 주고. 밀물과
       썰물 그런 게 인생이지.
영춘   세상에 이치가 어딨어요. 되는 대로 굴러가는 거지.
남자   오! 보기보다 똑똑하구나? 그래봐야 멍청하지만.
영춘   아저씨. 뭔가 잊고 계신 것 같은데요, 이거 제 꿈이거든
       요?

사이

영춘   아저씨.
남자   왜애―.
영춘   아무래도요, 이따가 다시 오시는 게 좋겠어요. 노라가
       요, 아저씨 기다리는 거 같아요. 할 말이 있다니까 만나

보세요.

남자   시러어—. 싫다.

영춘   실은 아까 노라한테 얘기를 들었는데요. 후회한데요, 노라가. 그러니까······. 아, 뭐 들어보니까 아저씨도 잘 한 거 없으시더만요. 또 걔도 어리고요. 저희가 자주 싸 우기는 하지만, 그래도 좀 친한데요, 걔가 참 여려요. 예민하고. 아저씨한테 상처를 좀 받았던데요.

남자, 태극권을 멈추고 영춘 옆에 앉는다.

남자   영춘아.

영춘   네.

남자   사람은 누구나 상처를 입는 거야. 그리고 누구나 상처 를 주지. 나는 노라에게 화가 난 것도 아니고 그럴 이 유도 없어. 난 죽었고, 그걸로 된 거야. 축구로 따지자 면, 전반에 한 골을 넣은 팀이나, 후반에 한 골을 넣은 팀이나, 같아. 일대일이지. 언제나 일대일이야. 알겠 니?

사이

영춘   잘 모르겠는데요.

남자   멍청한 놈.

영춘   아니 그게 무슨 말도 안 되는 소리예요.

남자   아까 내가 말했다시피 말이다, 네 꿈이야. 네 꿈에 내가 나왔고 나는 태극권을 하고 있고. 다 말이 안 되지만,

세상 일이 다 그런 거지.

남자, 자리에서 일어나 다시 태극권을 시작한다. 영춘, 그런 그를 멍하니 바라본다.

영춘   아저씨. 근데 일숙이 정말 남자친구 있어요?

남자   있어.

영춘   그럴 줄 알았어. 내가 하는 게 그렇지. 언제나 그래요, 저는.

남자   넌 멋진 녀석이야. 곧 예쁜 여자친구를 얻을 수 있을 거다.

영춘   아저씨도 좀 괜찮은 분이네요.

남자   영춘아.

영춘   네.

남자   내가 말이다. 죽은 다음에 알게 된 게 있는데 말이다.

영춘   그게 뭔데요?

남자   미안해. 그리고 고마워.

영춘   뭐가요?

남자   그거라고. 미안해. 그리고 고마워.

사이

남자   살면서 좀 어려운 일이 있거나 하면 말이지. 이렇게 말하면 다 풀려. 뭐랄까, 열쇠 같은 거지, 만능 열쇠.

영춘   (중얼거리듯) 미안해. 그리고 고마워.

사이. 남자, 일어나 멀어져간다.

영춘   아저씨, 어디 가세요?
남자   이제 너 깰 때가 됐다. 얻어맞기 전에 알아서 깨.
영춘   저기 아저씨. 노라가요, 안녕히 가시래요. 아빠, 잘 가,
      그랬어요. 그 말을 하고 싶대요.
남자   그래?

남자, 퇴장한다. 조명 바뀐다. 노라, 등장. 한결 가벼워진 표정과 걸음걸
이다. 멍하게 앉아 있는 영춘을 보고 혀를 찬다.

노라   야, 뭐해?
영춘   (멍하니) 생각하고 계시다. 생각.

노라   일숙이 그 계집애 생각?

영춘, 진지한 얼굴로 노라의 얼굴을 들여다본다. 노라, 갑작스러운 영
춘의 태도에 당황한다.

영춘   알아. 걔 남자친구 있는 거.
노라   (머뭇대다가) 어떻게 알았어?
영춘   어떻게 하다가 알게 됐어.
노라   뭐야, 벌써 왔다 간 거야?

영춘 대답하지 않는다. 노라, 영춘을 보다가 혀를 차고는 가방을 챙겨
든다.

노라	아, 몰라. 들어갈 거야. 버스 시간 다 됐다.
영춘	노라야. 너희 아빠, 혹시 태극권 하셨니?
노라	무슨 헛소리야?
영춘	혹시 축구는 어때? 축구 좋아하시거나 그랬어?

노라, 영춘의 뒤통수를 때린다.

노라	나 지금 밀려오는 후회가 감당이 안 되거든? 우리 아빠 얘기 어디 가서 하면 난 창피해서 죽고 넌 맞아 죽고, 알았어? 입만 뻥긋해봐, 아주.
영춘	안 해.

멀리서 버스 오는 소리가 들린다. 아까완 달리 분명한 소리다.

370

영춘	노라야, 미안해. 그리고 고맙다.
노라	됐거든. 너 꼬장 부리는 거 한두 번 보는 것도 아니고…….
영춘	아니…… 그게 아니라. 됐다. 가끔은 그럴 때가…… 만능 열쇠…….
노라	뭐래? 아휴 너를 어쩌니……. 나, 간다!

노라, 일어나지만 영춘은 일어나지 않는다.

노라	아, 안 갈 거야?
영춘	노라야, 우리 사귈래?
노라	미친 새끼.

영춘 여기, 마법의 벤치라고. 내가 방금 체험했다. 계시를 받
      았다고.

노라 아 미쳤어. 미쳤어. 술 그만 처먹고. 조심히 들어가라.

영춘 내일 점심 먹자.

노라 계속 입 놀려. 응?

버스가 정차하는 소리. 노라, 가방을 챙겨 들고 퇴장한다. 영춘, 그런 노
라를 지켜본다가 손을 흔든다. 영춘, 뭐라고 중얼거리는데, 그 소리는
잘 들리지 않는다. 조명 천천히 내려앉다가, 노라의 빈자리를 오래 비
춘다.

암전

소

천정완

등장인물

민규   45세, 막일꾼, 반쯤 소
정규   43세, 막일꾼, 막 시작된 소
민주   36세, 작가 지망생
아버지   68세, 전직 막일꾼, 현재 소, 목소리

시간

현재

공간

지방 어느 간이역 앞 광장

조명이 들어오면 광장. 민규와 정규가 긴 의자에 앉아 민주를 기다리고 있다. 정규, 긴 목줄을 잡고 있다. 민규, 반쯤 졸며 되새김질을 하고 있다.

정규   (민규를 보며) 배 속에 있는 거 올려서 다시 씹지 말라니까. 형, 사람이 말을 하면 좀 들어. 형 아직 사람이잖아.

민규   둬―. 놔둬―. 난 이게 좋다. 난 이게 맛있다.

민규, 아랑곳하지 않고 되새김질을 하고 있다.

정규   몰라. 알아서 해. 소 새끼가 되든지 사람 새끼가 되든지. (소를 보며) 아, 좀 아무거나 먹지 말라니까요. 화단에 심어놓은 꽃을 왜 먹어? 뭘 그렇게 쳐다봐요? 서운해요?

아버지 음매―.

정규   먹어요, 먹어. 그래요, 드십시오. (사이) 언제 내 말 듣는 사람인가.

민규   몇 시야? 지금 몇 시야?

정규   아까 알려줬잖아. 10분도 안 지났어.

민규   (되새김질을 하며) 정규야. 10분이 10년 아니 백 년 같다. 44짜리 가꾸목 한 단을 어깨에 이고 3층짜리 아시바를 오르는 것 같다. 그것도 나 혼자. 정규야, 등이 끊어지도록 심심하다. 현장에 가서 공구리 한번 신명나게 쳐봤으면 좋겠다. 정규야. 그런데 손이 없어지니 신명난 공구리는커녕 이젠 삐빠질도 못 하겠구나.

정규   (물끄러미 민규를 바라보다가) 됐어. 이젠 좀 쉬어.

소

민규   그래, 그래야지. 소처럼 일하다가 소가 돼가는 판인데,
그래야지. 암. 음매—. (사이) 내가 또 소처럼 울었구나.
이젠 속상하지도 않다. 정규야. 이제는 사실 니 말도 잘
모르겠다.

민규, 되새김질을 하며 졸기 시작한다.

정규   (소를 보고는) 왜요? (사이) 3시까지 온대요. 이게 뭔가
싫죠? 나도 이게 뭔가 싫네요. 그런데 어떡해? 뭔가 싫
은 일이 떡 벌어졌는데. (사이) 야, 이 새끼야. 가, 인마.
만지지 말고 썩 가, 새끼야. 버르장머리 없는 새끼. (사
이) 애들이 주는 거 받아먹지 좀 마요. 무슨 소가 초콜
릿이니 껌이니 사람이 먹는 걸 먹어요. 그러니까 자꾸
아프잖아. 저번에 빌라 주차장에 여물 먹은 거 다 토해
놓고. 303호 차 빼야 되는데, 아프다고 누워서 비키지
않고.

아버지   음매—.

정규   이상하잖아요. 형도 그렇고 아버지도 그렇고. 누구한
테 말도 못 하겠어요. 미친놈 소리 들을 것 같아서요.
아버지 뿔 처음 봤을 때 내가 얼마나 놀랐는지 알아
요? 그때 놀라서 형 꼬리 나왔을 때는 한번 씩 웃고 말
았어.

아버지   음매—.

민주가 등장한다.

민주   작은오빠, 뭐 해?

정규   왔냐? (사이) 아버지랑 이야기하고 있었어.

민주   (물끄러미 소를 바라보다가) 말이 통해?

정규   통해. 아버지 꼬리 한번 흔들어봐요.

민주   (소를 보다가) 오오. 통하네. (사이) 아버지. 나 왔어요. 베 짱이 막내. 꼬리 한번 흔들어봐요. (보다가) 오오. 한 번 더, 한 번 더. (사이) 오오. 한 번만. 딱 한 번만.

정규   그만해라. (사이) 그나저나 좀 늦었네.

민주   기차가 조금 연착했어. (사이) 큰오빠는?

정규   (가리키며) 있잖아.

민주   (놀라며) 이게 큰오빠야? 벌써 이래? 아버지 때보다 속 도가 더 빠르네.

정규   두 배는 빠른 것 같네. (사이) 너 근데 얼굴이 왜 그러 냐?

375

민주   잠을 못 잤어. (벅차서) 오빠. 나 너무 설레서 한숨도 못 잤어. 잠자리에 누웠는데, 별들이 쏟아지듯 내 가슴 위 로 생동감 있는 문장들이 잉어처럼 펄떡였어. (수첩을 꺼내 쓰며) 아, 잉어. 이 표현 좋아. 죽여. 막 슬퍼. 아버 지 좀 봐. 소가 됐어. 소, 내가 감당하기에는 너무 거대 한 은유야. 소. 아! 소.

정규   넌 참 안 변하는구나.

사이, 정규의 전화벨이 울린다. 정규, 민주를 힐끗 보더니 멀리서 받는 다.

민주   (수첩을 펴들고) 오빠! 오빠! 큰오빠! 일어나봐! 큰오빠!

소

민규가 잠에서 깬다. 민규, 되새김질을 시작한다.

민주   어떤 기분이 들었어? 그러니까 처음 소가 되려고 할
         때.

민규   그냥 멍했다. 멍했어. 뇌는 꺼지고 눈만 켜진 것처럼.
         아! 내가 소가 되고 있구나, 생각하니 니 작은오빠가
         밥 먹고 누우면 소 된다고 눕지 말라고 그렇게 잔소리
         를 했는데, 좀 들을걸 했다. 그러고는 슬펐다. 슬펐어.
         평생 사람처럼 못 살고 아 진짜 소가 되는구나, 생각이
         들었다. 니 작은오빠가 베트남 색시 얻으라고 할 때 들
         을걸 하며 외롭기도 했다. 민주야. 나 얼마나 소처럼 보
         이냐?

376

민주   얼마나? 어떤 얼마나?

민규   그러니까 얼마나 소처럼 보이냐고. 얼마나 소처럼 보
         여? 딱 소다, 아니면 얼핏 소다, 아니면 자세히 봐야 소
         다, 이렇게 얘기를 해줘야 돼. 민주야. 오빠는 지금 이
         순간도 소가 되고 있는 중이야. 점점 소가 돼. 음매—.

아버지 음매—.

민주   (생각하다가) 소 같아, 소.

민규   딱 소?

민주   얼핏 소.

민규   그나마 다행이다. 민주야, 근데 나 망치가 쥐고 싶다.

민주   왜?

민규   망치를 안 쥐고 있으니까 내가 꼭 더 소 같다.

정규가 민주 옆에 앉는다.

정규   무슨 이야기를 그렇게 했냐?

민주   얼핏 소 이야기. (사이) 작은오빠, 근데 무슨 전화를 그
       렇게 심각하게 받아?

정규   현장에서 사고가 났대. 가다와꾸(거푸집) 구미다데(조
       립) 하다가 기레빠시(조각)가 나서 고데(흙손) 들고 있던
       애 팔이 잘렸나 봐. 막 고등학교 졸업한 앤데. 노가다계
       에서는 보기 드문 기술적, 정신적 발전을 같이 이루던
       꿈나무였는데. 병신 됐지.

민주   소만도 못하게 됐네. (사이) 근데, 가다가 어쩌고 다데
       가 어쩌고 그 말은 참 이상한 말이네.

정규   이상하지. 이상해. 다 정상이 아니지. 저쪽에서는 아파
       트 몇 십 동이 무너지고 이쪽에서는 동시에 그만큼이
       올라가. 아마 인간이 나타나고 노가다가 멈춘 적은 단
       한 번도 없을 거야. 우리 같은 사람이 계속 생겨나. (사
       이) 왜 멈추질 않을까?

민규   (되새김질을 하며) 애들아, 지금이 몇 시냐? 아침에 먹었
       던 걸 또 씹고 또 씹고 또 씹으니 점심이 오지 않는 것
       같다. 이건 참 지루한 일이다. 이렇게 계속 같은 걸 씹
       고 있으니까 기분이 질겅질겅하다. 시간이 왜 이렇게
       더디냐?

아버지   음매—.

사이

정규   그나저나 넌 어때?

민주   작품 써. 1년간 하루도 안 쉬고 썼어.

정규   뭘 쓰는데?

민주   소설.

정규   무슨 소설을 쓰는데?

민주   어떤 현상에 대해서. 그러니까 우리 인간에게 어떤 현상이 나타나는 거야. 그러면 인간들이 막 커져. 그래, 막 커져. 인간이 감당할 수 없을 정도로. 그래. 막 커지지다가 마침내 키가 대기권을 넘는 거야. 그리고 다 질식해. 죽어. 지구에 10억 명의 거인이 쓰러지는 대장관이 벌어지는 거야. 쾅. 쾅. 막 밤낮으로 땅이 흔들리고 꿍음 때문에 난리가 나는 거지. 세컨드 이벤트. 인류의 멸종이야. 다 죽어.

정규   그리고?

민주   그리고? 잠시만. (생각하다가 갑자기) 쾅! 지구가 뺑! 터져. 서드 이벤트. 지구의 종말. (노트에 적으며) 아. 좋다. 이거 좀 지린다. 오빠, 나 이번에 등단하겠어.

정규   너 그거 1년 동안 쓰고 있던 거 맞니? 근데, 그게 말이 돼?

민주   문학적 허용이라는 게 있는 거야.

정규   그럼 그 현상이 무슨 현상인데?

민주   몰라. 아직 몰라. 안 왔어.

정규   왜 쓰냐?

민주   아파. 안 쓰면 아파. 나는 아마 무당인가 봐. 아무래도 맞아. 안 쓰면 아파. 신병이야.

정규   신을 받으면 되잖아.

민주 그 신이라는 게 잘 안 받아져. 아무리 받으려고 노력해
     도 안 받아져. 그렇게 간단한 문제가 아니야, 오빠.

정규 그거 말도 안 되는 소리 아니야? 신병을 앓는데, 신이
     안 오면 그게 신병이 아닌 거야. 무당이 못 되는 팔잔
     데, 니가 무당이라고 우기는 거 아냐?

민주 오빠 뭐 알고 하는 소리야?

정규 내가 뭘 알겠냐. 그냥 그렇다는 거지.

민주 됐어. 그럼 그런 소리 마.

정규 밥은 먹고 사냐?

민주 라면을 주로 먹어. 근데 핑계가 아니고 진짜 라면이 좋
     아서 먹는 거야.

정규 내가 많이 배우지도 못하고 노가다나 하는 사람이지만
     한마디 해보자면, 니가 하는 거 있잖아, 세계를 만든다
     는 거, 그거 넌 소질이 없는 거 같아. 애초에 타고나는
     건데 못 타고난 거야. 괜히 엄한 데 힘쓰지 말고 놀고
     싶으면 집에 와서 편히 본격적으로 놀아. 개미들이 사
     는 집에 베짱이도 한 마리 있어야 구색이 맞지. 집으로
     와. 심심하면 밥도 하고 빨래 같은 것도 해서 세상에는
     보람된 일도 있구나, 느껴보고.

민주 난 피가 달라. 오빠들하고 피가 다른 사람이야. 난 달
     라. 난 이해받지 못해.

정규 다르긴 뭐가 달라. 한 핏줄인데.

민주 증명할 수 있어. 나는 오빠들과는 다른 사람이라는 걸.
     증명해볼까?

정규 해봐, 그럼.

민주 하이얀 하늘에 두둥실 떠가는 실구름. 고통 그리고 번

소

뇌하는 나는 빠알간 들개. 그래서 오늘도 내 오른쪽 심장에 연결된 오른쪽 눈시울이 젖는다.

정규   심장은 왼쪽 아니냐?

사이

민규   애들아. 애들아. 1989년에 아버지는 평화의 댐 현장에 다녀오셔서 말씀하셨다. 정말 소처럼 일을 하고 왔다고. 돼지처럼 먹고 개처럼 자고 소처럼 일하고 왔다고 하셨다. 우리 같은 사람들은 그렇게 시키는 대로 해야 먹고살 수 있다고 마시던 소주잔을 휙 던졌다. 왕도 없었는데, 백성처럼 비굴한 표정이셨다. 그런데, 진짜 저렇게 소가 됐다. 애들아. 나는 지금 이 마당에 그게 제일 아찔하다. 만약에 아버지가 개처럼 일했다면, 개처럼 일했다면……. 후, 정규야 나 건빵 한 봉지만 사다줄래?

정규의 전화가 울린다. 정규, 전화를 받으러 민주와 멀리 떨어진다.

민주   아버지, 아버지는 내가 뭐 하는 년인지 모르겠다고 했지? 뭐 하냐고? 세계는 균열이 있어, 아버지. 난 보여. 그 미묘한 게 보여.

정규   (소곤거리며) 어 동구야. 지금 거의 출발한다고? (사이) 글쎄다. 한 6백 킬로 정도는 나가지 않을까?

민주   난 그걸 모두한테 보여주고 싶은 거야. 노는 게 아니고, 난 보고 있어. 아버지, 잘 들어봐.

정규   (소곤거리며) 생체 킬로당 7천4백 원?

민주   그때 내 마음은 너무나 많은 공장을 세웠으니

　　　　어리석게도 그토록 기록할 것이 많았구나

　　　　구름 밑을 천천히 쏘다니는 개처럼

　　　　지칠 줄 모르고 공중에서 머뭇거렸구나

　　　　나 가진 것 탄식밖에 없어

　　　　아버지, 아버지, 아버지. 여기 좀 봐. 이런 좋은 시를 읊
　　　　는데 뭘 보고 있어? 그러니까 소가 되는 거야. 그래 다
　　　　쓸데없지. 개소리 같지? 내가 이기적이지?

정규   (소곤거리며) 적어도 7천6백까지는 쳐줘야지. (사이) 일
　　　　단 와.

민규   음매―.

아버지 음매―.

민주   아버지, 나는 어떻게 살아야 될지 모르겠어. 나는 할 줄
　　　　아는 게 없어. 나도 내가 무능한 거 알아. 그래서 고시
　　　　를 준비해봤어. 쉣다 빡! 정말 너무 지겨웠어. 아버지,
　　　　그걸 2년을 해야 붙는다. 그게 뭐야. 나는 못 해. 직장
　　　　은 더, 더욱 어려워. 스펙이 뭐야? 햄이야? 먹는 거야?
　　　　그걸 자꾸 달래. 이게 제일 좋은 핑계야. 오빠 온다. 쉿!
　　　　이건 오빠한테는 비밀이야.

정규, 민주 옆에 앉는다.

정규   나는 사람이 왜 소가 되는지 궁금했어. 가만히 생각해
　　　　보니까 쓸모없어져서 그런 거야. 죽으라고 일하고 이
　　　　제 사람으로서 쓸모가 없으니까 소라도 돼서 여생을

소

일하며 살라는 뜻인 거야. 그러니까 아버지하고 형은
애초에 소로 태어난 거지. 전부 다 정상이 아니야.

민주 그럴듯해. 세상에 정상인 사람이 어디 있어? 40억 년
전부터 동쪽에서 해가 떠서 서쪽으로 졌는데, 그걸 보
고 우리 나약한 인간이 어떻게 견뎌. 오빠. 새로울 게
아무것도 없는 이 세상에서는 차라리 소가 나아.

정규 뭐? 뭐라는 거야?

민주 근데 동구 오빠 몇 시에 온대? 오기는 온대? (소에게)
아버지 뭘 그렇게 봐요?

정규 곧 온대.

민규 얘들아. 얘들아. 나는 마지막으로 4대 강을 정비하는
현장에 다녀왔다. 거기서 사람이 하면 안 되는 걸 했나
보다. 그냥 나는 돈 주니까 공구리 치고 나라시 하고
기리까이 했는데, 집에 와서 기분이 이상하더라. 자꾸
아프고 피곤이 풀리지를 않더라. 얘들아. 이건 정치 이
야기가 아니다. 사람한테는 평생 할 수 있는 노동의 양
이 있는 것 같더라. 그런데 살려고 어쩔 수 없이 너무
일찍 할당량을 다 쓴 것 같다. 음매—.

아버지 음매—. 음음매—.

민규 음매—. 음음매—.

아버지 음매—. 음음매매—.

민규 음매—. 음음매애애—. (사이) 얘들아, 아버지가 말씀하
셨다. 소가 되니까 소 눈이 왜 슬픈지 아시겠단다. 니
네 하는 꼬라지가 너무 슬프단다. (사이) 니들 옆집 개
이단옆차기 하다가 꼬리뼈 부러지는 소리 하지 말라
신다. 정규는 다방에 미스 최한테 줄 돈으로 옷이나 사

입으란다. 온 동네에 지가 노가다라고 광고하냐 신다.
그리고 또 민주는 그냥 상병신이라신다. 그리고 또 니
들이 지랄 개 염병 발광을 해도 어차피 니들은 소라고
말씀하셨다.

정규   (물끄러미) 너, 나도 소 되면 팔 거냐?

민주   오빠는?

정규   팔 것 같아, 넌.

민주   동구 오빠 차 왔다.

잠깐 암전.
조명이 들어오면 팽팽해진 줄을 힘차게 당기는 오누이. 민규가 되새김
질하면서 슬픈 눈으로 바라본다.

합창   영차, 영차, 영차!
         영차, 영차, 영차!
         영차, 영차, 양차!

잠깐 암전.
조명이 들어오면 돈을 나누고 있는 오누이.

민주   이래도 되는 걸까?

정규   착한 척하지 마라. 넌 뭐 다르냐?

사이

정규   그냥 말을 보태지 마.

소

사이

민주   나 3만 원만 더 주면 안 돼? 전기가 끊겼어.

정규   그냥 말을 보태지 마.

민주   치사하다. (민규를 보며) 오빠, 그럼 큰오빠는 언제 쯤……?

정규   나도 모르지. 다음 달이나 다다음 달 생각하고 있어. 전화할게, 그때 와.

사이

민주   난 그냥 올라갈래.

정규   그럼. 조심히 가. (사이) 우리도 가자, 형.

정규, 아버지를 묶어왔던 줄을 민규에게 건다. 정규 돌아선다. 정규의 엉덩이에 꼬리가 달려 있다.

민주   오빠!

정규   응? 뭐?

민주   오빠! 오빠!

정규   아, 왜? 왜 자꾸 불러?

민주   꼬리 나왔어.

정규   뭐? 뭐라는 겨?

민주   꼬리 나왔다고. 꼬리.

정규   (자기 꼬리를 보더니) 니기미 씨팔. (사이) 민주야, 우리

다시는 보지 말자.
민주 　　다음 달에 봐, 오빠.

암전

가족 여행

조인숙

등장인물

강만대   남, 56세
이영혜   여, 53세
강준범   남, 19세
미애   여, 19세

시간

새벽, 동트기 전

공간

지방의 작은 버스 터미널 대합실

버스가 도착한다. 강만대와 이영혜가 들어온다. 강만대는 단출한 배낭과 낚시 가방을 맨 상태이다. 이영혜는 장기 휴가 여행을 떠나는 사람처럼 머리엔 선글라스를 걸쳤고, 대용량 캐리어와 많은 짐을 가지고 있다. 강만대는 터미널 대합실 의자에 앉는다. 이영혜, 혼자만 걷고 있는 걸 깨닫곤 멈춰 선다.

이영혜   뭐해?
강만대   좀 앉아봐.
이영혜   왜? 빨리 안 가?
강만대   좀 앉아봐. 생각 좀 하게.
이영혜   생각은 무슨 생각. 어디 가서 눈 좀 붙여야 될 거 아냐.
강만대   그러니까 여기 옆에 와서 눈 좀 붙여.
이영혜   어어―. 준범이 금방 온다니까.

강만대   다음 차로 온다며.
이영혜   잘 데 찾아놔야 오면 바로 재우지. (이영혜, 대용량 캐리어를 밀고 강만대 옆으로 오며) 걔 맨날 밤새고 게임하다가 아침에 잔단 말이야. 오면 졸리다고 할 텐데.
강만대   새벽이라 차 없어서 금방 따라붙어.

이영혜, 강만대 옆에 앉는다.

강만대   나가면 뭐 알아? 괜히 번거롭게 그러지 말고, 여기서 기다렸다 한 번에 같이 가.

강만대, 옆에 앉은 이영혜가 짐과 옷매무새 정리하는 것을 보며 강만대   근데 옷이 그게 뭐냐.

이영혜   어? 왜. (자신의 옷차림을 보고, 무언가 재밌다는 듯 혼자 웃
         으며) 내가 사이판 간다 그랬거든. (모자를 가리키며) 이
         건 재민이 엄마 거, (선글라스를 가리키며) 이건 민식이
         엄마 거.

강만대   빌렸어?

이영혜   응. 사이판 간다고.

강만대   그러니까 왜.

이영혜   왜긴, 안 돌려줘도 되잖아.

강만대   너 심보 곱게 써라.

이영혜   이러다 당신 사업 다시 확 잘돼서 우리 돌아갈까 봐?

강만대   됐다, 됐어. 그럴 일은 없네요.

이영혜   아니야. 당신도 모르게 일이 다시 잘 풀릴지도 몰라. 내
         가 계속 좋은 꿈을 꾼단 말이야. 내 품에 쏙, 이렇게 쏙
         들어오더라니까.

강만대   돈 가진 거나 내놔봐.

이영혜   (꿈에서 깨어난 듯, 태도 바꿔) 내가 돈이 어딨어.

강만대   시계랑 반지, 가방, 다 처분하라고 했잖아.

이영혜, 대답 없다.

강만대   어— 어? 안 했어? 했어, 안 했어?

이영혜   했어, 했어.

강만대   줘봐.

이영혜, 돈 봉투를 건넨다.

강만대	왜 이것밖에 안 돼?
이영혜	나도 좀 갖고 있어야지. 뒷주머니를 찼어야 되는데.
강만대	내 말이. 진작 좀 챙겨놨으면 이럴 때 좋잖아.
이영혜	지금 내 탓하는 거야?
강만대	이 가방은?
이영혜	이건 안 돼. 얼마나 기다려서 산 건 줄 알아?
강만대	그렇게 귀한 거면 더 비쌀 거 아니야?
이영혜	이건 절대 안 돼.

강만대, 봉투를 그대로 이영혜에게 돌려준다.

이영혜	왜 그래?
강만대	갖고 있어.
이영혜	나 딴 주머니 해놨다니까.
강만대	왜? 돈 싫어? 그럼 말든가.
이영혜	아니 아니. 누가 싫대. (돈을 넣으며, 강만대를 살핀다.) 돈 준비해놓으라더니, 다시 주니까 그러지.
강만대	일단 갖고 있어.

그때 미애가 천천히 들어와 강만대와 이영혜의 앞을 지나 조금 거리를 두고 앉는다. 강만대와 이영혜의 시선이 그녀의 커다란 배를 따라 움직인다. 미애, 가방에서 뜨개질하던 아기용품을 꺼낸다. 강만대, 터미널 안을 둘러본다.

강만대	갑자기 어디서 왔지?

이영혜 우리랑 같은 차. 아까 봤어.

강만대 고향이 여긴가.

이영혜 첫차 기다리다가 다시 들어온 거 같아. (미애를 살피며) 어려 보이지? (약간 목소리를 높여) 애 낳으러 친정 가나?

세 사람, 눈이 마주치면 서로 어색하게 웃는 듯 마는 듯 인사한다.

이영혜 (점점 소리를 높여) 솜씨가 야무지네.

미애, 자신에게 거는 말인지 확신이 안 서는 듯 어색하게 웃고 만다.

이영혜 (이젠 대놓고 말을 거는 듯) 애기 모잔가 보다.

미애 네.

이영혜 원래 여기가 집이에요?

미애 아니요. 시댁 어른들 만나러 왔어요.

이영혜 그렇구나. 시댁 가는구나.

짧은 사이

이영혜 배 보니까 금방 애기 낳겠는데. 남편은 같이 안 왔어요?

미애 공부하는 것도 있고, 일이 좀 있어서요. 금방 올 거예요.

이영혜 그렇구나. 시댁에서 애 낳으려면 힘들겠다.

미애 시댁에서 애를 왜 낳아요. 불편하게.

이영혜   아무래도 친정이 더 낫긴 하지…….

미애   저희 집도 편하진 않아요. 남편이랑 둘이서만 애기 낳
고 잘 살려고요. 양쪽 다 신경 쓰기 싫어서요.

이영혜   그럼 어른들이 서운해하실 텐데.

미애   귀찮은 거 싫어요.

이영혜   귀찮구나…… . 아직 모르는구나. 결혼하고 제일 귀찮
은 건 남편인데.

미애   저흰 안 그래요. 애기랑 저 위한다고 공부도 미루고, 돈
벌 거래요.

이영혜   애 낳을 때 사실 남편은 도움이 안 돼. (강만대를 보며)
그때 당신 나보다 더 떨려가지고 기절할 듯이 그랬었
잖아.

강만대   어어! 무슨! 병원으로 업고 뛰고 내가 다 했지.

이영혜   (미애에게) 그때가 좋을 때예요. 애가 걷기 시작하면 나
는 뛰어야 되고, 애가 더 크면 엄마를 막 무시해.

미애   무시당할 만하게 부모들이 하니까 애들도 무시하는 거
겠죠. 저는 그런 엄마는 안 될 거예요.

이영혜, 무슨 말인가를 하려다 입을 다문다. 화를 참는 듯하다.

강만대   (참으라는 듯, 이영혜의 어깨를 몇 번 다독이며) 워워.

이영혜, 계속 무언가 말이 터져 나오려는 것 같다. 강만대, 이영혜의 어
깨에 두른 손에 힘을 주며, 역시 참으라는 듯한 행동을 취한다. 미애의
휴대폰이 울린다.

미애   (통화 상대에게) 응. 응. 아니. 아직 여기 터미널. 응. 알았어.

이영혜, 크게 숨을 내쉰다.

강만대   잘했어. 잘했어.

미애, 짐을 챙긴다.

미애   그럼.

미애, 화장실로 들어간다. 버스 도착하는 소리 들린다. 강준범, 대합실로 들어온다.

강만대   저기 준범이 오네.
이영혜   우리 아들.

이영혜, 강준범에게 다가가 포옹하며

이영혜   우리 아들, 안 힘들었어?
강준범   응. 난 괜찮은데, 엄마 왜 그래?
이영혜   응. 아니야. 앉아, 앉아. 고생했네, 우리 아들.

이영혜와 강준범, 강만대 옆에 앉는다. 강준범은 강만대, 이영혜와 이야기하면서도 대합실에서 누군가를 찾는 듯하다.

강만대   (강준범에게) 넌 또 옷이 그게 뭐냐?

이영혜   학원 끝나고 바로 오니까 그러지. 저번에 백화점에서
         산 거, 그걸로 입고 왔어야 되는데, 아까워라.

강만대   뭐든 다른 걸로 갈아입고 와.

이영혜   왜.

강만대   너무 튀잖아.

이영혜   학생이 교복 입는 게 뭐.

강만대   학생이 학교는 안 가고, 이 새벽에 돌아다니는 게 안
         이상해?

이영혜, 강만대의 등산복을 건네며,

이영혜   이거라도 입어.

393

강준범, 그 자리에서 윗도리만 바꿔 입는다.

이영혜   우리 아들, 배고프지?

강준범   아니. 괜찮아.

이영혜   어디든 좀 들어가서 쉬자니까.

강만대   좀 있어봐. 생각 중이라니까.

강준범   우리 어디 가는 거예요?

이영혜   몰라. 니 아빠한테 물어봐.

강준범   계속 여기 있을 거예요?

이영혜   몰라. 아깐 너 기다려야 된다더니, 계속 생각 중이라잖
         아.

강준범   우리 집엔 언제 가?

이영혜   우리 집?

강준범   우리 집 망했어?

강만대   넌 말을 그렇게 하냐.

강준범   우리 도망가는 거야?

강만대   도망이라고 하면 무슨 범죄자 같잖아. 재산 탕진, 사업
         실패, 뭐 이런 말도 있잖아. 망했다가 뭐야, 망했다가.

사이

강준범   아버지.

강만대   왜.

강준범   나 고3인 건 알아요?

강만대   알지.

짧은 사이

강준범   나 대학은? 수능 안 봐도 돼?

강만대   좋냐?

강준범   당장은 좋은데. 그럼 나 인생 망치는 거 아니야?

강만대   요샌 대학 나와도 인생 망치는 경우 허다해. 근데, 넌
         고등학생이란 놈이 왜 이렇게 얼굴이 늙었냐.

강준범   원래 고3이 힘든 거예요.

강만대   얘 나랑 다니면 친군 줄 알겠는데.

이영혜   당신 옷을 입어서 그런가.

강준범   우리 다음 달에 도망가면 안 돼?

강만대   지 엄마 아들 아니랄까 봐 똑같은 소리만 한다.

이영혜	부은 곗돈이 얼만데. 차라리 내가 갖고 튀면 몰라.
강만대	부도랑 사기는 질이 달라. 10년 뒤에 나는 돌아갈 수 있지만, 곗돈 들고 튀면, 당신은 돌아갈 수가 없다고. 아무도 안 받아줘.
이영혜	내가 말을 말지.
강준범	진돌이는?
이영혜	엄마가 밥 많이 주고 왔어. 그냥 사료를 진돌이 집 옆에다 눕혀놨어.
강준범	목줄은? 풀어줬어?
이영혜	풀어줄걸 그랬나. 마당에 묶여 있지 뭐.
강만대	내가 풀어줬어.
이영혜	잘했네. (생각난 듯) 물이 부족하겠네. 비나 눈이라도 와야 걔가 물을 먹겠네.
강만대	내가 물도 채워놨어.
이영혜	언제 그랬대.
강만대	나 마실 거나 좀 줘봐.

이영혜, 캐리어에서 샴페인을 꺼낸다. 강준범, 휴대폰을 꺼내 문자를 보낸다.

강만대	너 그거 뭐야? (이영혜에게) 얘 왜 아직도 이거 가지고 있어.
이영혜	급하게 나오느라 그랬지 뭐. 쟤도 어디 연락할 데 있을 거 아니야.
강만대	아, 이거 또 일 났네. 위치 뜰 거 아냐. 해 뜨면 이 동네 좀 다녀보려고 했더니, 첫차 타고 바로 떠야겠네.

이영혜   아직 미성년잔데 괜찮지 않을까. 휴대폰 한 대는 있어
             야 우리도 편하지.

강준범   민수한테 진돌이 데려가라고 해도 되지?

이영혜   걔가 따라갈까 모르겠네. 콱 무는 거 아니야?

강만대   따라갈 거야.

이영혜   진돗개는 주인이 하나라잖아.

강만대   좀 섞였어.

이영혜   순종이라며.

강만대   좀 많이 섞였어.

이영혜   진도에서 몰래 빼내왔다며.

강만대   안 그러면 당신이 뭐라고 했을 거 아냐. 어디서 똥개를
             데려왔다고.

이영혜   똥개야?

396

강만대   그래도 걔가 똑똑했잖아. (강준범에게) 먹을 거 들고 가
             라고 해. 소시지 같은 거. 따라갈 거다. (이영혜에게) 마
             실 거.

이영혜   내가 순종인 줄 알고 한우를 얼마나 먹였는데. 또 뭐
             속였어. 말 안 한 거 또 뭐 있어.

강만대, 샴페인을 발견한다.

강만대   이게 뭐야. 가방에 뭘 담아온 거야.

이영혜   조심해. 이게 얼마짜린데. 돈 될 거 다 담으라며.

강만대   우리가 지금 샴페인 터뜨리게 생겼어?

강준범, 입었던 교복을 정리한다.

강만대   넌 가방에 뭐 들었어.

강준범   교과서요.

강만대   쓸데없기는. (이영혜의 여행용 가방을 가리키며) 저게 다 뭐야.

이영혜   이것저것 필요한 거.

강만대   돈 될 거 있으면 빨리 바꿔. 낑낑대고 들고 다니지 말고. 안 들어줄 거니까. (강준범에게) 너도 들어주지 마. 그래야 미련 없이 팔 건 팔고, 버릴 건 버리지.

이영혜   당신 저 낚싯대나 바꿔. 비싼 거라며.

강만대   저건 우리 생계수단이야.

강준범   우리 섬으로 가요?

이영혜   그깟 사업 하나 실패했다고 막장 끝장 섬으로 가겠다?

강만대   그깟 사업? (강준범에게) 니네 엄마 언제부터 저렇게 배포가 컸냐. (이영혜에게) 거기도 다 사람 사는 데야. 함부로 말하는 거 아냐.

이영혜   이왕 이렇게 된 거, 낚시나 하면서 살겠다 이거지. 그렇게 10년 버티다 돌아가려고?

강만대   막장 끝장 인생 끝장내는 수도 있고.

강만대, 가방에서 번개탄과 박스테이프를 꺼낸다.

강만대   어디 모텔방 하나 잡고, 불 피우지 뭐.

이영혜   미쳤어. 죽긴 왜 죽어. 죽으려면 혼자 죽든가.

강만대   그러니까 생각을 해보자고, 생각을.

강준범은 누군가와 문자를 주고받으며 터미널 내부를 살핀다. 강만대, 샴페인을 보며 어떤 생각이 떠오르는 듯

강만대   그래도 제대로 집어왔네. 이거 진짜 특별한 날 먹으려고 고이 모셔뒀던 건데.

사이

강만대   이게 얼마 만이지?
이영혜   뭐가.
강만대   다 같이 모인 거. 이유야 어찌 됐든 이렇게 다 같이 다니니까 여행 가는 기분이네.
이영혜   여행은 무슨. (사이) 준범이 중1…… 여름방학에 화진포 가고……, 못 갔지.
강만대   (샴페인을 다시 보며) 아……. 진짜 특별한 날 먹으려던 건데. 언제 이걸 따려나.

미애, 화장실에서 나온다. 강준범, 미애를 보곤 자리에서 일어난다. 미애, 조금 전보다 더 치장한 모습이다. 강준범, 미애에게 다가가 가방을 들어주며, 강만대와 이영혜 앞에 나란히 선다. 강만대와 이영혜, 말없이 바라본다.

강준범   인사해. 우리 아빠, 엄마.
미애   아……. 안녕하세요. 미애라고 불러주세요.

강만대와 이영혜, 말없이 미애의 배를 바라본다. 사이

강만대   니가 그랬냐?

강준범   (미애의 어깨를 감싸며) 네. 제가 그랬습니다.

이영혜, 이제야 깨달았다는 듯 크게 놀라 강준범을 때리며

이영혜   미쳤어. 미쳤어. 하라는 공부는 안 하고. 너 이게 뭐하
         는 짓이야.

미애   그만하세요.

이영혜, 계속 강준범을 때린다. 미애, 배를 움켜쥐며 일부러 아픈 척한
다.

이영혜   때리긴 얘를 때렸는데, 왜 그쪽이 아파?

강만대   그만. 모두 그만.

모두 동작을 멈춘다.

강만대   그러지들 말고 다 앉아. 당신도 앉아.

이영혜   이 새벽에, 뭘 믿고 얘를 따라나서 나서길. 배도 그렇게
         불러서는.

강만대   거—.

이영혜   배는 또 왜 저렇게 커?

강만대   쯧. 거—. 혼잣말이야, 들으라고 하는 말이야? 그냥 크
         게 말해.

이영혜   (갑자기 큰 소리로) 어쩌자고 저랬어.

가
족
여
행

강만대, 이영혜의 어깨를 몇 번 다독이며

강만대 잘했어, 잘했어. (짧은 사이) 준범이 너, 우리가 여기로
        오는 건 어떻게 알았어?

강준범과 미애, 머뭇거린다.

이영혜 너 빨리 말 안 해.
강만대 당신이 알려준 거 아니야? 내가 미리 알려주지 말라니
        까.
이영혜 내가 왜. 나 아니야. 학원 들어가는 길에 알려주라며.
        난 하라는 대로 했어. (강준범에게) 너 어떻게 알고 애를
        먼저 보냈어?
강준범 들었어.
이영혜 들어? 뭘 들어? 아빠가 우리랑 뭐 상의하는 거 봤어?
        너 뭔 소리야.

강준범, 계속 머뭇거린다.

이영혜 빨리 말해. 어디서 뭘 들었어.
강준범 진돌이랑 얘기하는 거. 아빠가 마당에서 담배 피우면
        서 진돌이랑 얘기하는 거 들었어.
이영혜 아빠랑 진돌이가?
강준범 엄마 몰랐어? 아빠, 진돌이랑 자주 얘기해.
이영혜 무슨 얘기?

강준범, 망설이다 결심한 듯 말을 꺼낸다.

강준범   "진돌아, 엄마 앞에서는 똑똑하게 굴어야 된다. 너 귀가 쫑긋 안 선다고 엄마가 자꾸 의심해. 진돗개는 하늘을 보면서 짖는다니까, 꼭 하늘을 보면서 짖는 연습을 해."

강만대   너 언제부터 엿듣고 다녔어?

강준범   "진돌아, 아빠 너무 힘들다."

강만대   너 뭐야.

강준범   "진돌아, 바로 어제까지만 해도 내 앞에서 '사장님, 사장님' 하면서 빌빌거리던 놈이 내가 돈 좀 빌려달라니까 국밥집으로 데려가더라. 돈을 빌려줄 수 없대. (점점 감정이입이 되어 흥분한 상태로) 돈은 빌려주는 게 아니래. 사업에 투자는 할 수 있지만, 빌려줄 수는 없대. 씨발. 꼴랑 국밥 한 그릇 사면서 가르치려고 들어. 나 강만대를. 그 새끼, 지갑이 접히지 않을 정도로 현금이 있더라. 골목으로 꺾어 들어가는데 뒤쫓아 가서 칼로 찌르고 싶었어."

이영혜   여보.

강준범   "진돌아, 아빠는 집에서 나갈 때면, 그대로 나가서 숨어버릴까 싶고. 집에 돌아와야 할 때면, 그대로 집으로 돌아가지 말고 숨어버릴까 싶다. 그냥 다 훌훌 털어버리고 혼자 있고 싶어. 다 귀찮고 힘들어."

사이

이영혜   당신, 우리 여기에 버리고 가려고 했지.

강만대, 말이 없다.

이영혜   그래서 아까 나한테 돈 준 거지. 그런 거지. 맞지. 왜 대
         답을 못해. 처자식 버리고 도망가려고 한 거잖아. 이깟
         돈 몇 푼 쥐여주고 혼자만 살겠다고. 훌훌 털어버리고
         혼자만 살겠다고.
강만대   앞서가지 마. 이러니 내가 진돌이랑 얘길 하지.
이영혜   아이고, 이 상황에 챙겨야 할 입 하나 더 늘었네.
미애   둘이에요. (배를 쓰다듬는다.)

402

이영혜, 무언가 생각난 듯

이영혜   그 꿈. 그 꿈이 이거였네.
강만대   뭔 꿈?
이영혜   내가 계속 얘기했잖아. 품에 쏙 들어왔다고. 알록달록
         눈은 새까맣고, 예쁜 새가 쪼로록 날더니 내 품으로 쏙
         들어왔다고.

이영혜, 말을 마치곤 강만대를 본다. 그러고는 미애의 배를 본다.

이영혜   미애라고 했지?
미애   네.
이영혜   미애야.

미애   네, 어머니.

이영혜   어머…… 어머니……. 그래, 미애야. 너도 우리 집 사정
         알지? 이렇게 된 거 너희 집에 우리 준범이를 데리고
         가라. (강만대를 보며) 어때요, 내 생각이? 애 하나라도
         사람 구실 하면서 제대로 살려면 이 집에 보냅시다. 사
         위잖아요.

미애   안 돼요.

이영혜   안 돼? 왜?

미애   저희 집도 망했거든요.

이영혜   뭐?

미애   그래서 막사는 거예요. 집이 망했으니까 막살아도 부
         모님이 뭐라고 안 하세요.

짧은 사이

이영혜   너희 집도 망했어?

미애   네.

강준범   그래서 아빠 오토바이도 제가 팔았어요. 어차피 없어
         지는 거잖아요.

이영혜   아빠 오토바이?

강준범   미애 곧 애기도 낳을 거고, 그러면 애기 분유값도 들
         고.

강만대   그러니까 니 자식 키우려고 (오토바이 만세 핸들 행동을
         취하며) 내 할리를 팔았어?

이영혜   이건 또 뭔 소리야.

미애   가격은 제가 잘 받았어요. (강준범에게) 음료수는?

강준범　미안해. 새벽이라 휴게소를 안 들리고 바로 오더라.

미애　그래······. 목마른데. (샴페인을 가리키며) 그거, 드시려던 거죠? 저도 좀 마셔도 될까요?

이영혜　이거 술이야. 산모가 무슨 술을 마신다 그래.

미애　괜찮아요. 담배도 피우는데요.

강만대, 점점 크게 소리 내어 한참을 웃는다.

강만대　당신은 어때? 당신 며느리.

이영혜　지금 그런 말이 나와?

강만대　난 아주 맘에 드는데.

미애　고맙습니다.

강만대, 다시 한 번 크게 웃는다.

강만대　좋아. 아주 좋아. 여보, 오늘이 그날이네.

이영혜　무슨 날.

강만대　진짜 특별한 날.

강만대, 샴페인을 흔들기 시작한다.

이영혜　그만, 그만 흔들어. 이걸 왜 마셔. 어떻게든 팔아야지. 한 푼이 아쉬운데.

강만대　오늘 이 샴페인 안 마시면, 나 진짜 후회할 거 같아. 그러니까 나 말리지 마.

강만대, 점점 세게 샴페인을 흔든다. 누구도 말릴 수 없을 정도로 점점 속도가 붙는다. 이영혜는 귀를 막고, 미애는 배를 감싸고, 당장이라도 샴페인이 열릴 것 같아, 이젠 아무도 말릴 수가 없다. 샴페인이 열림과 동시에, 작은 탄성, 큰 탄성, 놀라는 소리.

암전

환승

임상미

등장인물

진식   34세, 강도죄로 7년을 구형받은 모범수, 하용의 애인
정구   39세, 진식의 감방 동료, 8년을 구형받은 사기꾼
하용   29세, 베트남 출신, 역전 포장마차 '하롱베이'의 주인이자
       진식의 애인

시간
겨울, 어둑어둑한 저녁

공간
야외 승강장이 있는 어느 지방 기차역의 작은 포장마차

포장마차 '하롱베이', 그 안에는 하용이 있다. 기차가 도착하는 소리와
함께 스포츠 가방을 든 정구가 등장한다.

정구   너무 걱정 마라, 국수값은 넉넉히 쳐준다.

정구, 포장마차 안으로 들어간다.

정구   후, 거 날 한번 더럽게 춥네. (양손을 비비며) 여기 난로
       없어요?

하용, 정구에게 메뉴를 건넨다.

정구   주문하라고? 베트남이지? (사이) 아, 내가 보는 눈이 좀
       남달라.
하용   날 아십니까? 왜 반말합니까?
정구   알아가려고 그러는 거지.
하용   국쑤?
정구   국쑤? 아, 아줌마도 나 알고 싶다고? 몇 살이야, 둘?
       셋?
하용   아줌마? 이제 스물아홉입니다.
정구   아홉이면 보자……. 87? 말 잘라먹기엔 너무 꽃답네.
       (사이) 열 살이나.

하용, 말없이 손가락으로 메뉴판을 두드린다.

정구   아무거나 줘. 자기가 나한테 해주고 싶은 걸로.

하용   나, 자기 아니에요.

정구   그럼 애기라고 할까? 아줌마는 싫다며.

하용, 국수를 만다.

정구   생일은 언제야?

하용   알 필요 없으십니다.

정구   필요 있지. 이 밤에, 두 사람이, 기차역에서, 이렇게 만나는 게 얼마나 대단한 확률인데! 이거는! 자기랑 나는! 기적이야.

하용   자꾸 놀리지 마십시오. 성희롱으로 경찰 부릅니다.

하용, 휴대폰을 꺼낸다.

정구   애기야! 자기라고 안 할게, 생일 가르쳐주세요.

하용   생일은 알아서 뭐하시게요?

정구   하나하나 알아가는 거지.

하용   다른 데서 알아보세요.

정구   그럼 좋아하는 계절부터 갈까? 겨울? 봄? 여름?

하용   하지 마시라고 말씀했습니다.

정구   아, 가을이구나?

하용   아니라니까요!

정구   자, 가을은 아니고. 좋아하는 숫자는?

하용   정말 왜 이러십니까?

정구   심심하잖아. 손님도 나밖에 없고.

하용   난 먹고사는 것 바빠서 심심하지 않아요.

정구   그러니까 말을 하세요. 생일 그거 알려준다고 큰일 안
      납니다.

하용   누가 압니까? 큰일 날지.

정구   자꾸 그러면 내가 다치잖아.

하용   네?

정구   내 마음이.

하용, 소리 나게 국수를 내려놓는다. 정구, 국수를 먹기 시작한다.

정구   캬―. 기가 막히네. 여기가 베트남이네 그냥.

하용   베트남 가봤습니까?

정구   곧 갈 거다. 폼 나게 새 출발 하러.

하용   베트남 어디?

정구   여기.

하용   네?

정구   하롱베이. 몰라?

하용   압니다. (사이) 내 고향입니다.

정구   거긴 섬이 3천 개나 된다며? 진짜야?

하용   진짜. 섬 3천 개 진짜 있습니다.

정구   숨기 딱이네!

하용   왜요? 숨어야 합니까?

정구   상황 봐서. 눈깔은 왜 그렇게 떠? (사이) 내가 나쁜 놈
      같냐?

하용   제비 같아요. 근데 얼굴 제비 아닙니다.

정구   이게 얼마나 잘 깎은 얼굴인데! 아줌마, 나 나쁜 사람
      되기 싫다? 그러니까 쉽게 좀 가자. 어차피 알려주게

돼 있어.

하용   제비한테요?

정구   씨발, 진짜. 내가 무리한 부탁 했어? 아니잖아. 그냥 편한 오빠다 생각하고 말해. 그러다 오빠한테 혼난다?

때마침 정구의 휴대폰 진동이 울린다. 정구가 가방에서 휴대폰을 꺼낸다. 폴더형 휴대폰이다. 발신자를 확인하는 정구.

정구   씨발, 번혼 또 어떻게 알았어.

정구, 포장마차 밖으로 나가 전화를 받는다.

정구   (씩씩하게) 안녕하셨습니까, 형님! (사이) 콧바람 쐬고 있죠. (사이) 안 그래도 막판 먹고 인생 갈아탈 생각입니다. (목소리 변하며) 무, 묻어요? 누굴? (사이) 그건 아니죠. 그 새끼가 끌어안고 뒤진 돈을 왜 저한테서 찾습니까. (사이) 베트남 여자요? 아, 애인? 전 몰라요, 그 여자. (사이) 어디요? 형님 저한테 꼬리 붙였어요? (사이) 여보세요. 형님, 여보세요! 씨발, 진짜……. (휴대폰에 대고) 열심히 와보세요, 씨발놈아. 내가 그걸 뺏길 것 같냐?

정구, 씩씩대며 담배를 꺼내 문다.

정구   가만. 여긴 어떻게 알았지? 씨발, 뭐 이상한 거 달아놓은 거 아냐?

정구, 담배를 버리고 휴대폰 뚜껑을 열어본다. 그러고는 급하게 포장마차 안으로 들어가 가방을 뒤지기 시작한다. 웃옷을 벗더니 셔츠 깃부터 소매 끝까지 더듬어본 다음 신발을 벗어 탈탈 털어본다.

하용   뭐하는 겁니까?
정구   (허리띠를 풀며) 옷 벗고 계신다.

정구, 바지를 벗는다.

하용   (눈을 가리고 소리지르며) 미쳤어요? 경찰 부를 겁니다!
정구   부르세요. 대한민국 경찰이 불법 체류자 편을 들겠냐,
        내 편을 들겠냐? (사이) 안 불러?

하용   옷 빨리 입으세요.
정구   이러니까 무섭지? (주머니를 뒤지며) 클리어. 무서우면
        말을 해요. (다른 쪽 주머니를 뒤지며) 그럼 딱 안 할게.

하용, 조리도구를 집어 들고 정구를 위협한다.

하용   빨리 안 입으면 불법 체류자 무서움 보여줍니다.
정구   너도 나 죽이게? 해봐, 어디. 덤벼.

정구가 한 걸음 한 걸음 다가가자 하용이 엉거주춤한 자세로 조리도구를 휘두른다. 정구, 하용의 공격을 요리조리 피한다.

정구   알았어. 입어줄게. 입어준다, 내가. (옷을 입으며) 입어

요. 입잖아. 대신 거기 휴대폰에서 밧데리 좀 빼봐. (사
이) 다시 벗어?

하용, 정구의 휴대폰에서 배터리를 뺀다. 옷을 다 입은 정구, 휴대폰을
가방에 넣는다.

정구   오장육부가 다 벌렁거리네.

하용   신분은 죽어도 못 줘요.

정구   누가 아줌마 신분 달래?

하용   아저씨 외국인 신분 훔치는 사람이잖아요.

정구   나 그런 양아치 아니다.

하용   그럼 변태예요? (사이) 여자 보는데 옷 벗었잖아요.

정구   인생이란 놈이 그래요. 지랄이야. 하기 싫은 일일수록
꼭 하게 한다니까.

하용   그럼 정체 뭐예요? 왜 생일 물어보고 옷 벗어요?

정구   궁금해?

하용, 고개를 끄덕인다.

정구   (은근하게 속삭이듯) 나 사실, 족집게야.

하용   족집게?

정구   족집게! 미래도 알고 귀신도 막 보이고 그런 사람!

하용   아저씨가요?

정구   아줌마 베트남인 것도 딱 맞추잖아.

하용   나 한국 사람인데요.

정구   한국 사람? 불법 체류자 아냐? (뭔가 알아차린 듯) 혹시

결혼했어?

하용, 고개를 끄덕인다.

정구   맞아? (사이) 와, 이거 진짜 나쁜 년이네. 야, 너 애인 있
          잖아!

하용   어떻게 알았습니까?

정구   와, 맞네. 야! 됐고, 남편 번호 뭐야. (사이) 번호 뭐냐고!

하용   남편 없습니다.

정구   방금 있다며.

하용   돌아가셨습니다.

정구   어디로 갔는지 말해. 확 청소해버릴라니까.

하용   하늘로 갔어요. 나 시집올 때부터 늙어서 심장 아팠습
          니다.

정구   이래서 생일을 대라는 거야. 팔자 그거, 고칠 수 있다?

하용   아저씨 사이비죠?

정구   아줌마, 점도 과학이야. 데이터가 확실해야 완벽한 답
          이 나와요.

하용   남편 죽은 것도 몰랐잖아요.

하용이 먹던 그릇을 정리하려 하자 정구가 하용의 손목을 잡는다.

정구   도둑놈이지? 애인 말이야. 그래서 감옥 갔지?

하용   …….

정구   같이 떠나기로 했었네? 하롱베이로.

하용   그걸 아저씨가 어떻게 알아요?

정구　야······. 난 이해가 안 되네. 도둑놈 새끼 어디가 좋아서
　　　목을 맬까?

하용　착한 사람입니다.

정구　착한 사람? 아줌마, 내가 아는 도둑 얘기 하나 해줄까?
　　　어느 감방에 남의 거 좆나 잘 뺏는 나쁜 도둑 새끼가
　　　살았어요. 근데 못 나갈 것 같으니까 어떤 착한 새끼한
　　　테 부탁을 한 거야. 꼬불쳐놓은 돈이 있는데 애인한테
　　　전해달라고. 어떻게 됐게? (뒤통수를 치는 흉내 내며) 빡!

하용　돈은 어떻게 됐어요?

정구　먹을 예정이지. 착한 새끼가. 아줌마, 세상에 착한 사람
　　　나쁜 사람 따로 없다. 다 도둑놈이야. 그냥 더 잘 뺏는
　　　놈이 더 잘사는 거야. (국수를 보며) 그 새끼가 이거 좆
　　　나 좋아했는데······.

414

하용　같이 오지 그랬습니까.

정구　죽었어. (사이) 나쁜 새끼.

기차 들어오는 소리가 들린다. 잠시 뒤 진식이 등장한다. 진식, 포장마
차 안으로 들어가 정구 옆에 앉는다. 정구는 쌀국수를 먹는 중이다.

진식　(정구를 보며) 아, 쌀국수 좆라 먹고 싶다.

조명이 바뀌며 포장마차 내부는 자연스럽게 정구와 진식의 감방이 된
다.
정구는 운동을 하고 있다.

정구　콩밥이나 잘 처드세요.

진식   형…….

정구   불렀으면 말을 해, 새끼야. 변죽 울리지 말고.

진식   내 영치금 줄까?

정구   캬―. 역시 대도네. 사기꾼 주머니 사정까지 봐주고. 됐
         어, 이 새끼야.

진식   요새 늘어난 빤스 입잖아. 사기꾼 가오 후달리게.

정구   사기꾼이 빤스로 사기 치냐? (사이) 얼마나 되는데 그
         래?

진식   새 빤스 입을 정돈 되죠.

정구   훔친 돈 많아서 좋겠다, 도둑놈 새끼야.

진식   대신 조건이 있어. (사이) 그 여자한테 내 국수값 좀 갚
         아줘요.

진식, 정구에게 쪽지를 건넨다.

정구   뭐야?

진식   밖에 묻어놓은 계좌.

정구   이 새끼, 진심이네? 너 혹시 죽을 병 걸렸냐?

진식   아무래도 청소 당할 것 같아.

정구   왜, 누가 너 걸리적거린대? 어떤 새끼가 그래, 어?

진식   그냥 느낌이 그래요.

정구   씨발, 난 또 뭐라고. 니 느낌은 항상 반대잖아, 펠레 같
         은 새끼야.

진식   암튼 약속한 겁니다.

정구   너, 나 믿냐? 이 돈 내가 먹을지도 모른다.

진식   사기꾼을 누가 믿어. 차라리 간수 새낄 믿겠다.

정구 　근데 돈은 왜 맡기고 지랄이야.

진식 　비번이 그 여자 생일이거든.

정구 　내가 사기꾼이다. 베트남 여자 하나 구워삶는 게 일이
　　　겠냐.

진식 　푹 삶아지지나 마십시오.

정구 　그렇게 예쁘냐?

진식 　에이, 진짜…….

정구 　이 돈 주고 싶을 정돈 아니겠지.

진식 　열심히 해보세요. 마음대로 안 되겠지만.

정구 　야, 근데 여기 얼마 들었냐?

진식 　인생 갈아탈 정돈 돼요.

정구 　이런 계획적이고 거룩한 새끼 같으니라고!

진식 　인생 멋지게 갈아타고 싶었는데. 하, 씨발…… 감방에
　　　서 환승 당하게 생겼네.

정구 　좀 있으면 관 짠다고 진상 떨겠네. 엄살도 습관이야, 새
　　　끼야.

진식 　형, 하롱베이 알아요?

정구 　뭔 배?

진식 　쪽팔리게 진짜. 하롱베이 몰라요?

정구 　몰라, 새끼야. 그게 뭔데?

진식 　섬이 3천 개나 있는 바다래요. 베트남에 있는.

정구 　어이구, 이제 사기도 치시게요? 새끼야, 섬이 부표냐?
　　　3천 개가 떠 있게?

진식 　진짜야. 내가 봤어.

정구 　해외여행도 가봤냐?

진식 　아니. 그 여자가 보여줬어요.

정구　이 새끼 오늘 진짜 이상하네? 아무 일 없어, 새끼야.

진식　진짜야. 자기 전에 맨날 그랬어요. 하롱베이 가면 어떻게 살까. 돈 생기면 뭐부터 살까. 그런 얘기 하면서 잠들면 어느새 거긴 거야. 한번은 둘이 손잡고 바다 위를 날아가는데 저 앞에 섬들이 그냥 바글바글…… 마중 나와 있는 거지. 거기서 배를 한 척 샀어요. 그리고 돛을 이렇게 좌악……. 형, 나 죽으면 거기로 갈 거다.

정구　자꾸 진지 빨래? 씨발, 우리 노친네 가기 전에도 이랬는데.

진식　닥치라고 했다며. 그래서 평생 후회된다며. 그러니까 이번엔 형이 닥치고 들어요.

정구　(사이) 좋냐? 좋았냐고.

진식　꿈같은 꿈이었죠. 거기 가면 작은 배부터 사기로 했었어요. 침대도 사고, 그릇도 사고.

417

정구　티브이도 털고, 그림도 털고?

진식　(웃음) 하긴 내가 잘 털긴 해.

정구　미친 새끼. 이젠 웃냐?

진식　형, 내가 왜 도둑질을 잘하는지 알아요? 원칙이 있거든. 필요 이상으로 욕심을 안 내. 월급 벌었다 싶으면 거기서 멈추는 거야.

정구　그런 분이 어떻게 빵엘 오셨을까.

진식　꿈이란 게 참 희한한데. 하고 싶은 게 생기니까 마음이 급해지는 거야. 이미 충분히 가졌는데도 모자라. 나 잡힌 날 있잖아요. 금고에서 다이아를 꺼내는데 그게 갑자기 요트로 보이는 거예요. 그러니까 시간이 걸렸지. 하나 훔칠 때마다 이건 배, 이건 침대, 이건 애들 장난

감……. (사이) 돈이 아니었던 거지. 형, 나 그 집에서 꿈
을 모았던 건가 봐요.

정구   아예 시를 쓰세요.

진식   욕심내서 잡혔지. 같이 새 출발 하고 싶었어요. (사이)
미안하다고 전해줘요. 같이 못 가서 미안하다고.

취침종이 울린다. 정구와 진식, 점호를 마치고 눕는다.

진식   (사이) 형, 형은 너무 욕심내지 마요.

조명 변하면 다시 포장마차 안이다.

하용   국수 다 식겠네.

정구, 급하게 물을 따라 마신다.

하용   괜찮아요?

정구   그 새끼 안 온다, 아줌마.

하용   올 거예요.

정구   이미 떴어. 온다는 날도 벌써 지났지? (사이) 족집게라
고 그랬잖아.

하용   ……뭐가 보였습니까?

정구   아줌마가 아줌마 엄마랑 새 출발 하는 게 보인다.

하용   엄마 없습니다.

정구   없다니. 엄마가 왜 없어.

하용   엄마 아파서 시집왔어요. 엄마 돌아가셨습니다.

정구 　다른 가족은?

하용 　…….

정구 　팔자 한번 사납네.

하용 　그러니까 옵니다. 하롱베이에서 새 출발 하자고, 행복
　　　하게 해준다고 했어요.

정구 　어떻게 해준다는데?

하용 　그건 모릅니까?

정구 　데이터가 없잖아요.

하용 　자기 전에 맨날 놀이했어요. 고향 가면 어떻게 살까, 돈
　　　생기면 뭘 살까, 얘기하다 보면 부자 된 것 같았습니다.
　　　캄캄한 방 안에 하롱베이 아른거렸습니다.

하용이 눈을 감는다. 잠시 뒤 정구도 눈을 감는다. 진식이 되어 꿈을 꾸
는 것이다.

하용 　손을 꼭 잡고 하늘을 날았어요. 저 멀리 하롱베이가 보
　　　였어요. 거기 우리 배가 있었죠. 작고 낡은 베트남 배.
　　　침대도 있고, 애들 장난감도 있었어요. 그 사람은 돛을
　　　펴고 배를 한참이나 쳐다봤어요. 새 출발이 감격스러
　　　웠나 봐. 우린 대나무 침대에 누웠어요. 얼굴만 보고 있
　　　는데도 이상하게 웃음이 나요. 그 사람이 나한테 속삭
　　　였어요. "내 하롱베이는 당신이야."

하용이 눈을 뜬다. 꿈에서 깬 것이다. 잠시 뒤 정구도 눈을 뜬다.

하용 　아직도 그 놀이를 하고 잡니다. 그 사람도 그렇겠죠.

하용, 종이에 뭔가를 적더니 정구에게 건넨다.

정구　10월 1일?

하용　데이터 있어야 답 나옵니다. 나와 그 사람 행복 봐주세
요. (정구에게 허리를 숙여 인사한다.)

정구　미치겠네! 미쳐버리겠다!

하용　왜요? 안 좋은 게 보입니까?

정구　어. 안 좋다. 안 좋아도 너무 안 좋아.

하용　얼마나 안 좋아서 그럽니까?

정구　미친 짓 하는 게 보여. 땅에 묻히는 꼴이 눈에 훤해. 씨
발, 진짜⋯⋯. 아줌마는 좋겠다. 진짜 좋겠다, 씨발!

하용　미친 짓? 근데 왜 좋아요? 네?

정구　좋은 거야! 아니, 안 좋아, 심각하게 안 좋아! 하⋯⋯ 씨
발, 미치겠네.

하용　헷갈립니다.

정구　안 좋은데, 심각하게 안 좋은데, 아줌마한테 그런 건 아
냐. 나한테 엿 같은 거지.

정구, 안주머니에서 계좌번호가 적힌 쪽지를 꺼내 아쉬운 듯 본다.

정구　이제 사기도 못 쳐 먹겠네.

정구, 선반 위에 쪽지를 툭 던진다.

하용　이거 뭐입니까?

정구   국수값이다. 나한테 족집게 놀이 시킨 놈이 전해주래.
       (사이) 하롱베이 같이 못 가서 미안하댄다.

하용, 천천히 쪽지를 펴본다.

정구   비번은 아줌마 생일이야. 그 계좌에 생일만 입력해. 그
       러면 진짜 하롱베이 갈 수 있어. 아, 거기 가면 거 뭐냐,
       배부터 사서 꼭꼭 숨어 있어라. 맘 변하면 찾아갈지 모
       른다.

정구가 포장마차를 나선다.

하용   어디 갑니까?
정구   새 출발 하러 간다.
하용   하롱베이에서 한다고 했잖아요.
정구   왔다 가잖아. 내 하롱베이.

421

정구의 뒷모습을 바라보는 하용, 어깨가 흔들리기 시작한다. 승강장의
정구와 포장마차 안의 하용, 멀리서 기차가 다가오는 소리가 들려온다.

암전

등장인물을 찾는 9인의 작가들

김광림(극작가)

작가 아홉 명이 눈에 서치라이트를 켜고 두리번거리는 가운데 내가 감히 떨지 않고 이 글을 쓸 수 있는 것은 내가 그들의 과거를 알고 있기 때문이다.

그 누구도 **고재귀**를 미워하기란 쉽지 않을 거다. 왜냐면 그는 어떤 상황에서도 쉬지 않고 유머를 생산해내려고 애쓰니까. 이름처럼 글에 재기와 귀기가 넘친다. 그래서 그의 글이 섬뜩할 때가 있다. **김태형**을 직접 지도해본 적이 없어 아쉽다. 언젠가 그의 글을 읽으며 슬며시 질투심이 생긴 적이 있었다. 어떻게 이처럼 감각적인 미문을 쓸 수 있을까? 그런데 왜 그렇게 수줍어할까? **김현우**야, 미안하다. 이렇게 매력 있는 작품을 쓰는 너를 왜 그렇게 구박했을까? 아마도 너만의 독특한 취향과 스타일이 내 안에 접수되지 않았기 때문일 거야. **박춘근**은 뛰어난 테크니션이다. 나의 오랜 동업자이며 충실한 나의 친구. 창작집단 이름이 '독'이니까 좀 독하게 사는 법을 익혀야 할 텐데……. **임상미**가 스무 살 무렵에 내가 지도했던 작품이 기억난다. 아직 미성숙한 세계관이 그의 명석함에 그늘을 드리우고 있었는데 이제 그 구름이 모두 걷히니 빛을 발한다. **유희경**은 재학 시절 약간의 엄살과 조바심, 그리고 묘한 우울함이 있었다. 그것이 성장 동력이 되어 그만의 독특한 연극적 상상력의 세계가 구축되지 않았을까? 내가 지도했던 **조인숙**의 뜨개질하는 여자가 주인공인 매력적인 작품이 생각난다. 아직 완성했다는 애기는 못 들었는데 빨리 완성된 원고를 보고 싶다. **조정일**은 21세기 도인이다. 슬픈 건지 기쁜 건지 불편한 건지 어떤지 도무지 알 수 없는 무덤덤한 인간. 오로지 작품 속에서만 생생하게 살아 있다. 작품을 위해 감정 노출을 억제하는 걸까? **천정완**도 나의 질투심을 유발한 또 한 명의 학생이었다. 이십대 나이에 어떻게 칠십대 노인을 그처럼 생생하게 그려낼 수 있었을까? 그래서 내가 구상하고 있던 칠십대 노인들이 등장하는 작품을 접어버렸다.

이처럼 독특하고 재능 있는 작가들이 하나의 집단으로 창작 작업을 한다는 것은 대단히 신기하면서도 엄청난 일이다. 각자 자신의 세계를 그리지만, 그 세계들이 서로 교차하면서 소통한다. 희곡을 접해본 사람은 누구나 그것이 우연히 그렇게 되는 것이 아니라는 것을 이내 알아차릴 것이다. 여기에는 틀림없이 그들만의 창작 정신이 있는 것이다.

1부 〈당신이 잃어버린 것〉. 평범한 도시민들의 서글프지만 따스한 이야기들이 펼쳐진다. 크리스마스에 들리는 매미 소리가 공통 소재다. 왜, 어떻게, 그리고 어디서 이런 기발한 발상이 나왔는지 궁금하다. 지구 남반구의 어느 흉흉한 도시에서나 일어날 법한 상황이 대한민국에서 벌어진다. 에덴의 꿈은 사라지고, 사라진 것이 아니라 애당초 없었음을 깨닫게 되고, 소녀 시절 교통사고로 코마 상태에 빠졌다가 깨어보니 이미 중년 여성이 되어 있고, 사고로 아들을 잃은 동화작가는 유일한 생존자인 소녀와 우연한 동행을 하게 되고, 평범한 중년 남성의 머리털이 하루아침에 하얗게 변해버리고, 가난한 커플이 낙태를 하고 나와 레스토랑에서 스테이크를 시켜 먹은 후 몰래 달아나고…… 모두 크리스마스 다음 날에 벌어지는 일들이다. 크리스마스가 지나면 이처럼 사적 공간에서 일어난 일들을 공적 공간이 수용해줄 수 있을까? 개인의 아픔을 우리 사회가, 국가가 보듬어줘야 하는 것 아닌가? 그러나 현실은 그렇지 않다. 그래서 〈당신이 잃어버린 것〉은 '우리'라는 공동체를 형성해나간다. 딱히 누구라고 짚어낼 수는 없지만 이 시대를 살아가며 동질성을 공유하게 되는 불특정 다수 혹은 소수의 집단, 우리. 작품은 후반부로 가면서 앞에서 벌어진 이야기들을 마무리한다. 앞 사건들이 뒤에 슬쩍 얹히고 등장인물이 묘하게 겹치기도 한다. 그 솜씨가 깔끔하다. 마치 한 사람이 쓴 작품 같다. 작품은 말한다. 살면서 우리가 벌인 일들은 우리 스스로 추슬러야 할 수밖에 없음을. 그리고 이렇게 끝맺는다. "우리는 아무것도 잃어버리지 않았어. 아무것도."

〈당신이 잃어버린 것〉이 평범한 도시민의 삶을 그린 서글픈 스케치라면 2부 〈사이렌〉은 도시 빈민들이 꾸려가는 팍팍한 삶을 들려주는 낮은 중얼거림이다. 사이렌 소리와 똥 마려운 택배 기사가 공통 소재인데 이것이 이미 어떤 암시를 하고 있다. 사이렌 소리는 위험을 알리고 똥 마려운 택배 기사는 다급하다. 이런 다급한 상황은 늘 코믹하다. 위기의식과 함께 웃음을 바탕에 깔고 작품은 진행된다. 등장인물들은 망해가는 라면 가게 주인과 주방장, 가난한 연극 배우와 삼류 소설가, 성매매를 해서 먹고사는 기원 주인과 시각장애인, 탈북 노동자, 마사지를 하는 베트남 혼혈 여성 등 다양한 배경과 직업의 하층민들이다. 작품은 묻는다. 그들은 왜 이렇게 쫓기

듯 쫄리며 살 수밖에 없는가? 이것이 그들의 잘못인가? 우리 사회
에 팽배한 불만과 불안이 작품 안에서 꿈틀거리다 이내 터져 나올
것 같다. 그러나 등장인물들은 웃음을 잃지 않는다. 미워해도 따뜻
한 마음은 버리지 않는다. 헤어지면서도 서로를 걱정한다. 그러지
않으면 살아갈 수 없으니까. 참 아름다운 사람들이다. 또한 9인의
작가들은 이들의 위기 상황에 대해 큰 소리로 외치지 않는다. 어떤
이념을 내세우지도 않는다. 대신 낮은 목소리로 쉬지 않고 중얼거
린다. 이들을 잊지 말자고. 이들과 함께 살아야 한다고. 어쩌면 이
작가들도 자신들의 등장인물들처럼 위기 상황에 몰려, 이렇게라도
중얼거리지 않으면 살아갈 수가 없으니까 그러는 것 아닐까? 그들
의 목소리가 낮은 중얼거림이기에 그것이 내 귀에는 더 큰 울림으
로 다가온다.

창작집단 독의 공동 창작이 가진 매력은 그들의 작품이 각기 다른
향기를 품고 있지만 결국에는 모두 어떤 한 지점으로 수렴된다는
점이다. 그러나 더 큰 매력은 그들이 매번 새로운 시도를 한다는 데
있다. 3부 〈터미널〉이 이런 시도를 잘 보여주고 있다. 이제 등장인
물들은 이 구질구질한 도시를 떠나기 위해 아니, 탈출하기 위해 터
미널로 간다. 도쿄로, 하롱베이로 이주를 계획하거나 다시 돌아오
지 않을 기약 없는 여행을 시작한다. 성질 급한 인물들은 이미 이
도시를 벗어나 기차를 타고 달리고 있거나 남극에 가 있거나 혹은
지구 밖 우주 공간을 떠돌거나 시간에서 탈출하여 헤매기도 한다.
등장인물들은 여러 가지 모습이다. 사이보그, 펭귄, 세종기지 연구
원, 반쯤 소가 된 막일꾼 들로, 〈당신이 잃어버린 것〉이나 〈사이렌〉
의 인물들이 이렇게 변신한 것이다. 그뿐만 아니라 시간과 공간도
확장된다. 작가들의 문제의식이 다른 모습으로 포장되어 확산되고

있는 것이다. 작가들은 이런 시도를 통해 각자의 세계관을 넓혀가고 있으며 동시에 미래를 포석하고 있다. 9인의 작가가 떠나는 미지의 세계로의 탐험이 어디로 이어질지 궁금하다.

창작집단 독의 공동 창작 작업은 우리 연극계의 소중한 자산이다. 우리 연극계뿐 아니라 세계 연극사에서도 이러한 예를 찾기 어려울 것이다. 2년 전 국적이 다른 다섯 명의 작가들이 한 주제를 가지고 공동 창작을 시도한 적이 있었다. 2주간의 워크숍이었는데 그때 내가 창작집단 독의 공동 창작 방식을 소개하여 아주 좋은 반응을 얻었다. 그러나 그렇게 실행되지는 않았다. 그것은 불가능했다. 작가란 얼마나 지독하게 이기적인 동물인가. 짐작건대 창작집단 독의 오늘의 성과가 있기까지는 우선 초기 작업 과정에서 작가들 사이의 치열한 기 싸움이 있었을 테고 그다음에는 서로 간의 적지 않은 희생과 양보, 배려가 뒤따랐을 것이다. 무엇보다도 그들은 '이 세상은 함께 살아가는 곳'이라는 굳은 믿음을 공유했으리라고 본다. 창작집단 독이 끈끈한 인간애로 뭉쳐 있기에 가능했던 작업이라 여겨진다. 글을 그냥 이렇게 끝내기가 뭐해서 한마디 덧붙인다. 인간에게 수명이 있듯이 단체도 수명이 있다. 창작집단 독이 장수하기를 바란다.

『당신이 잃어버린 것』
독자 북펀드에 참여해주신 분들

●

강경화 강동구 강문숙 강부원 강설애 강영미 강주한 고정순 곽유진
권승재 김경무 김기남 김기태 김상혁 김성기 김소연 김수민 김수영
김은주 김정환 김주현 김중기 김 진 김진성 김진호 김현철 김혜원
김희곤 나준영 남요안나 노진석 도영선 류예지 박나윤 박무자 박연옥
박준일 박진순 박진영 박혜미 서민정 서병욱 설진철 손문경 송덕영
송화미 신민영 신은수 신정훈 신지연 안 샘 안선아 안지혜 엄정원
오 은 유성환 유승안 유인환 이근혜 이나나 이만길 이미령 이상훈
이성욱 이소중 이수진 이수한 이승빈 이연주 이용임 이재현 이정주
이지은 이혜재 임나리 장경훈 전미혜 정미은 정민수 정보배 정솔이
정유경 정훈희 조민희 조승주 조은상 조은수 조정우 조현정 주재경
주진형 최경호 탁안나 하나윤 하상우 한승훈 허민선 현동우
(외 35명, 총 133명 참여)

제철소는 우리 몸에 이로운 제철 음식처럼 우리 삶에 이로운 제철의 이야기들로
독자 여러분의 사랑에 보답하겠습니다.

당신이 잃어버린 것

아홉 명의 극작가가 따로 또 같이 쓴 독플레이

1판 1쇄	2015년 11월 30일
1판 3쇄	2024년 8월 1일
지은이	창작집단 독
펴낸이	김태형
펴낸곳	도서출판 제철소
등록	제2014-000058호
전화	070-7717-1924
팩스	0303-3444-3469
전자우편	right_season@naver.com
인스타그램	instagram.com/from.rightseason

© 창작집단 독, 2015

ISBN 979-11-956585-0-3 03810